SV

Wolfgang Hildesheimer

Masante

Suhrkamp Verlag

Erste Auflage 1973

Druck: E. Göbel, Tübingen
Printed in Germany

Masante

Am Rand einer Wüste, einem Punkt des Zufalls, fern von Masante –

nein, so nicht. Zuviel vorgegeben, zu wenig Distanz. Zuerst den Zeitpunkt, dann den Ort. Dann erst die Orte, an denen ich nicht bin und ihre Zeiträume. Wenn alles bestimmt ist: die Auftritte.

Her mit dem Wandkalender! Wenn man ihn regelmäßig bedient, ist er unfehlbar. Die Namen sind zwar lächerlich, doch die Daten unerbittlich.

Heute ist das Fest des kostbaren Blutes. Morgen der Namenstag aller jener, die Helmut heißen oder hießen, ich kannte mindestens fünf, drei von ihnen ungern; einer hat sich erschossen, natürlich einer von denen, die ich gern kannte; Leute, die ich nicht mag, nehmen sich auch nicht das Leben, im Gegenteil. Übermorgen ist dann schon Mariä Heimsuchung, – wahrhaftig, die heiligen Anlässe jagen einander, vor allem Maria, die kommt immer wieder, damit man sie nicht vergißt. Alle diese Feste alle diese Namen, kommen hiermit von einer weißen Wand auf eine andere weiße Wand.

Jedes Jahr kommt er wieder, der Kalender. Absender unbekannt: irgendein Wohlmeinender, ein hoffnungsvoller Bekehrer, wahrscheinlich aus Bayern, der meint, Tage solle man anhand frommer Namen zählen, so habe man die Daten auf frohe Weise parat. Zwar finde ich, es gäbe da bessere Methoden, aber vielleicht nicht hier in der Wüste, nicht in Meona – guter Name, Meona, kein Kalendername. Wie mißt man hier das Verstreichen und gleichzeitig die dauernde Wiederkehr der Zeit, deren Zyklen ja niemals überzeugend gemessen wurden, auch bei Vico nicht, wenn auch nach einem größeren schöneren Konzept, kühler und klarer als anhand heiliger Männer und Frauen, die sich ihren Tag mit Rosen bekränzen lassen und Spenden fordern?

Aber lassen wir die Namen. Die Zahlen gelten überall und binden mich auch hier in der Zeitrechnung, somit in Praxis und Routine, an verschiedene Mitwelten, vorausgesetzt, daß ich nicht vergesse, jedem Tag sein Blatt von der Wand zu reißen und ihn damit zu entlarven. Die Gefahr – wenn ich es so nennen soll, – die Gefahr des Vergessens ist gering, ich vergesse wenig, viel zu wenig; dennoch, sie besteht: ich stelle mir vor, daß hier jeder Tag wie der andere ist, zumal da vermutlich die Witterung wegfällt, außer Wind. Das ist in Masante anders, dort regiert sie, ich bin ihr zu Willen, sie hält mich fest. ›Der Held und sein Wetter‹: so hat ein junger Germanist seine Doktorarbeit genannt. ›Der Held und sein Wetter‹, nicht schlecht! Ich bekenne mich zu diesem Heldentum; das einzige Heldentum, zu dem ich mich bekenne, ich halte zu meinem Wetter, wenn auch meist unfreiwillig, meist hält es zu mir. Es nimmt mir einen Teil der Schuld an meinem Versagen ab, es hält her, ich brauche es. Was wäre ich zum Beispiel ohne Nebel? Ohne Regen? Nur die Gewitter, die können mir gestohlen bleiben, höhere Gewalt fordert mich heraus. Die Niedere macht mir Angst, das sind die Häscher.

Es ist also – Kenner von Namenstagen hätten es erraten, – der erste Juli. Frühsommer sagen die einen, Hochsommer die anderen, d. h. die meisten sagen wohl gar nichts, es geht sie nichts an. Wieder andere sagen, es werde nicht mehr so recht Sommer oder auch Winter; abgesehen davon, daß überhaupt nichts mehr so recht wird wie es war, hängt es vom persönlichen Wohlbefinden ab, vom jeweiligen Stand der Schwermut oder der Leichtmut, falls es das gibt. Der erste Juli also und eben das Fest des kostbaren Blutes, von dem ich nicht viel weiß, ich habe es niemals miterlebt, und niemand hat mir jemals darüber berichtet: etwa wie man es begeht, ob man trauert oder feiert; wie es ausartet. Aber ich denke: letzten Endes doch wohl fröhlich. Viel Wein, ein wenig Oblate dazu, die schmeckt allerdings nicht, außer jenen Karlsbader Oblaten, die es zur Zeit meiner Jugend gab, die aber mit Liturgischem nichts zu tun haben. Kein Schlachtfest, keine Blut- und Leberwurst, kein Ausschank vor den Buden, keine Kirmes. Ich denke, daß es sich um das Blut des Erlösers handelt, anderes Blut dürfte so einem Kalender kaum bekannt sein. Mir ist es bekannt.

Übermorgen, am dritten Juli, ist Irenäus an der Reihe. Das ist so einer aus dem langen vergoldeten Fries der Kirchenväter, ich sehe sie da, in Mosaik aneinandergereiht, oder auch, steif und streng, mit wackelnden Köpfen, auf einem Drehteller bei den zwölf Glockenschlägen des Mittags eine große Turmuhr umschreiten. Die Kirche ist ja das Kind vieler Väter, kein Wunder, daß sie geworden ist, wie sie ist. Eine Mutter hat sie nicht, das ist sie selbst, in ihren Schoß kehrt der, der zurückkehrt, zurück: eben in jenen Schoß, in den die Kirchenväter ihren Samen vergossen haben.

Meine eigene Erfahrung mit Christi Blut – vielmehr nicht mit dem Blut, sondern mit seiner Verwendung und Verwertung – ist nicht sommerlich, sie ist spätherbstlich neblig. Ich denke da an diese flandrischen Ebenen, November-Ebenen, an diese Straßen, von Prozessionen so breitgetreten, daß keine Kröte sich mehr von der einen Seite auf die andere wagt. Es herrscht ein Allerheiligenwetter, eines, das sich der Seele für ihre Krisen empfiehlt, sofern es die betreffende, betroffene, allzu verletzliche Seele nicht vollends zu Fall bringt. Eine Grabesfeuchte überall, ein Dunst aus den Grüften, aus den Krypten, tiefe triefende frühromanische Fäulnis.

Traurigkeit ist ja nicht zuletzt ein niederländisches Mädchen, ein flandrisch Kind: wenn ich an diese farbigen Felder denke, dort in Hillegom, oder wie es heißt, meilenweit nichts wie Tulpen oder Begonien oder Mignon-Dahlien oder Luxusgladiolen, this richly coloured dreariness –

bleibe ich beim Bild: ja, ich habe da so manche kalte Auferstehung miterlebt. Nebel steigt aus den Gräbern. Ein Totenwetter. Unter dem Nieseln, unter dem Dunst von Schmalzgebackenem, der unter den Planen der Straßenstände hervorquillt und die feuchte Luft fettet, so daß sie sich klebrig auf die Regenmäntel legt, trägt man soeben den Blutstropfen Christi durch die Stadt, hinter einer Blaskapelle, vor einer Phalanx von Pfaffen in schwarz mit schmutzigweißen Spitzen; ein goldener Behälter aus byzantinischem Filigran an einer Kette, schwer bewacht von den Bajonetten eines königlich-wallonischen Bataillons, damit keiner diesen Tropfen stehle und ihn an noch tiefer gläubige Gemeinden verkaufe: es wurde da nämlich unter der Hand schon so manches Angebot gemacht. Doch der Bischof von Brügge, er heißt wohl Jacobus Klijnstraa und ist das neunte Kind eines frommen Schusters, hat sich bisher standhaft gehalten, obgleich seine Diözese den Erlös brauchen könnte: die Orgeln und die Glockenspiele, dieser gräßliche Stolz von Flandern, unter dem so mancher Kirchturm bis tief in den Süden zu leiden hat, werden schadhaft, beim Halleluja fehlt das Gis und wird durch eine Pause der Rührung ersetzt; die Armen brauchen ihren Peterspfennig – oder irre ich mich da? Ist der Peterspfennig nicht, im Gegenteil, etwas, das die Armen der Kirche zu entrichten haben? –, jedenfalls brauchen sie ihre alljährliche Abspeisung, und die Spenden werden spärlich, die Gläubigen sind nicht mehr so flüssig wie ehedem. Dennoch, der Bischof weist die Bietenden ab, rät ihnen, sich an den Vatikan zu wenden, der hat nämlich einen ganzen Liter. Daß er den nicht hergibt, weiß freilich der Bischof so gut wie ich, besser sogar, denn ich bin da nicht völlig sicher, ob er ihn nicht doch abstößt; jetzt wäre es an der Zeit: die Reliquienbörse wird bald lustlos. Irgend jemand sollte dem Kardinal-Staats-Sekretär – oder wer immer es ist, der die vatikanischen Transaktionen tätigt – nahelegen, jetzt ins Geschäft zu steigen, sollten sich potente Interessenten melden. Es gibt da noch ein paar Privatsammler, die sich eine solche pièce de résistance einen schönen Batzen kosten lassen. Um eine Anlage des Betrags dürfte er kaum verlegen sein. Ich selbst rate zu einer stärkeren Beteiligung an bolivianischen Zinnminen, der Vatikan hat einen Minderheitsanteil, er sollte die Mehrheit haben, es sind doch katholische Unternehmen mit katholischen Arbeitnehmern. Nennt man Sklaven Arbeitnehmer? Ich glaube ja. Doch er wird es wohl besser wissen, der Monsignore, schließlich steht er einem Unfehlbaren nahe, das kann wohl kaum ein andrer Makler von sich sagen. Auch sollte ihn jahrhundertelange Erfahrung lehren, daß es rentabel ist, Geld in Menschen anzulegen. Gewiß, sie verbrauchen sich schnell, doch die Zufuhr ist durch unbegrenzten Nachwuchs geregelt, auch für das Gebären wird von heiliger Seite gesorgt, indirekt natürlich. Diese Rechnung geht auf.

Der Nagel ist da, mein Kalender wird an dieser Wand erwartet. Sie ist zwar nicht so groß wie meine Wand in Masante, aber sie ist so weiß, weißer sogar, sie bröckelt nicht. Dieses Haus ist eine alte Karawanserei, fester gebaut als Masante, dessen Mauern ich verstärken lassen mußte; eine erzbischöfliche Verwaltung hatte es nur gerade solide genug erbaut, um einer armen Pächterfamilie Schutz vor extremen Wettern zu bieten. Warm wurde es ihr im Winter nicht, dafür im Sommer heiß.

Hier ist es warm und weiß, Helle blendet von außen herein: früher Nachmittag. Da tut sich die Wüste vor meinem Fenster auf und dehnt sich hin, als schließe sie sich nirgends wieder, weder als Fläche noch als Raum. Es wellt sich entlang, entfächert sich, ein Meer von Sandgebilden, von erstarrten Hügeln zwischen erstarrten Tälern. Von hier ist es kaum denkbar, daß hinter alledem nochmals eine Welt beginne. Und doch läuft die Wüste irgendwo aus, grenzt im Osten ans Wasser, dort backen sich Mischgebilde und versteinern, Fischgerippe im Quarz, Kriechtiere haben sich kristallisiert, Andenken an die Frühzeit der Erde, als Adam noch ein Klumpen Lehm in der Hand seines Schöpfers war, die Hand hatte ihn noch nicht fallen lassen. Im Westen ein Barbarenstaat, wo man straffälligen Sklaven die Hände abhackt. Doch von dort weht kein Wind herüber, hier trägt es nur Wüste an, wehenden Sand.

Noch habe ich die Fahrt in den Gliedern; so ein rechter Schrecken wirkt ja erst, wenn man ihn hinter sich hat. Irgendwann habe ich sie wieder vor mir, in umgekehrter Richtung. Ich fuhr in Fahrrinnen, einer abgesteckten Spur, beinah schon verweht, sage von Glück, daß es windstill war. Und überall schwirrt ein Schwindelgefühl vor einem her, wie eine Horde Schmetterlinge, bereit, den Fahrer anzugreifen und ihm einen Stich zu versetzen, der dann zum ›lachenden Wahnsinn‹ anschwillt, – kannte ich nicht einen, der den weißen Wüstenkoller hatte? Der kam – buchstäblich – aus dem Lachen nicht mehr heraus. Inzwischen hat er sich wahrscheinlich totgelacht.

Diese Fahrt: ein heller Morgenalpdruck. Der Himmel über mir ein einziges Flimmern, unter ihm alles gleichzeitig nah und fern, fatae morganae, Blendwerk von unermeßlichen Dimensionen, hingeworfen und freigegeben von dem großen Täuscher und Blender, bevor er sich zur Schöpfung des Menschen entschloß, seinem größten Blendwerk. Danach ist Ihm nichts mehr eingefallen, Er sah, daß es gut war und hat Seine Hand endgültig aus dem Spiel gezogen.

Diese Schwaden von Luft, die man nur – nein, falsch: – die man noch nicht einmal anzuzünden braucht, und schon entsteht in ihr eine Religion, die sich sofort ausbreitet. Hier, dies ist das große Reservoir des Glaubens, hier haben sie ihn geholt, um sich andernorts in seinem Zeichen zu verbrüdern und zu entzweien und zu erschlagen. Ich hoffe, daß in Meona keiner sei, der den Heiligen in sich spürt, kein Bekehrer, kein Anwärter auf Prophetentum, bereit die Arme zu erheben und zu verkünden. Daß hier kein Zeichen entstehe, in der Luft oder im Sand, nichts deutbares, kein Ansatzpunkt der Auslegung, keine Schlange oder Heuschrecke, kein Dornbusch. Und ich, ich bin ja nicht hier, um mir vom Glauben zu holen, ich lasse ihn gern wo er ist.

Taste ich die Gegend mit dem Feldstecher ab: kommt ein Glaube geflogen? Wo setzt er sich nieder? Nicht auf mich! Ich wäre nicht der rechte Mann, ihn aufzunehmen. Was täte ich mit ihm, wenn ich ihn fände? Ersticken? Unter Verschluß bewahren? Weitergeben gilt nicht, geht auch nicht: der Erleuchtete muß der Vermittler sein und damit auch der Künder, so setzt es an und setzt sich durch Jünger fort. Dieser Stylit zum Beispiel – vorgestern oder vor drei Tagen? – Simeon, dieser schreckliche Heilige, der stand da in der Wüste, hoch oben wie ein Blitzableiter, aber er hat die Blitze nicht abgeleitet, er hat sie erzeugt; der hat den Glauben gut gestreut, oder das was er für Glauben hielt. –

Dennoch: trotz der Schrecken kommt mich hier am Fenster die Lust an, von dieser Welt zu kosten, wie man eine Zehe ins kalte Wasser steckt, in das man hineinschwimmen will. Der Strömung sich aussetzen, dem Sturm, dem Sand. Nur kosten, – nicht zu weit hinaus: die Wüste ist kein Spiel zwischen selbstgebackenen Sandburgen. Und da ist dieser Barbarenstaat, da sind die Wüstenreiter, die Zeltbewohner, das sind noch die besseren, mit denen läßt sich Brot teilen; doch da sind auch die hochgeborenen Söhne der Fürsten, die in Oxford studiert haben, die Sklavenhalter, die Haremsbesitzer, da ist ihre Leibgarde, den Häschern ebenbürtig –, aber das alles liegt am anderen Ende: keiner, der hier in die Wüste läuft, taucht dort am anderen Ende wieder hervor.

Ich würde nur wenige Schritte gehen; Türme, Masten, Fahnen dieser Station nicht aus den Augen lassen, würde rückwärts blicken, den Kompaß mitnehmen: ich habe immer eine Schwäche gehabt für diese geheimnisvolle Nadel, die zitternd auf ihrer Achse balanciert und unbeirrt nach Norden weist, oder vielmehr auf einen bestimmten Punkt neben Norden, der nur für sie existiert. Ronald Winthrop war es, der mir von dem ausgedörrten Menschenskelett erzählte, er hatte es in den versteinerten Wäldern von Caledonien gefunden. Alles an ihm, Kleidung und Habe, hatte sich aufgelöst, da lag nur noch knöchernes Gestänge und verstaubtes Material, der Kompaß war ein verrostetes Gehäuse, doch die Nadel zitterte noch und zeigte auf den Punkt neben Norden, eine vergebliche Aufforderung, beharrlich bis weit über das Ende ihres Zwecks hinaus.

Alles vorbereitet oder im Akt der Vorbereitung, der unmerklich in den Akt der Arbeit übergehen sollte, zumindest in den Anfang des Aktes. Ideal gesehen: er sollte mit ihm identisch sein, ein Gleiten ohne Hindernis oder Zwang. Doch das ideal Gesehene trifft nicht ein, es arrangiert sich zum gerahmten Bild; da hängt es: die ideale Sicht. Demnach steht es dahin, ob ich über die Anfänge der Anfänge hinauskomme. Das Motiv meiner Reise, der Wunsch, über meinen Schatten zu springen, ist zu methodischer Irrfahrt geworden. Das Verlassen von Masante habe ich mehrfach bereut, meist kommt es mich an beim Auspacken. Ich habe ausgepackt. Wenig nur, das Meiste bleibt dort unten, hinten im Jeep. Immer werde ich für die Rückfahrt gerüstet bleiben, sogar für eine eilige Abreise. Wäsche im Schrank, Schuhe unterm Bett, die Zettel auf dem Tisch, unter ihrem bewährten Beschwerer: CHI TOCCA MUORE. Wie zuhause.

Dem Wirtepaar habe ich mich präsentiert. Es war kurz, die Begrüßung knapp, die Wirtin hat mich gemustert, der Wirt sah mich kaum an. Sie nannten ihre Vornamen, Nachnamen sind hier Ballast. So habe auch ich meinen Vornamen genannt, und da standen wir denn, Maxine, Alain und ich, mit unseren Namen und nichts, was sich aus ihnen entnehmen ließe, selbst für mich noch nicht. Noch ist alles offen, alles wie es sein soll, ein Anfang.

Die Zeit ist bestimmt, die Kalenderzahl steht. Bestimme ich den Ort:

ein Punkt am Rand der Wüste, an den einer wie ich nur zufällig gelangt, das entspricht genau meiner Ordnung, so hatte ich es mir vorgestellt, so weit so gut. Ein blinder Stich mit dem Bleistift auf die Landkarte: Meona.

Meona, beinah verlassen, Siedlung eines Volkes der Vorzeit, genannt Karumäer, das klingt wie eine Erfindung, ist es vielleicht auch. Nichts kennt man von ihm als ein paar auf Sand gebaute Wüstenstädte, alle verfallen, nur noch im Luftbild erkennt man ein System. Von ihm vermutet man auch nicht viel mehr als einen Hang zum Handel. Mit wem? Unbekannt, kein lösenswertes Rätsel. Keine Sprache ist geblieben, von ihm zeugt keine Religion, keine Münze, kein Gerät, nur ein paar Scherben von Geschirr, nach dem hin und wieder ein einsamer Archäologe buddelt, im Traum eines erleuchtenden

Fundes. Neugebaut und befestigt von Römern, angegriffen von martialischen Wüstenvölkern, zerstört und geschleift, aufgegeben, vergessen und wieder aufgebaut von einer Bande kreuzfahrender Mörder und Abenteurer, die zur Verteilung der Beute zu spät ins heilige Land gezogen kam und ihr Glück in unheiligeren Territorien versuchen mußte, aber wohl kaum fand. Wieder entdeckt von einem amerikanischen Forscher namens Hamilton G. Schmaltz oder so ähnlich, der sich dieses entlegene Gebiet wahrscheinlich vor allem deshalb ausgesucht hat, weil er sich jeglicher Widerlegung entziehen wollte;

hier also stehen, wenn sie nicht schlafend oder betrunken im Bett oder am Boden liegen, oder in ihren Jeeps den Wüstenrand entlang nach Schmuggelgut fahnden, von dem ich bisher weder weiß, was es ist, noch woher es kommt oder wohin es geht, fünf Mann Militär – oder Polizei? – die stetig wechseln, damit der Anteil am Schmuggel nicht immer auf dieselben Privilegierten falle; ferner steht eine meteorologische Station, besetzt von zwei bis drei Sachverständigen, wie man es leichtfertig nennt, die das Wetter zu ihrem Beruf gemacht haben, vielleicht weil es so unabänderlich ist und nur registriert zu werden braucht: keine Verantwortung; ein oder zwei Archäologen, eben die letzten Schüler von Schmaltz; dazu hin und wieder ein Geologe, manchmal sogar mehrere, zur Kommission formiert, die Öl sucht oder Erz oder etwas Unerwartetes, das ein paar Milliardären eine Konzession ermöglicht, bisher vergeblich;

und an diesem Punkt, einem graubraunen Trümmerhaufen, auf dem kein Gras wächst, kein Kraut gedeiht, obgleich von tief unten eine spärliche, doch anscheinend verläßliche Wasserader aufsteigt, die das Leben erst ermöglicht, überragt von drei Häusern, von Masten, Drähten, einer Fahne, den Windfahnen der Wetterbestimmer, dem Wachturm der Patrouille, Bohrtürmen der gescheiterten Ölgräber, einem Wasserturm, alles umweht von Zyklon, Chamsin oder anderen fremden unmythischen Winden, die alle Sand mit sich tragen, da steht Maxine, da steht Alain hinter dem Schanktisch, gestrandet, wahrscheinlich in irgendeiner Verzweiflung, die sich zu einem erträglichen Dauerzustand geglättet hat, materiell einigermaßen gesichert, denke ich, durch stille Partnerschaft am Schmuggel,

und an diesem Punkt, da bin nun auch ich, an meinem südlichsten und östlichsten Fluchtpunkt und Kontrapunkt zu Masante, dieser Kontrapunkt ist sein Zweck für mich und damit sein einziger Wert: kein Thema, eine Verfassung.

Meona: das klingt wie ein Frauenname. Es klinge sogar irisch, so meinte dieser Ire,

Kommandant der Miniaturgarnison, – im Dreißigjährigen Krieg wäre er Landsknechtkapitän gewesen, Wallenstein wurde von Iren ermordet, – der Erste, den ich hier traf und der mir sagte, wo ich meinen Jeep abstellen könne, das Wort ›parken‹ wäre hier kaum am Platz. Sie sind in Meona, sagte oder vielmehr sang er, Meona, ein Frauenname, den man singt, – in der Tat, der Ire sang diese Behauptung wie ein Rezitativ; Meona, so heißt ein Mädchen, das man in Killarney zurückgelassen hat oder in Tipperary, dorthin ist es ein langer Weg. Er hat recht: Me – der Auftakt, Vorhalt, ein bescheidenes Versprechen. Die Betonung liegt auf dem langen O, ein Omega, nur offener. Das Na ist kurz, es hüpft hinterher und stellt den Namen in Frage. Sie werden sehen, so sang der Ire, auch Sie werden das bald singen. Ich weiß nicht, ob er mich als bereits abgeschätzte Person meinte, oder einfach als einen Neuen, der zu lernen habe, was hier jeder weiß. Ich hätte ja Zeit, meinte er, während ich von hier weiterliefe, durch den Sand watete, später vielleicht auf allen vieren kröche wie ein Hund, der am Verdursten sei, nur noch mit erhobenem Kopf, als suche er dort droben noch zuguterletzt seinen Schöpfer. Weiterliefe, fragte ich; aber er antwortete nicht. Ich sagte, ich wisse, wie man auf allen Vieren liefe, es wurde mir einmal vorgeführt, auf einer Burg, aber der Ire hörte nicht zu, er fragte auch nach nichts.

Ich dachte schon, er wolle meinen Ausweis sehen. Ich hätte Zeit, sang er, bis mir der Atem ausginge, der ihm offensichtlich noch nicht ausgegangen war. Vielleicht sänge ich dann ohne Atem weiter, käme mir dann erst die rechte Lust dazu – er wechselte die Tonart – im Angesicht meines Schöpfers. Iren sind meist gläubig, auch irische Landsknechte offenbar. Vielleicht, meinte er, hätte ich in den letzten Jahren wenig gesungen, da hatte er recht, ich habe, wenn ich mich recht erinnere, überhaupt nicht gesungen; es hätte sich, sang er, vielleicht in mir manches Lied gebildet, das nun hinauswolle, – da wieder hatte er unrecht, in mir bilden sich keine Lieder, ich kenne allerdings verschiedene. Ich wußte nicht, was er meinte, aber wenn ich mir die Aussicht hier betrachte, ahne ich, was er gemeint haben könnte. Wahrscheinlich ist dieser Ire schon zu lange hier.

Die ersten Stunden hier: eine Lektion. In gedrängter Folge habe ich aufzunehmen, was es hier aufzunehmen gibt, wenig und viel: was hier vor sich geht und nicht mehr geht, was stillsteht und was sich noch bewegt. Zukunft hebt sich nicht ab, sie hat stattgefunden, alle Ansätze sind vertan, die Möglichkeiten, eine nach der anderen, verwelkt: keine Funde, keine Schätze, kein Glück. Anders die Gegenwart: keine Regel, daher auch keine Ausnahme, das

Unwahrscheinliche ist möglich, das als möglich Erkannte wahrscheinlich, – ist das Wahrscheinliche gewiß, das Gewisse unwahrscheinlich? Es herrscht eine Ruhe des Endlichen, sie hat sich eingepflanzt, lange bevor ich gekommen bin; um das festzustellen, brauchte man mich nicht, man braucht mich überhaupt nicht, wo hätte man mich jemals gebraucht? – Nicht abschweifen! – Ich dagegen brauche nur abzuschöpfen und mich am Abgeschöpften zu bereichern, bevor ich nach Masante zurückkehre. Auswerten wäre wohl das rechte Wort, ein scheußliches Wort.

Vielleicht also gelingt mir hier, was mir auch in Masante nicht mehr gelingen will? Einen Gedanken, oder auch nur den Seitenzweig eines Gedankens, bis zur Reife zu denken und ihn in ein Bild zu fassen, das in allem bis ins letzte stimmt. Äußere Bedingungen wären gegeben: ich bin unauffindbar. Niemand kommt zu mir. Und auch zu den paar Anderen kommt wohl kaum jemand, der nicht zu einem bestimmten Zweck erwartet wird, der Zweck hat mit mir nichts zu tun. Und es kommen auch nicht alle, die erwartet werden. Der unerwartete Gast des Jahres bin ich, und für lange Zeit wahrscheinlich der einzige, der Letzte vielleicht, außer einem oder zwei Forschern oder Sammlern von Objekten und Relikten aus den Randgebieten der Erde. Das Leben hier scheint sich in einem stationären Stadium des Erlöschens zu bewegen. Den Tod, den auch in Meona jeder in sich trägt, macht er – hoffentlich! – mit sich ab, ohne andere zu belästigen. Der Pulsschlag hier ist träger als sonstwo, ein wenig lahm, aber er deutet auf kein Aussetzen hin, es braucht hier weniger Schläge. Der Atem bleibt ruhig und trocken, er geht nicht aus, – hier irrt der Ire; so wenigstens scheint es bisher. Ich bin ein besserer Selbstbeobachter als er. Auf ihn paßt Gott auf, ich bin auf mich selbst angewiesen.

Unten im Hof an einem Haken hängt ein Tropenhelm. Den hat ein Gast hängen lassen, die Ansässigen tragen keine Tropenhelme, sie sind erhaben über solcherlei Schutz. Wo ist dieser Gast jetzt? Wohlgemerkt: es waren nicht zwei Tropenhelme, kein Grund zur Unruhe! Auch eine Hängematte habe ich liegen gesehen. Wo sind die Masten, an denen sie hinge? Vor allem: wo wäre der Schatten, in den man sich legt?

Ich spüre die Ruhe, sie fließt von außen ein, schwillt an, wird hörbar, sie drängt sich auf, und schon hat sie mich und will mich verpflichten. Zwar habe ich die Verpflichtung gesucht, aber zu eilig soll sie es nicht haben: zu bald mediis in rebus, und schon findet man sich jäh wieder hinausgeschleudert, wenn man Pech hat, verletzt. Hier haben Leute verzeichnet, gesammelt, gebohrt, vermessen. Um so besser: der Bestand ist festgestellt, die sogenannten Bodenschätze erschöpft, alles registriert, es geht mich nichts an. Die Schmetterlinge, fragte ich den Iren, die Insekten? Das letzte Insekt sei vor zwei Jahren gefangen worden, sagte er. Ich habe nicht gefragt, welcher Species es gewesen sei, ich bin beruhigt, es schwirrt oder kriecht nichts mehr, das ist wichtig; ein Pluspunkt Meonas gegenüber Masante. Zähle ich die Pluspunkte!

Überhaupt: kein Geräusch, keine Ankündigung, kein Zeichen einer eintreffenden Prophezeiung, nichts von dem, was einen in heimischen Gebieten plötzlich überfällt oder langsam entsteht und beunruhigt;

wenn zum Beispiel der Hahn schon am Nachmittag krähte, dann war etwas in tiefer Unordnung, sein Krähen blieb im Ohr, über den Abend hinaus, in die Nacht hinein. Wenn ich nachts auf dem Rücken liege, die Hände über dem Magen falte, also liege wie ein Toter, dann höre ich noch den Hahn und fühle den Herzschlag zwischen den Fingern stärker, lauter, es ist, als ob sie zuckten, in einem Rhythmus, der bei meiner Geburt begann, mich seitdem in wechselnden Tempi skandiert, bis er unregelmäßig wird, Ritardando, unterbrochen von plötzlichen Accelerandi, nachlassend, leiser werdend, und schließlich wird er aussetzen, in der Mitte eines Atemzugs, das Leben wird noch nicht einmal ausgehaucht, ein Teil der Atemluft bleibt drinnen und verfault mit dem Körper. Wenn ich bedenke, daß mich dieser Pulsschlag sogar schon vor meiner Geburt in Bewegung gesetzt hat, daß er seit über fünfzig Jahren die Funktion dieses minimalen, dazu verletzlichen Pumpwerks nach außen übermittelt, dessen Stillstand ich in jedem Moment erwarten muß, dann scheint es mir, als verschlage es diesem Körper genau jenen Atem, den es ihm jede Sekunde mit einer Regelmäßigkeit liefert, die einer größeren Sache würdig wäre.

Die Makkabäischen Brüder, so sehe ich da auf dem Kalender, erscheinen am zweiten August. Ich weiß nicht, wie sie heißen, noch wer sie sind. Vorher kommen noch andere Brüder, zum Beispiel am neunundzwanzigsten Juni Peter und Paul, schon vorbei. Bei denen muß ich immer, einer verhältnismäßig freundlichen Fehleingebung gehorchend, an Rubens denken. Sein Atelier kommt mir da ins Bild: der Meister malt, unterhält sich dabei mit dem Modell, einer Dame, läßt sich Tacitus vorlesen und diktiert seinem Sekretär einen Brief, während die Tochter zwei eleganten Besuchern, wahrscheinlich potentiellen Käufern, denn Mäzene brauchte Rubens nicht, Früchte bringt; sie balanciert, eine ranke Taille zeigend, die große Obstschale auf ihrem Kopf: – so will es ein in Kupfer gestochener Zeugenbericht. Er läßt Raum für die Spekulation, wie die Bilder geworden wären, hätte er allein in seiner Kammer gemalt, Peter Paul.

Peter allein, das klingt mir nicht übel. Ja, allen die Peter heißen, ist bei mir ein Punkt vorgegeben, der sich freilich bei näherer Kenntnis verwirken mag. Jedenfalls haben sie es in meinem Register leichter als jene, die etwa Uwe heißen. Ein Peter muß sich mir erst als unwürdig ausweisen, bevor er abgewiesen und gestrichen wird. Uwes Prüfung ist das Gegenteil: wie kann er seinen Namen wettmachen? Das ist ungerecht, ich weiß. Aber Namen sind eben Reizworte, und ich bin anfällig, ich höre in ihnen nicht nur den Laut, sehe nicht nur den ersten Träger des Namens, den mein Gedächtnis freigibt, sondern höre die Eltern, die solchen Klang anstreben, ich taste, ohne es zu wollen, nach den Gründen, weshalb. Peter, das ist schon seit langem da, heilig, kalendergerecht. Der heilige Uwe steht noch aus. Peter, die Silben stehen gegeneinandergelehnt in einem symmetrischen Lautsystem. In meinem Alter, ich bin 52, hat man in der Kindheit mit einem Peter barfuß Zwetschgen von den Bäumen geschüttelt, Peter, so hießen die zufälligen Gefährten der Sommerfrische – törichtes Wort: Sommerfrische, – manchmal war er Engländer und wurde Pieter ausgesprochen, das war zuerst komisch, dann Ausgangspunkt der Belehrung über fremde Aussprachen. Doch Uwe, das gab es damals noch nicht, das kam erst allmählich von unten herauf, aus einem finsteren Ursprung, einer hat das unter nordfriesischen Runen entdeckt, hat es dem Namens-Schatz zur Verfügung gestellt, und erschrekkend viele Eltern greifen nach diesem dunklen langen U, das nicht mit einem definierenden Konsonanten abgeschnitten wird, sich vielmehr labial auflöst und mit einem kurzen e erlischt; und dennoch ist, wenn man genau hinhört, etwas stehen geblieben, ein feuchter Fleck ist in die Luft gehaucht und löst sich auf wie eine Qualle. Unversehens tritt er auf, dieser Name, und bleibt; man vergißt ihn nicht: eine kurze, dann verklingende Schrecksekunde, die, wie so vieles, durch Wiederholung wirkt. Die Sekunde vergeht, der Schreck bleibt.

Ja, die Makkabäischen Brüder, das wäre wieder ein anderes Kapitel, wahrscheinlich mit Blut und Tränen geschrieben, wie es früher manchmal hieß. Feste kostbarer Tränen gibt es aber nicht, – warum eigentlich nicht? – nur Blut; man braucht nur zu blättern. – Am zweiundzwanzigsten Februar feiert man Petri Stuhlfeier, darunter kann ich mir nichts Rechtes vorstellen; sie erinnert mich nicht an die Peter meiner Kindheit. Das Schutzengelfest ist, wie ich feststelle, am zweiten Oktober, am ersten haben Remigius und Giselbert Namenstag. Giselbert heißt wohl keiner mehr, das hat kein Elternteil riskiert. Aber Remigius, den gibt es. Der, den ich kannte, war Schreinermeister in Holzleiten, er griff kleinen Mädchen gern unter die Röcke, Remigius Bolzer hieß er, spielte in Passionsspielen den Kaiphas, saß lange im Gefängnis: ein kleines Mädchen hatte ihn verraten, als sie seinem Griff entwachsen war und der Greifer von ihrem Röckchen abließ und zu ihrer kleinen Schwester überging, Kindliches mochte er lieber als Wachsendes. Seine Tochter und sein Schwiegersohn, die eine Gemischtwarenhandlung betrieben, mußten das Dorf verlassen: wegen der Schande. Auf dem Kalender erscheint Remigius zweimal, beidemal heilig, dennoch nicht zum Verwechseln, ich habe einmal nachgeschlagen: einer war Bischof und hat den Frankenkönig Chlodwig zu Reims getauft, der andere war Erzbischof von Lyon, Gegner Hinkmars, der wiederum ein Gegner Lothars des Zweiten von Lothringen war, womit wohl noch nicht ausgemacht ist, daß Remigius dadurch ein Freund Lothars wurde. Jedenfalls hat er zwischen Karl dem Kahlen und Ludwig dem Deutschen geschlichtet. Außerdem hat er die pseudo-isidorischen Dekretalen, was immer das gewesen sein mag, zurückgewiesen, wahrscheinlich von seinem Standpunkt aus zu Recht, es klingt nach einem fortschrittlichen Entschluß, doch mag ich mich irren.

War es nicht ein Remigius, der die Angelolatrie zur Wissenschaft erhob? Der Lehrstühle schaffte, die Hunderte von Jahren standen und auch heute noch nicht wackeln? Gewiß war das einer. Von ihm stammt die Lehre, oder vielmehr die Glaubenswahrheit, daß es neun Chöre von Engeln gibt, wie es ja dann auch auf dem nicaeischen Konzil festgelegt wurde. Neun Chöre immerhin, das ergibt ein Konzert! Nicht nur Gott der Herr hat sie gezählet, sondern auch die Teilnehmer des Konzils auf ihrer Sternfahrt dorthin, dahindämmernd unter dem erleuchteten Nachthimmel, in ihren Sänften, getragen von ihren demütigen Kaplanen, da gaben sie sich himmlischer Spekulation hin, wie auch heute noch, nur ist natürlich heute die irdische dazugekommen. Und erst auf dem Konzil von Montebuio bildete sich eine fortschrittliche Gegenpartei, die behauptete, es seien nur sieben. Da traf sie der Bannstrahl des Papstes Cölestin des Dritten. Er wollte sie als Ketzer verbrennen lassen, doch nur einer von ihnen, ein böhmischer Bischof namens Bohemund, endete für seine Überzeugung auf dem Scheiterhaufen, seinen Namen suche ich auf dem Kalender vergebens. Die anderen nahmen die sieben zurück, in tiefer Zerknirschung darüber, daß sie zu weit gegangen waren, so weit war die Kirche damals noch nicht, heute ist sie weiter. Da waren es denn wieder neun. Und noch auf seinem Totenbette, man schrieb inzwischen das Jahr 1301, sagte Papst Cölestin, bevor er die Augen für immer schloß: sunt novem! – was darauf hinweist, daß die Anfechtung doch nicht spurlos an ihm vorübergegangen war.

Novem sunt, dabei bleibt es. Dafür bürgt die eingehende Darstellung des Benediktinerpaters Willibrord Oeckmann OSB, bis heute unwiderlegt, sie ist in der vierzehnten Auflage erschienen, das weist auf ein echtes Bedürfnis hin. Weiterhin bürgt dafür der irdische Chor der Kardinäle, an ihrer Spitze streitbare Figuren, die den Engeln zu ihrem Recht verhelfen, und die, solange sie leben, und sie leben sehr lange, gegen jene Aufbegehrer kämpfen, die nur sieben, ja, neuerdings nur fünf Chöre von Engeln haben möchten, im Wissen um die tiefe Notwendigkeit der Zurückhaltung auf allen Grenzgebieten zwischen Zumutbarkeit und Unzumutbarkeit. So haben sie sich bisher auch nicht durchsetzen können, denn eine rechte Glaubenswahrheit umzustoßen ist schwerer als eine Wahrheit zu beseitigen, und so wissen es denn nun alle Rechtgläubigen, die Armen Portugals, die Bettler Siziliens, die in den Minen Boliviens und in den Gefängnissen Paraguays, die gemaßregelten Kaplane aller Elendsviertel der Welt, und alle, die da auf den Straßen wanken und schleichen und kriechen, wissen, bevor sie verrecken, daß es dort droben neun Chöre von Engeln geben wird. Sunt novem et remanebunt novem. In aeternitate, Amen.

Der Kalender kommt hierher, an den einzigen Nagel, an dem bis jetzt noch eine gerahmte Fotografie hängt, weit aus der Vergangenheit geholt: eine Dame mit Pelzmütze, Pelzmantel und Pelzmuff, die an ihrer Hand ein Mädchen hält, ebenfalls mit Mütze, Mantel und Muff. In der Wüste ein Winterbild. Verschneite Bäume, Sträucher, wahrscheinlich Garten, im Hintergrund fließt alles ineinander. Das Bild entstammt einer Zeit, als man Vordergrund und Hintergrund noch nicht mit der gleichen Schärfe ins Bild brachte, eine Zeit der Pelzmützen und des Muff: ich meine den handlichen Wärmespender, inzwischen ausgestorben. Alles ist weiß und still, ein Genrebild von Mutter und Tochter, beide schön und scheinbar sorglos, ein schönes Bild, eine schöne Zeit.

Diese Relikte; diese Räume! Jeder, den ich öffne, steht für zehn andere, in denen ich gewesen bin oder gelebt habe. Weiße Wand erinnert mich immer wieder an eines meiner frühesten Zimmer, weiß wie dieses, aber nicht kalkig matt, sondern samten und schillernd von Goldstreifen: englische Tapete; an der Wand hing das Bild eines Frühlingsreigens, zu dem es ein Lied gab, jeden Tag wollte ich es hören. Die Fenster hatten weiße Gerippe, sie zerteilten die Aussicht in Rechtecke, zwischen ihnen ging der Blick auf große Birnbäume. Es waren, denke ich, nur sechs, aber damals schien es mir ein Birnenwald zu sein. Gute Luise, sagte meine Mutter, es klang nach einer leutseligen Kaiserin, der die Birne ebenso am Herzen lag wie eine von ihr gegründete Haushaltsschule, deren Patronat ihr oblag, ein Institut für höhere Töchter, nicht für eine Hedwig Klotze aus Magdeburg. Gute Luise, dieses U ist schön, vor allem gefiel mir das Ui, es klang wie der Wind im Märchen. Hinter den Bäumen waren Ställe und eine Kutscherwohnung, aber die Zeit der Kutschen war vorbei, die Ställe waren schon lange geschlossen. Die Baumkronen zwischen den Fensterrippen waren immer in schwankender Bewegung, im Treppenhaus hallte es, die Holzbalustrade knarrte, wenn man sich an ihr hielt, auch sie weiß und abgegriffen, das Treppenhaus ein weit gegliederter Raum wie das Globe Theatre, in dem Worte und Rufe und Fragen hin und her und herauf und hinabgingen, unten öffnete sich eine Tür, Schritte hallten, oben wußte man nicht, wer kam, wer ging, wessen Stimme und warum.

Das Winterbild, auf den Nachttisch, der Kalender herrscht. Jeder Tag, und wenn er auch sonst nichts mit sich trägt, trägt seine Zahl und den Namen oder ein Fest, schön, daß es so viele Feste gibt. Außer dem Druckschwarz der Zahlen und der Buchstaben bleiben die Wände weiß, das heißt, an Sonntagen und Feiertagen ist die Zahl natürlich rot, hat die Farbe kostbaren Blutes, etwas heller vielleicht, etwas weniger kostbar. Hinab also mit dem Bild, hinten ist es mit Pappe beklebt, darauf steht: 1929.

Ein Bett, ein Nachttisch, ein Schrank, ein Stuhl, alles braun oder bräunlich schäbig, möbelfarben eben, so wie Möbel waren, bevor man sie froh zu machen versuchte. Imitiertes Furnier, und dort wo es echt ist, blättert es und zeigt aufgeraute Holzfläche und uralten Leim. Dies ist beinah eine Zelle, ohne Kreuz zwar, dafür aber mit heiligen Daten. Somit ist alles vorbereitet, aber für was? Jetzt nicht daran denken, der heutige Tag, oder was davon übrig ist, gilt der Eingewöhnung, die Gedanken müssen sich von Masante lösen. Viel hängt von der rechten Dosierung ab. Denn auch hier werden sie kommen, die bösen Stunden des Nachmittags. Überall sind sie gekommen, unweigerlich, in Masante und unterwegs auf Reisen, in Hotelzimmern, an fremden Orten waren sie noch böser; ich war mit dem Nicht-zuhause-sein so beschäftigt, daß ich es nicht fertiggebracht hätte, mich auch noch mit anderem zu beschäftigen als dem Dortsein, dem Fernsein als aktivem Vollzug. Lesen, Schreiben, all das wäre unmöglich gewesen. Ich horchte auf innere Unregelmäßigkeiten, Störungen und Verstörungen. Da summt es im Blut, es klopft, die Maschinerie in mir verarbeitet die Anstrengung, jetzt hier zu sein. Ich war ganz Ohr nach innen, Auge nach innen, doch erst dieses Hineinhorchen und Hineinsehen setzt die Dinge innen in Bewegung; so wie ein Gegenstand sich durch Beobachtung verändert, veränderte ich mich durch Selbstbeobachtungen.

Jetzt sollten die Dinge ihren Schrekken verlieren, ich bin unterwegs, Erwartung gewinnt an Gewicht, ein Anspruch an mich selbst; gelöst und bereit, früheres abzustreifen, aus der Hülle geschlüpft, tauche ich hervor in dünne Atmosphäre einer unbekannten Zukunft, der meinen, nicht der Meonas. In Masante war ich voll Altern, in einem Zustand, da man zunehmend sich selbst spürt, immer an einer anderen Stelle, auch außerhalb des bestimmbaren Körpers, ›Schmerzen wo ich nicht war‹. Die Gedanken versuchten hinauszudringen, doch sie wurden zurückgehalten, oft zurückgedrängt durch einen Druck im Kopf, an den Schläfen, ein Reißen, ein Ziehen, rührten sie sich, nach einem letzten gewaltsamen Versuch, den Dingen entgegenzukommen, nicht mehr von der Stelle, mattgesetzt. Diese Lähmung wäre unerträglich geworden. Jedes Erlebnis, auch das erhoffteste, mißlang; der Versuch, mich auf Reisen abschiednehmend zu delektieren, war müßig, dieses Schema war schon veraltet. Die Gastgärten geschlossen, die Stühle zusammengeklappt und gestapelt, von den Tischen tropfte das Regenwasser auf faulende Blätter, die Karpfenteiche leer, wahrscheinlich verseucht, die Bänke unter den Kastanien entfernt, und alles entlaubt –, jetzt bin ich schon wieder bei den Jahreszeiten, beim Wetter des Helden, bei mir,

und jetzt kommt es, dieses Grauen, der Nachmittag fällt, der Abend droht, wenn auch noch von fern, noch färbt er den Tag nicht ein: nur eine Gebärde. Überall und wiederkehrend, Sommer, Winter, Norden, Süden, drinnen, draußen, im Schnee und im Gras, mal früher, mal später, oft erst im Dunklen, aber es kommt, unfehlbar. Ich denke an diesen griechischen Jüngling, wie hieß er noch? Ganymed war es nicht, der bediente an der Göttertafel, meiner war nicht privilegiert, er hatte Angst wie dieser Mitschüler – wie hieß der? – er suchte vor der entgegenziehenden Dämmerung zu fliehen, lief ihr davon, flog über Land und Meere, sie holte ihn nicht ein, denn er lief oder flog schnell, aber er mußte mehrmals die Erdkugel umkreisen, und erst als er erschöpft zusammenbrach, wurde es dunkel über ihm, die Dämmerung hatte gesiegt. Die Erde sei rund, das waren seine letzten Worte, aber seine Stimme war schon erstorben, so hörte ihn niemand; daher kam die Erkenntnis so viel später und hat so viele Opfer gefordert. Ob sie genützt hat, ist fraglich. Hielten wir die Erde noch für flach, so könnten wir auf diesen letzten Schritt hoffen, den Himmel ein wenig anheben, und hinab von der Platte und hinaus und hinunter. –

Hinüber also in den Raum, den man, je nachdem woher ich komme, Gaststube, Schankstube, Bar, Kneipe, Pinte, Pub, Cantina, Osteria nennt. Wie nennt man ihn aber hier in der Wüste, wo er wichtig ist und vielleicht einige Leben mühsam aufrechterhält! Ich weiß es nicht, es ist auch nicht wichtig. Man erträgt die elende Stunde dort mit mehr Fassung als anderswo, sie geht schneller vorbei. Später wird es wieder besser, zuerst kommt das Frieren, ein kaltes Erschaudern, um diese Zeit sieht zu einem entfernten unsichtbaren Fenster des Körpers der Tod herein. Später entfernt er sich dann noch einmal, die Stunde ist ein kurzes Stadium im zyklischen Ablauf des Tages. Nur hält hier eben die Zeit ein wenig länger still als in anderen Stadien, das sind so die Tücken des Tages, er richtet sich nicht nach der Uhr, er springt, verweilt, zögert, schleicht, bleibt stehen und springt wieder. Die Uhr ist nur eine Erfindung, um ihn durch Einteilung erträglicher zu machen, sie war ursprünglich gut gemeint, ein Spielzeug, das immer kleiner wurde, bis es in den Händen bastelnder Franken in Nürnberg zu Taschenformat schrumpfte; zum Ergötzen der Großen: Rudolf der Zweite von Habsburg hat sich als Uhrmacher versucht, im Schloßpark zu Prag führte er dem Hof sein Werk vor, eine Vergnügung wie das erste Kartoffelessen bei Königin Elisabeth von England. Ihre spätere verpflichtende Bedeutung war nicht eingeplant.

Über den Innenhof der Herberge, durch Arkaden, unter denen einst angebundene Kamele mahlend auf das Weiterziehen warteten. Jetzt heißt sie ›la dernière chance‹ oder ›the last chance‹, wie eben diese Stätten heißen, vorsorglich wandelt sich im Namen eine Drohung zu einem Scherz. Karawanserei, in hoffnungsvolleren Zeiten der Bohrungen zu Kolonialstil gewandelt und weiß aufgeputzt und in ergrauendem Putz verkommen; erst der Verfall gibt dem Stil einen Hauch von Würde, vor allem dem Hof. Er ist schattig und still. Da hängt der Tropenhelm, da liegt die Hängematte – ein Ferienstilleben.

Ich betrete die Bar; bleibe ich bei dem kürzesten Wort.

– Wer war das noch, dem das Wort ›Sauberkeit‹ zu lang war? Das war doch der Stollfuß oder nicht? –

Die Bar ist verkommen, geräumig und voll zugleich, ein Raum im Stadium der Improvisation erstarrt, selbst der Dunst, der mir entgegenschlägt, ist uralt. Sie vereint vieles und ist nichts ganz; voller angetragener Gegenstände, aufgegebener Ansätze, mit Stoffen behängt, mit Kissen gestopft, und doch nicht eingerichtet; eine künstliche Oasenstation als Keil in die Wüste getrieben und dort im Sand verankert, der Anker gesunken, weiter geht es nicht mehr. Ich bin an ähnlichen Orten schon gewesen, in ähnlichen Räumen und Behausungen. Aus allen spricht der Wunsch der Bewohner, nicht dort zu sein, wo sie sind, und die Frage: wo? Daß sie dorthin verschlagen würden, wo sie sind, wurde ihnen nicht an der Wiege gesungen. Erinnertes sammelt sich, bildet Schichten, wechselt Form und Bedeutung, und allmählich wird alles undeutlicher und verschwimmt zu Elementen eines Vorlebens, das allen gemeinsam ist. So auch hier: Reliquien, Fetzen, Reste. Durch die zerschlissenen Vorhänge dringt als Fadenschein eine Ahnung von sengender Hitze draußen. Nicht daß es hier drinnen kühl wäre, es ist dumpf, doch erträglich, ruhig, unaufgerührt bis jetzt, weich. Bänke, alle zum Liegen bereit, zur Rettung. Allerdings liegen jetzt auf den meisten Waagerechten schwarze Katzen. In solchen Höhlen wird das Überleben als Laster betrieben, und alles wartet auf die Nacht, der Tag ist dem Raum nicht angemessen, er wird übergangen. Seine Menschenleere im Augenblick ist nichts als die Gegenwart noch abwesender Gäste, die draußen sind, auf ihren Posten oder auf Patrouille, um dort ihre nächtlichen Trinkstunden abzuverdienen mit Forschung oder Messungen oder Verteidigung gegen Gefahren, die aus unerforschten Gebieten drohen und deren Art und Ausmaß unbekannt bleiben, bis sie eines Tages diese Station mitsamt ihrer Besatzung überrollen und von hier weiter, nicht im Sturm, sondern schleichend oder kriechend, eine unsichtbare Invasion tödlicher Partikel oder eine furchtbare Seuche, auf jeden Fall etwas, dem niemand vorbeugt, weil niemand damit rechnet, gerechnet wird nur mit Erscheinungen, für die es Worte gibt.

Eines nach dem anderen: sortiere ich meine Wahrnehmung nach Einheiten: zuerst die Schreibmaschine, sie steht neben der Tür. Soll sie mir gelten? Abschreckung oder Herausforderung?

Als zweites: Maxine hinter der Theke, zum Teil auch von hinten sichtbar in den Spiegeln der Flaschenregale.

Die Maschine hier ist ein kostbares Sammlerstück, das Bedeutung gewinnen wird; ich besäße es gern, als Spielzeug und als greifbare Erinnerung, – nicht an Maxine: die sieht mir so aus, als habe sie wesentlicheres zu bieten als Spielzeug – sondern an ihren Rahmen, diesen Raum, den äußersten Ort meiner Reisen und Erfahrungen, der mir wahrscheinlich eines Tages wieder entschwinden wird, – freue ich mich auf das Entschwinden? In diese alten Tasten jedenfalls griffe ich noch gern zu einer Elegie, dies ist beinah schon ein Spinett. Auf einem hölzernen Ziertisch, wahrscheinlich ehemals Untersatz einer Hallenpalme im Café Royal, steht es, ein Symbol für das Ende aller Poesie und ihrer Werkzeuge, uralt, angefressen und seltsam ausgerundet, als sei es von den Rändern her angeschmolzen und nur im Ungefähren wieder verhärtet. Es muß jahrelang im Meerwasser gelegen haben, scheint auch von Fischen angenagt, es soll ja Fische geben, die sich in Schwärmen von Millionen auf Metall stürzen, den Rost abknabbern, um sich von der Masse zu ernähren; so sind schon gesunkene Kursdampfer verschwunden.

Maxine spricht. Sie sagt: »Das ist die zweite Remington, die gebaut wurde.«

»Wo ist die Erste?«

»Das fragen Alle.«

Ein gezielter Empfang! So weit vorn sind hier also schon die kleinen Fallen gestellt. Wie wird es mit den großen werden? Ich bin mit einer Fangfrage hineingefallen, oder vielmehr: Maxines Satz ist eine Fangaussage, die mit der notwendig darauffolgenden Frage den Frager hineinlegt. Eingeordnet fällt er in ein Fach und ist vielleicht nicht mehr viel wert. Nicht ich bin es also, der diesen Raum mißt und seinen Zubehör untersucht, sondern sie ist es, Maxine, die Wirtin, die prüft, auswertet, einordnet und unter ihren Gästen Exemplare sortiert, – zu welcherlei Verwendung? Das fragen alle, sagt sie. Aber wer sind diese alle, die hier waren oder hier sein werden oder vielleicht hier und nur augenblicklich abwesend sind? Hält sich Maxine, die eine Endstation verwaltet, ein paar ausgesuchte Stücke?

Maxine hat getrunken. Sie wird bis an ihr Ende weitertrinken. Die Frisur löst sich auf, Haarsträhnen hängen in die Stirn. Der Kopf liegt, wie vom Körper gelöst, auf ihren Armen, die Arme auf der nassen Platte. So hat sie mich seit meinem Eintritt mit den Augen verfolgt, schweigend registriert sie meine Entdeckungen. Sie hebt den Kopf nur so weit, daß ihr Mund den Rand des Glases erreicht, in dem ein kleiner silberner Löffel steckt, als solle er sie an etwas erinnern. Sie trinkt in kleinen Schlucken etwas Weißes, Arrac oder Pernod muß es sein, vermischt mit Wasser aus einem Krug neben ihr. Auf ihm steht ›Cutty Sark‹. Auf anderen Krügen steht ›Lord Richmond‹ und ›Ballantine's‹, oder es sind Bilder darauf, der schwarze und der weiße Terrier, und der Generationen durchlaufende Johnnie Walker. Auch Bierkrüge stehen herum, – Maxine sammelt Rezeptakel, ein Teil von ihr ist damit bereits festgelegt, – Jubiläumskrüge mit Bildern von Churchill, Stanley Baldwin mit Pfeife, vom Münchner Kindl, dem Berliner Bären, König Georg dem Fünften und seiner Königin. In einer Ecke steht ein Schirmständer mit Regenschirmen. Wann regnet es hier?

Maxine beobachtet mich. Was soll ich trinken? Ich habe, solange ich trinke, Rotwein getrunken, ich würde es gern hier fortsetzen, um zu überbrücken; um auch auf diesem Gebiet keine Lücke entstehen zu lassen, keinen Riß, der Pathos einläßt. Aber ich fürchte den Rotwein hier, gewiß ist er schlecht, kommt aus Afrika oder aus einem finsteren

Kloster an einem anderen Rand der Wüste, wo die Reben bis an den Sand wachsen, ist von schaukelnden Dromedaren angetragen, die Traube von grindigen Füßen straffälliger Trappisten getreten, einen kannte ich, freilich einen Abtrünnigen, in der Bretagne war das, der hatte den Sohn des Dorfpräfekten hinter den Bienenhäusern verführt. Keinen Rotwein hier, nicht in Meona. Sofort mit anderem beginnen, man wächst hinein in das Trinkwesen der Regionen, viele wachsen so hinein, daß sie es in die Heimat mitschleppen. Ich werde wieder hinauswachsen, später, dem Sangiovese in Masante entgegen, der ist bitter, aber er ist der Wein von Masante. – Was wäre mir hier gemäß? Whisky etwa, wie diese Krüge ihn nahelegen? So wie jeder reisende Abenteurer, Held oder, vor allem, Romanheld, der sich, wie es heißt, mit unsicherer Hand das Glas vollschenkt, natürlich nicht verdünnt, es dann zwischen zitternden Fingern hält, die Zigarette in der anderen Hand, im Mundwinkel Zeichen seiner Verachtung des Verderbens, dem er entgegensäuft? Gewiß: dies ist der Ort für einen solchen Helden, die Kneipe ›la dernière chance‹ am Rand der Wüste, was will er mehr? Aber ich bin kein Held, ich bin ein unzufriedener, ewig bestürzter Unheld, ein flüchtiger Gast, doch harmlos und für andere nicht schwierig. Einer offensichtlich, für den auch andere entscheiden, denn Maxine gießt mir aus ihrer Flasche ein, es ist Arrac und nicht Pernod; sie schiebt mir den Wasserkrug hin; ›Cutty Sark‹, lange wußte ich nicht, daß es eine Whiskymarke ist, ich sah eine Irin mit wehendem hellrotem Haar, um die es eine Ballade gibt, aber es war ein Schiff, ich glaube, ein junger Dichter hat sich in Turnschuhen auf hoher See von diesem Schiff in die Tiefe gestürzt. Doch wer war die Namensträgerin vor dem Schiff, das Modell seiner Galionsfigur, die, bunt wie ein Karussellpferd, den Namen mit offenem schweifendem Mund übers Meer bläst? Keine wichtige Frage, gewiß, aber mich interessiert die Geschichte der Namen, mich hätte sogar interessiert, wie Rotkäppchen mit Vor- und Nachnamen hieß.

Die zweite Remington? Diesen Faden nehme ich nicht auf. Hätte Maxine gesagt, es sei die erste, so wäre der hier herrschende Grad relativer Wahrheit klargestellt, der Frager hätte sich entsprechend eingerichtet, so wie er sich, je nach Temperatur, ein Kleidungsstück an- oder auszieht. Aber die zweite: das ist auf Wirkung berechnet, eine Irritation meldet sich. Gewiß, in einem Haus, wo es manchen Ballast anschwemmt, Objekte der Erinnerung, die ihr Subjekt überlebt haben, dürfte man die Möglichkeit nicht ausschließen, daß sich die Ansässigen auf die Wirkung der Wahrheit verlassen. Aber was soll es? Es gibt eben Aussagen, die dadurch nicht wahrscheinlicher werden, daß sie wahr sind, sondern die, im Gegenteil, erst dadurch jedes vernünftige Maß verlieren.

Ich stelle fest: Maxine folgt meinen Gedanken und spürt Kritik an ihrer Behauptung. Ich schweige und lasse sie spüren, daß ich von ihr Besseres erwarte, sehe mich nach anderen Gegenständen um, da gibt es vieles. Sie soll wissen, daß ich, was Versionen, vor allem Varianten, der Wahrheit betrifft, nicht so leicht zufrieden bin wie möglicherweise mancher Vorgänger, dem vor allem daran gelegen sein mochte, hier seine eigene Geschichte anzubieten. Daß ich mich lieber an den Sprecher halte als an das Gesprochene, daß sie, Maxine, mich mehr beschäftigt als die Maschine, sei sie die erste, die zweite oder eine von vielen. Sie sagt: ›Die erste ist im Industriemuseum von Philadelphia, aber Alain meint, es sei eine Fälschung.‹ Sie versucht, sich zu behaupten. Jetzt der Beweis, daß sie mit mir als Partner zu rechnen hat, zumindest auf dem Gebiet der Deutung und Bestimmung konkreter Dinge, immer war mein Fall das Greifbare mit seiner Vergangenheit und seinen Möglichkeiten.

»Die erste Remington, Maxine, ist nicht im Industriemuseum von Philadelphia. Dort ist eine Underwood, und die ist echt, verbürgt. Die erste Remington liegt unter der Erde. Sie wurde im Jahr 1893 in den Büroräumen der Anwälte Sawyer, Sawyer & Finn zu Detroit aufgestellt, ein Geschenk, Beziehungen waren im Spiel. Bekanntlich hatte Humphrey S. Sawyer die mittlere der drei Remingtontöchter zur Frau, ich weiß nicht welche, jedenfalls war es nicht Linda, um die es den Skandal gab. Die Maschine wurde einer bewährten Kraft anvertraut –«

nimm den Faden auf, Maxine, jetzt eine Stichfrage: wem? Doch Maxine fragt nicht, die Geschichte zieht nicht, Maxine wird gewinnen.

»– einer Miss Mortensen. Tochter dänischer Einwanderer, Anhängerin der Christian Science übrigens, eine der frühesten. Sie ist im Dienst an der Maschine gealtert und hat sich geweigert, sie mit einer anderen zu vertauschen, als es schon längst neue und rentablere Modelle gab. So wurde Miss Mortensen mit Maschine zur Belastung für die Firma. Aber man behielt sie, ihre Verdienste wogen das holprige Schriftbild auf. Sie hat sich niemals von ihr getrennt, verschiedene seltsame Verdachtmomente wurden laut, oder vielmehr nicht laut, sie schwelten leise dahin, unterdrückt. Miss Mortensen wurde auch niemals mit Männern gesehen, dafür einmal nachts, nackt, kniend über die Maschine gebeugt, auf der eine brennende Kerze stand. Es wurde vertuscht. Auf ihren Wunsch hat man ihr die Maschine ins Grab gelegt, als sie 1911 sechsundsechzigjährig starb.«

Maxine sieht mich an, sie sagt nichts, auch ihr Blick sagt nichts. Sie trinkt einen Schluck und stellt das Glas ab. Mein Ansatz ist verwirkt.

Weiter in den Wahrnehmungen.

Zwischen den Kissen und den Katzen, Hockern, Bänken und der Theke stehen weitere Gefäße, Vasen, Krüge, Becher, Behälter für unbekannte Zwecke, auch eine Hutschachtel mit steifledernem Riemen, Messingspangen und Schnallen, die schweigende Maxine enthüllt sich anhand ihrer Sammlung. Es hätte noch mehr Platz: das wäre so ein Raum für Fernschreiber, Fernsehgeräte, alle diese Requisiten, die schon heute so aussehen wie Sammlerstücke, Bestandteile eines Ambiente, etwas für Antiquitätensammler einer ganz nahen Zukunft, so wie jetzt die alten Bügeleisen und die ersten Telefone. Raumraketen und ihr Zubehör, ihre Besatzung im vollen Schmuck, werden bald aussehen wie Jukeboxes, sehen schon jetzt aus wie Errungenschaften von 1880, erfunden von Jules Verne und ausgestellt in längst abgebrannten Glaspalästen, alles Erfundene ist als Verwirklichtes schon veraltet.

Der Inhalt der Hutschachtel gibt sich zu erkennen; über dem Schirmständer hängt er: ein Damenhut, dunkelblau glänzend und steif, mit weißem Velour besetzt. Ein ausgetüfteltes Ding, von huschend gewandter Meisterhand geformt, eine stilisierte Rose steckt darauf, ein Stück ehemals weißer Schleier hängt herab und löst sich auf wie von einer Spinne verlassenes Spinnweb. Dieser Hut ist, wie man sagt, gestaltet. Das Ziel meiner weitesten Reise: ein alter Hut.

Maxine sagt: »Der Hut ist von Aage Thaarup, ein Modell von 1935. 1935 war ein gutes Jahr für Hüte –«

»1934 war besser«, sage ich. »Es war das Jahr, in dem Vallin stürzte, seine breiten Ränder kosteten ihn seinen Ruf, sie erinnern sich, die Gräfin von Auxerre wurde im Hutsalon ausgepfiffen. Vallin ist ja dann auch verschollen. Man sagt, er lebe noch in Umnachtung.«

»Es war Thaarups Glanzzeit«, sagt Maxine unbeirrt, noch komme ich nicht gegen sie auf. »Der Gipfel seines Schaffens. Dieser Hut hat Queen Mary gehört, sie hat ihn beim Rennen in Ascot getragen, dann wurde er versteigert. Ein Sammler hat ihn mir vermacht, er sammelte königliche Hüte. Das kostbarste Stück, das er hatte, war das Samtbarett Kaiser Karls des Fünften, das hat er immer bei sich getragen –«

Jetzt denkst du, Maxine, ich frage, wo dieses Stück sei. Du sollst dich getäuscht haben, ich zahle dir dein Schweigen zurück.

»Dieser Hut ist von 1936. Der Sammler hat ihn mir geschenkt. Aus Dankbarkeit. Er sagte, ich habe ihm das Leben gerettet. Ich habe mit ihm geschlafen. Wenn man einem Mann damit das Leben rettet, dann habe ich viele Leben gerettet. Er sammelte königliche Hüte. Ich habe schon alle möglichen Männer gehabt, nicht nur Sammler königlicher Hüte, auch ihre Träger. Aber dieser war Sammler, er hieß Ronald. Sein kostbarstes Stück war Mary Stuarts Samtbarett. Später hat er sich aufgehängt.«

»Sie haben ihm also doch nicht das Leben gerettet.«

»Ich hätte ihn auch nicht gehindert, es sich zu nehmen, wenn ich dabei gewesen wäre.« Immerhin: eine Antwort. »Die Sammlung wurde versteigert.« Sie spricht sachlich, unbewegt von dem Schicksal des Sammlers oder von ihrer eigenen Männerwahl. Sie erläutert, legt frei, und doch, halb nach innen gekehrt, spricht sie gleichzeitig zu sich selbst, als bewege sich, noch nicht einmal allzu tief unten, etwas in ihr, das immer wieder neu zu bewältigen sei, sie beschwichtigt etwas, so daß es sich nicht an der Oberfläche zeige, aber es zeigt sich doch, nur weiß ich noch nicht, was es ist. Sie ist verstummt, vielleicht im Gedenken an Ronald, ein Sammler wie sie. Sie trinkt, gießt sich nach, verdünnt nicht mehr, Cutty Sark bleibt unberührt.

Aage Thaarup, ehemals gefeierter dänischer Modist, weiland Hutmacher der königlichen Familie von England, by royal appointment, Glückspilz seines Zeichens, auf einem Dorf in Jütland geboren, ansehnlich, beweglich, schwul, hatte sich auf ein Gewerbe verlegt, auf dem es keine ernsthaften Rivalen gibt. Ein englischer adliger Gönner und Liebhaber von Naturbegabungen entdeckt seine Fähigkeiten auf allerlei unalltäglichen Gebieten, nimmt ihn mit sich nach England und öffnet ihm dort einen Weg, der steil hinanführt, bis zum Hof, zur Königin, deren Haupt er mit seinen pompösen Kreationen krönt, von denen ich nicht annehme, daß sie ernst gemeint sind. Wahrscheinlich waren sie als diabolische Späße gedacht, hübsch gezielte Akte der Rache am verachteten Geschlecht, ausgeübt an einer exemplarischen majestätischen Mutterfigur.

Doch du irrst dich, Maxine. Dies war kein Hut für Pferderennen, sondern für Fahrten in der königlichen Kutsche durch Gassen von Huldigung. Für Ankünfte auf den Gütern der Herzöge, wo die Queen gern ihr week-end verbrachte, um Dank zu ernten für die Verschaffung des Hosenband-Ordens oder anderer hoher und höchster Orden und Auszeichnungen und Zeichen der Gunst. Und sie erntete reich. Sie war der Schrecken ihrer Gastgeber. Was sie bewunderte, das hatte man ihr zu schenken, und sie bewunderte viel. Man versuchte, ihre Blicke von den Wänden abzuhalten, von den dunklen rechteckigen Flecken auf den verblichenen Seidentapeten, dort wo man die wertvollen Bilder rechtzeitig vor ihr in Sicherheit gebracht hatte. Sie sah aber gerade das was man vor ihr verbarg, daher bevorzugte sie später solche Gastgeber, denen zum höchsten Rang noch eine Stufe fehlte, denn die waren freigebiger, sie wußten, daß ein kleiner Verlust sich auszahlen würde, wußten jedoch seltsamerweise oft nicht, daß es ein großer Verlust würde. Queen Mary sagte: ein herrlicher Tizian, – und schon ließ der Hausherr seinen einzigen Rubens, den ein Vorfahr durch eigene List ergattert, wenn nicht gar eigenhändig gestohlen hatte, von der Wand heben, um ihn in den Buckingham Palace schicken zu lassen. Auf diese Weise wurde die Gemäldesammlung des englischen Königshauses zusammengetragen.

Die Katzen: es sind elf, und alle sind schwarz. Sie schlafen, zu runden Haufen gerollt oder gedehnt, die Pfoten weit von sich gestreckt, um sich nicht am eigenen Fell zu erhitzen. Ich streichle ein paar aus dieser Zucht, eine schwere trächtige Mutterkatze, einen großen ruhig atmenden Kater, ein Vieh wie eine Maschine, wahrscheinlich brutal im Wachen doch sanft im Schlafen, das Fell drahtig und verklebt, die Ohren angerissen von nächtlichen Kämpfen. Ich habe Tiere immer um ihre Fähigkeit beneidet, im Schlaf nicht nur den tödlichen Kampf von gestern zu vergessen, sondern vor allem den von morgen ahnungslos vor sich herzuschieben, Erfahrung berührt sie nicht. Keine Angst vor Häschern.

Maxine sagt: »Es sind nur noch elf. Aber es waren mehr, es waren siebenundzwanzig. Das war in Apt. Apt liegt, falls Sie das nicht wissen, in der Provence, ein Nest. Achtunddreißig Katzen sind ja beinah zu viel, man kann sie kaum zählen. Vielleicht waren es sogar mehr. Aber ich wollte es den Leuten zeigen. Mehr als zehn Katzen zu halten war nämlich nicht erlaubt, nach einem Gesetz von 1904, das aber immer noch in Kraft ist, es hat starke Befürworter in der Deputiertenkammer, meist Vogelfreunde und Vogelfresser der bürgerlichen Rechten. Natürlich, nachts jagten meine Katzen die Vögel, und das wollen die Leute nicht, sie wollen Gezwitscher, ich weiß nicht, wann man beschlossen hat, diesen Lärm schön zu finden –«

»Um Achtzehnhundertzwanzig.«

»Es ist eine Verschwörung, eine von vielen. Man könnte sagen, zehn Katzen seien genug, aber man will sich doch nicht von oben vorschreiben lassen, wieviele man halten darf. Ich wurde dauernd bespitzelt. Die Leute deuteten auf mich, die Metzgerfrau fragte beim Einwickeln: na, und wie gehts den Katzen? Sind es schon hundert oder mehr? und der ganze Laden blickte auf mich. Sogar zwei Polizisten beobachteten mich –«

»Wie sahen die aus, die Polizisten?«

»Meine Katzen saßen nämlich immer an den Fenstern, da sah ich denn die Leute an der anderen Seite der Straße stehen und zählen. Dann habe ich ihre Felle schwarz gefärbt, die Fensterläden geschlossen und nur ein einziges Fenster offengelassen, an dem konnten nur sechs Katzen auf einmal sitzen. Daß es nicht immer dieselben waren, sah man von außen nicht, alle waren schwarz, und jetzt halte ich sie schwarz.«

Zwei Polizisten – wer waren die Beiden auf den Straßen von Apt, wahrscheinlich in hellen Regenmänteln, die Hände auf dem Rücken verschränkt, in ruhigem Gleichschritt? Waren die wirklich nur unterwegs, um Maxines Katzen zu zählen?

Apt kenne ich, ein Nest, Maxine hat recht. Genau das, was man einen Marktflecken nennt. In einer Gegend grau von Steineichen. Ich habe sie einmal durchfahren, auf dem Weg nach Lacoste, dem Sitz der de Sades, wo der Marquis nachts nackt Theater spielen ließ, die Diener mußten die Fackeln halten, auch sie nackt, verteilt zwischen die Zuschauer und die Akteure. Aufrecht stehend dem Schauspiel und seiner Wirkung ausgesetzt, stand alles an ihnen aufrecht. Jetzt stehen nur noch ein paar Grundmauern, angefressen von Syphilis. Sie beherrschen die Gegend als ragende Überreste einer bewegten Geschichte von Sünde und reuelos hingenommener Sühne, mir sind sie lieber als jene Trümmer, die uns das Heldentum hinterlassen hat. Inzwischen freilich wird es dort wieder lebhaft: ein alternder englischer Pfadfinderführer hat sich der Ruine angenommen, er baut das Schloß mit Hilfe der ihm anvertrauten jugendlichen boy-scouts wieder auf, die sich anscheinend willig und salutierend dazu hergeben. Eine seltsame Art des Idealismus. Man möchte Einblick haben in die Absicht des neuen Erbauers und in das Ritual, unter dem sich der Aufbau vollzieht. Welcherart Traum wird hier geträumt?

Ich sollte wieder hinauf, zum zweiten Akt der Eingewöhnung. Vielleicht hat sich durch Maxine ein Motiv eingeschlichen, das einen Mechanismus in Bewegung setzt. Oben will ich in Ruhe prüfen. Maxine ist wieder in sich versunken, ihr Schweigen muß ich nutzen. »Drüben in meinem Zimmer hängt eine Fotografie. Dame mit Mädchen. Wer sind die beiden?«

»Meine Mutter und ich. Meine Mutter war sehr schön. Eine der großen Schauspielerinnen ihrer Zeit.«

»Wie hieß sie?«

»Berühmt vor allem als Lady Macbeth. Am schönsten war sie, wenn sie mit der Kerze die Bühne betrat. Alles war dunkel, nur ihr Gesicht war von unten beleuchtet. Dann hauchte sie ihre Worte, und die Kerze flackerte, aber sie erlosch nie...«

Nicht schlecht, Maxine: »und wenn sie ihre weißen Hände betrachtete, um zu sehen, ob Blut daran sei, stockte den Zuschauern der Atem. Vielleicht betrachtete mancher seine eigenen Hände.«

»Auch ich war als Kind sehr schön, die Leute auf der Straße drehten sich nach mir um. Noch bis vor ein paar Jahren war ich...« Sie verstummt, ist bei sich selbst, sie zieht irgendeiner zarten Linie nach, verklärend, und doch scheint sie sich einem gefährlichen Gipfel ihres Tageslaufs zu nähern, eine Erinnerung bricht auf. Sie schenkt sich ein, ich halte ihr mein Glas hin. Sie verschüttet nichts, aber ich sehe sie abschweifen, während sie gießt.

Ich halte Ausschau nach anderen Verkörperungen, sehe auf Katzen und Pokale, Gefäße, Cutty Sark, Vat 69, Thaarups Hut, Becher mit Ansichten von Lourdes und Brighton, der Pariser Weltausstellung, Ursprünge, die weit zurückliegen, für Maxine, für mich, ich denke, wir haben das gleiche Alter.

Maxine trinkt. Ihre Bewegungen werden sparsamer. Sie zieht unter der Theke eine Fotografie hervor und versinkt in den Anblick: wieder die Dame, vielleicht die Mutter, eine dominierende Mama, noch schön, diesmal groß und gewaltig, vor einem gemalten Waldstück, im Hintergrund eine Lichtung, da verzweigen sich die Erinnerungen, das kenne ich. Aber ich will den Kommentar nicht hören, keine weitere Geschichte jetzt. Genug für diesmal. Noch ein Schluck, ein großer, und ich gehe.

Die böse Stunde des Nachmittags ist voll im Gang, die guten Gründe, weshalb ich Masante für eine Weile verlassen habe, sind um diese Tageszeit weniger gut, vor allem angesichts der Wände hier und der Wüste vor dem Fenster. Habe ich das wirklich gewollt, oder bin ich nur hier, weil es von hier nicht weitergeht? Meona ist kein Ort der Wahl, kein Mensch will nach Meona, niemand ist im Geist hier, wie er im Geist in Masante ist, im Gegenteil: wer hier ist, der rechnet ab mit anderen Orten der Erde, jeder mit seinem, ich mit vielen. Mir ist dieses Nest am Wüstenhorizont allmählich aufgestiegen, – und, wahrhaftig, es war eine mutige Fahrt – der Wasserturm zuerst, dann der verfallene Bohrturm, dann die Masten und das Waagerechte, da lag es denn, wurde größer vor meinem Jeep, und da liegt es jetzt, und ich bin drinnen.

Diese Räume, die ich früher bewohnt habe, einen nach dem anderen, diese Speicher, angehäuft und stetig sich erweiternd, sich stapelnd mit Briefen, Büchern, Bildern, Zetteln, Fetzen, Resten, allen den Versuchen, das Leben auf dem Umweg über Deutung oder Beschreibung zu meistern; dabei ist es nur bei voller Teilnahme zu bewältigen, – so weit wollte ich nun auch wieder nicht gehen. Mittelwege gibt es anscheinend nicht. Diese Rezeptakel, angefüllt mit Vergeblichkeiten, Dingen, die man bewahrt, um sie zu vergessen. Wirft man sie weg, so erinnert man sich wenigstens an das Wegwerfen, Bedauern macht sie gegenwärtig. Behält man sie aber, so findet man sie nie mehr, und das Nichtgefundene wächst im Nimbus, steigert sich zur verlorenen Lösung aller Rätsel, dabei wäre es nichts gewesen als ein Zeugnis von Scheitern und Versagen.

Wie hieß er noch, dieser Buchbinder aus Leidenschaft, der mir seine Bibliothek zeigte? Sie war voller Schätze, Bücher aus herrlichen handgeschöpften Papieren, Pergamente wie geschaffen für Apokryphes oder Palimpseste, zartfarbene Vorsatzpapiere in alten Mustern, Bücher seltsamer Formen, oval und sechseckig, Arbeiten eines Lebens, und die Seiten alle leer. In seiner gesamten Bibliothek stand nicht ein einziges Wort.

Gut daß ich wenig mitgebracht habe! Dieses Zimmer bleibt, solange ich hier bin, leer, die Wand weiß, bis auf den Kalender. Hier an diesem Tisch, vor meinen Zetteln, will ich eine Zeitlang sitzen und versuchen, ein wenig hauszuhalten, zumindest solange es geht: empfangen, entlassen, ablegen, untersuchen, prüfen, anrufen, Anrufungen hören, antworten oder unbeantwortet lassen; es meldet sich, meldet sich ab, verschwindet oder taucht zum letzten Mal auf; wenig Kommen, noch weniger Bleiben, viel Gehen; da leert es sich denn: Bestände werden aufgegeben, bis meine Umgebung hier ein leeres Lagerhaus wird, einer dieser verlassenen Speicher, wie ich sie früher gern hatte. Selbst wenn der rettende Gedanke ausbleibt, – ich will Ordnung schaffen. Dann werde ich nach Masante zurückkehren und mich in etwas anderes einleben; vielleicht schaffe ich mir die Möglichkeit, etwas Wichtiges zu tun, aber wahrscheinlich ist es nicht: zu spät.

Immerhin: wo es leer ist, dort herrscht Ordnung. Keine gemütliche Behaustheit. Da ist Luft zu atmen, keine Stäubchen im Lichtstrahl der Stehlampe. Die Knoten lösen sich gut, allmählich, einer nach dem anderen, so wie sie geknüpft und aneinandergereiht wurden, in umgekehrter Folge. Es entsteht eine zeitliche Symmetrie: in der Mitte des Lebens, da ballte es sich: von dort aus gesehen, löst es sich nach beiden Seiten wieder auf. Diese Mitte ist natürlich lang vorbei, ich sehe sie von hier nicht mehr, vielmehr gleite ich an der anderen Seite immer schneller meinem Ende entgegen, doch es soll mich nicht unerwartet treffen. Gern würde ich nach einem Gesetz abtreten, ohne Hoffnung, vor allem: ohne Wunsch nach Hoffnung.

Der Punkt hier, der sich Meona nennt, wird für mich einzig bestimmt durch seine Entfernung von Masante. Nur in Beziehung zu Masante gewinnt er Sinn und Gültigkeit.

Masante: was der Name bedeutet, weiß ich bis heute nicht, niemand konnte es mir sagen. Das ist mir recht, es gibt mir die Freiheit, meinen eigenen Mutmaßungen nachzugehen. Ich deute nicht besonders gern, aber ich verfolge gern alle Möglichkeiten bis zur Wurzel. Mir klingt der Name gut für ein Haus. Masante, das schreitet in abgewogenem Maß,

im Andante würde ich sagen, wäre meine Beziehung zu diesem Zeichen nicht durch Richard Wagners Behauptung belastet, Andante sei das Zeitmaß alles Deutschen, es bezeichne das Deutsche schlechthin. Nichts gegen das Deutsche in seinen Grenzen des Andante, meinetwegen auch con moto; doch viel gegen den Anspruch, der es aus den Grenzen löst.

Masante, ein lockerer, leicht schüttelnder Ritt ohne Eile, der den Reiter auf seinem Pferd rhythmisch leicht über den Sattel hebt und wieder fallen läßt. Die Zügel werden lässig von einer Hand im Handschuh gehalten, auf der anderen Hand sitzt ein Falke, vielleicht ein tückischer, wie der Todesvogel des Kardinal Vespucci. Vielleicht war es der Name eines Pferdes, auf dem der Montefeltro gern saß, unweit des Hauses Masante muß er vorbeigeritten sein, um seinem Feind Malatesta diesen Handschuh hinzuwerfen, da gibt es Ausblicke, doch verwertbar sind sie für mich nicht. Vor allem nichts von diesen Reitpferden; ich habe diese lockergelenkigen glotzäugigen Riesen immer als einen Fehlentwurf der Natur betrachtet, mit ihrer feinen glatten Haut und dem Glanzhaar, unter dem die Adern in dauernder nervöser Erregung zittern. Sie stinken auch, aber für den wahren Reiter ist ihr Schweiß Parfüm. Über die Pferde käme ich höchstens auf einen annähernden Klang,

auf Rosinante, die Schindmähre, die in der Mitte durchhängt, so daß ihr kläglicher Reiter sich mit den Zehen auf der Erde abstoßen muß, was er ja auch immer wieder tut, ohne Erfolg natürlich, er fällt immer wieder auf die Füße, auf denen er nicht stehen will; schlimmeres kann einem Don Quixote nicht geschehen, diesem Einbildungskünstler, diesem größten aller Scheiterer, dem man zu ewiger Erinnerung Denkmäler setzen sollte: der ist eher mein Fall als sein Pferd.

Die Leere habe ich in Lagerhäusern studiert und berechnet. Ich habe eine Liebe zu Lagerhäusern, amor vacui. Je größer desto besser, zu leeren Lagerhäusern fand ich oft den Weg im Schlaf; dieser Raum für vieles und nichts darin. In Trondheim, da gab es schöne, von einem unvergleichlichen Blau, doch auch dunkelbraune düstere breite auf

Pfählen, und alle aus Holz, zum Teil dem Verfall überlassen und seit langem verschlossen, ein weitläufiges Reich der Ratten. Mit dem Ohr an der Wand hörte man nachts ein Rascheln, ein huschendes Echo drinnen, das sich hinten in den Gängen verfing. Aber die Ratten sterben aus. Zwar fallen nicht alle den Häschern zum Opfer, wie die Ratte von Saloniki, aber sie verlassen unser sinkendes Schiff; ihre Sendung, die Menschheit durch Seuchen zu verringern, ist als mittelalterliches Schrecknis abgetan; der Vermehrung können sie nicht mehr entgegenwirken, und zur Verminderung werden wirksamere Methoden entwickelt. Ratten sind neugierig. Über den faulenden splitternden Fußböden leerer Lagerhäuser haben sie nicht mehr genug erfahren, vielleicht sind sie auch an Langeweile eingegangen,

wie übrigens ein Onkel von mir, der sich zu Tode gelangweilt hat. Er wollte wohl beweisen, daß es möglich sei, und bedachte nicht, daß niemand diese Möglichkeit jemals angezweifelt hatte. Es kostete weniger Anstrengung als die eines rechten Hungerkünstlers, aber es kostete Zeit. Die hatte er. Gegen Ende seines Lebens war sein Tag ein einziges abgewandtes Gähnen, ein wachsender Muskelverschleiß, wie es mir schien: eine Anstrengung, die sich eigentlich nur lohnt, wenn der Beweis Epoche macht, das machte er nicht: mein Onkel gehörte zu den vielen, die Symptome mit Offenbarungen verwechseln. Dennoch: die Wirkung war ansteckend, man mußte mit ihm gähnen. Zu Worten kam es kaum. Er horchte viel, er sagte, er höre das Gras wachsen und versicherte mir, es sei ein unerträgliches Geräusch. Ich selbst habe das Gras nicht wachsen hören, dafür hörte ich den Schnee fallen, das trockene Rieseln auf dürre Blätter und, nachlassend, leiser und leiser werdend, Schnee auf Schnee, bis die Lücken sich füllten und die letzte Spur des Herbstes getilgt war. So wird von oben, zwar nicht wirksam, aber doch immer wieder wirkungsvoll, das Vergessen gefördert, es rieselt und rieselt, es vollzieht sich die stille alljährliche Katastrophe, an die wir uns gewöhnt haben.

Kein Anfang, alles nur Vorwand!

Schöne Lagerhäuser, die gab es auch in Augsburg, wie wahrscheinlich überall dort wo die Fugger und ähnliche Sippen ihr Unwesen getrieben haben, alle, die etwas zum Speichern hatten und es vor denen in Sicherheit bringen mußten, die nichts zu essen, geschweige denn etwas zum speichern hatten. Augsburg indessen ist keine Stadt der Lagerhäuser, es gibt dort schlimmere Sichten. In der Armenhausgasse sah ich ein Schild, darauf stand: Hedwig Klotze,

Haushaltslehrerin. Das gefiel mir nicht, es war ein plötzlicher düsterer Einblick in eine dumpfe Welt voller Sparsamkeit und Härte. Man sieht sie vor sich, die Klotze, – aus Magdeburg geflohen, wo sie zwei verheiratete Schwestern hat, – den ergrauenden Knoten über dem Nacken, die bestickte Bluse am Gürtel stramm in den Rock gestopft, die Stiefel fest geschnürt, wie sie streng darauf besteht, daß beim Zusammenfalten des Staubtuches Webekante auf Webekante zu liegen komme, wie Bein zu Bein in den Merseburger Zaubersprüchen. Wer mag aus dieser Schule hervorgegangen sein, wer sind sie, Hedwig Klotzes Haushaltschülerinnen, und, beinah schlimmer noch, wer die Männer, die solche Haushalte ausbaden? Gewiß, sie verdienen nichts Besseres, das war es, was sie wollten, eine Haushaltschülerin, und was sie an Lockerem Molligeren brauchen, das holen sie sich außerhalb des Haushalts, abseits, da weht ihnen hin und wieder eine frischere Brise, nicht minder widerlich. Aber tief in der Altstadt von Augsburg,

da hat immerhin Mozart eine Zeitlang bei seinem Onkel gewohnt, das versöhnt bis zu einem gewissen Grad. Hier hat Wolfgang mit seiner Cousine unflätige Spiele getrieben, hat mit ihr über einige der fünfundzwanzig menschlichen Ausscheidungen sinniert, wie es seine Art war. Da hinten in dem Stübchen ohne Fenster haben sie einander zur Nacht die Öffnung betastet, aus der mit vereintem Bemühen, der Kraft und der Sinnlichkeit, die sechsundzwanzigste Ausscheidung dringt, das ist der Mensch selbst. Da haben sie einander gegenseitig die Öffnungen lustig gestopft in wechselschenkligem Kanon, haben fröhliche Wissenschaft getrieben, haben ihre eigenen Übungen belacht und in immer neuen Verrenkungen versucht, bis dann auch diese Spielzeit vorbei war, und Mozart weiterzog, nach Paris, wieder glücklos nach diesem glücklichen Zwischenspiel, und die Cousine begann, ihrem Abstieg entgegenzuleben, der mit einem unehelichen Kind von einem Pfaffen begann, und damit endete, daß sie einen Mann heiratete, der Franz Fidelio Pümpel hieß. Damit ist ihr Geschick zur Genüge bezeichnet. Schon Fidelio hätte gereicht, aber es mußte auch noch Pümpel sein, wahrhaftig, sie hat die Bitternis ausgekostet und sich eine elende Bescheidung auferlegt. Vielleicht hat sie ihn sogar grimmig beim Nachnamen gerufen – ›Pümpel!‹ – und dabei an ein verkümmertes männliches Glied denken müssen. Freilich, er war, unter anderem, auch Nachtwächter, vielleicht hat ihr manche Nacht einen kurzen Lichtblick mit einem anderen beschert, – nun, Mozarts Ende war noch um einiges bitterer, aber diese Geschichte gehört nicht in mein Inventarium, sie steht, zum lebenden Bild geformt, anschaulich und falsch, in den Bibliotheken, oder in Wachs oder Gips oder Bronze gegossen auf den Klavieren der Musikfreunde.

In Mozarts Geburtshaus sind die Zimmer beinah leer; beim Betreten jedes einzelnen meint man in einem Sterbezimmer zu sein.

In Augsburg war es auch, da saß ich beim Mittagessen im Hotel Goldene Krone oder Schwarze Post oder Roter Adler und aß irgend etwas Unsägliches, saß stumm unter anderen stummen Essern. Froh oder zerstreut oder vergrämt bedienten sie sich zwischen den Bissen ihrer Biergläser, als hänge ihr Wohl von regelmäßiger Spülung ab, was es übrigens wohl auch tut,

da wurde ein Herr Otto Lüdig ausgerufen. Ein Boy lief zwischen den Tischen hindurch und rief: Herr Otto Lüdig, bitte zum Telefon! Wahrscheinlich sollte der Mann erfahren, daß seine Frau erkrankt, wenn nicht gar gestorben sei; oder auch etwas beruflich Dringendes, Reduktion der Handelsspanne, Preissteigerung, bedingt durch Rentabilitätsschwankungen, ich kenne mich in dieser Welt nicht aus. Aber kein Herr Lüdig war da, oder zumindest, wenn er da war, stand er nicht auf, ruhig vor sich hin essend erklomm er eine neue und gewagte

Stufe zur Selbstachtung, indem er dem Anrufer ein Bündel Mißachtung vor die Füße warf. Ich sah mich um und sah, daß auch andere sich umsahen, und alle schienen befriedigt zu sein, daß sie nicht Herr Lüdig waren, und ich war es auch. Plötzlich verspürten alle wir einsamen Esser etwas Gemeinsames: unversehens waren wir in den Genuß einer Freiheit gelangt, die dem abwesenden Herrn Lüdig, wenn er wirklich abwesend war, nun auf irgendeine Weise beschnitten werden sollte. Kauend und schluckend und spülend, mit besonderem Behagen die Spekulation auskostend, in wie weit dieser Herr Lüdig die Beschneidung seiner Freiheit selbst verschuldet habe oder sogar verdienen möge, malten sich alle Tafler die Umstände aus, unter denen sie selbst zum Telefon gerufen worden wären; daß es auch sie hätte treffen können, aber das Los hatte, der Himmel sei gelobt, einen anderen getroffen. Herrn Otto Lüdig hatten wir alle es zu verdanken, daß uns das Essen plötzlich besser schmeckte, manch einer bestellte sich noch einen Korn zum Bier, es war ein Leichenschmaus, bei dem die Lebenden mit gesteigertem Genuß über dem Toten tafelten, dessen Heil sie nichts anging. Ich überlegte, ob ich aufstehen sollte, um, zum Telefon gehend, das Verhalten der anderen zu prüfen; aber diese Befriedigung gönnte ich ihnen nicht, denn schon begann ich mich dieser willkürlichen Gemeinsamkeit zu schämen; sie waren nicht meine Freunde, und plötzlich tat mir dieser Lüdig leid.

Am Abend dieses Tages saß ich in Linz beim Abendessen. Es war nicht mehr unsäglich sondern besser: es war schlecht. Wieder wurde jemand zum Telefon gerufen, ich konnte den Namen nicht verstehen, aber ich glaube, es war wieder Herr Lüdig. Hier denn hätte eine Geschichte begonnen, in der mir Herr Lüdig nicht mehr leid getan hätte: die Geschichte der Angst vor Herrn Lüdig, vor allem aber vor den Männern im Hintergrund, die ihn nach vorn schickten. Vielleicht ein Zufall: noch nicht einmal ein besonders seltsamer, wenn man bedenkt, wie oft etwas nicht geschieht, was hier nun ausnahmsweise geschah. Andrerseits: nach meiner Erfahrung liegen die Zufälle nicht dort, wo man sie sich wünscht, sondern dort, wo ihr Eintreffen unwesentlich ist und keinen Umstand ändert, jedenfalls nicht zum Guten. Gewiß gibt es viele Lüdigs, vielleicht tritt der Name in gewissen Regionen gehäuft auf, aber es schien und es scheint mir noch heute wahrscheinlicher, daß es sich um denselben Herrn Lüdig handelte, wenn er es wirklich war, der ausgerufen wurde. Seine Spur stand also in irgendeinem für mich rätselhaften, doch an seiner Seite genau berechneten, Verhältnis zu meinem Weg, aber wer kannte den, da ich ihn selbst der Willkür überließ? Mittags in Augsburg hatte sich Lüdig nicht gemeldet. Vielleicht hatte er mich erkannt und wollte sich vor mir nicht zu erkennen geben, hatte vielleicht seine Auftraggeber angerufen, sobald ich den Raum verlassen hatte. Andererseits: mittags hätte mir dieser Name noch nichts bedeutet: entweder war Lüdig wirklich nicht dagewesen, oder er hatte sich nicht gemeldet, um mich nicht aus den Augen zu lassen; oder er war deshalb nicht aufgestanden, weil er wußte, daß mir bei späteren Anrufen an anderen Orten der Name allmählich geläufig werden müsse. Bei dieser Überlegung ist freilich das Verhalten seiner Organisation nicht einbezogen, die ja irgendeine parallele Rechnung gemacht haben sollte, sofern sie wirklich geheim zu bleiben wünschte. Wie auch immer: würde Herr Lüdig, jetzt, hier, in diesem Speisesaal in Linz, aufstehen und zum Telefon gehen, so wäre die Verbindung mit dem mittäglichen Ruf und mit mir eindeutig hergestellt, das Stück Erinnerung würde zur Spekulation über unmittelbar Bevorstehendes, und meiner Furcht wäre jenes Fundament endgültig und unmißverständlich entgegengewachsen, das sie lange gesucht hat, – wohlgemerkt: nicht ich selbst habe es gesucht, sondern die Furcht in mir, die sich selbständig macht; so die Geschichte, eine Geschichte mit Möglichkeiten.

Aber Herr Lüdig stand nicht auf, niemand meldete sich, keiner wollte Herr Lüdig sein, dafür jedenfalls war ich allen den Essern dankbar. Vielleicht saß sogar einer unter ihnen, der mir dankbar war, daß auch ich es nicht sein wollte. Obgleich –, mancher von ihnen hätte es sein können, es saßen da einige, auf die der Name paßte, ja, bei einem meinte ich, er sei es. Vielleicht war er es?

Eine Variante der Geschichte: mittags in Augsburg wäre einer aufgestanden, und jetzt in Linz ein anderer; oder es wären zwei, der falsche Lüdig geht zuerst an den Apparat und erfährt ein Geheimnis, mit dem er nichts anzufangen weiß, etc., – viele Möglichkeiten.

Wieder sahen sich alle um, sahen aufeinander, selbst Damen blickten auf, und mancher sah auf mich, als sei ich Herr Lüdig, und um mich zu wehren, sah ich auf einen, als sei er Herr Lüdig, der wandte sich unruhig ab, als sei er es wirklich, wolle es aber nicht sein. Vielleicht war mein Blick an eine wunde Stelle gestoßen. Wenn nun aber keiner Herr Lüdig war, so wäre es seine weithin hallende Abwesenheit, die mich hier als Gespenst begleitete, oder auch, umgekehrt, die vermutete Anwesenheit, von unbekannter und inzwischen einigermaßen unverständlicher Seite vorausgesetzt; ein beunruhigendes Dunkel. Immerhin: zweimal meinte man, Herrn Lüdig dort zu wissen, wo ich war, und dazu noch in Augsburg und in Linz, hier also hätte die Organisation Lüdig ungenau gearbeitet, sie hätte mich falsch eingeschätzt. Denn gerade in diesen Städten hätte ich mich kaum freiwillig aufgehalten, ich berührte sie nur, wenn die Zeit mir nicht erlaubte, Umwege über bevorzugte Gasthäuser oder Galerien zu fahren. Ich denke, hier handelte es sich wohl um die kürzeste Strecke von Frankfurt nach Wien und weiter, nach Südosten. Jedenfalls nahm ich Aufenthalte an Orten in Kauf, die mir aus irgendwelchen Gründen nicht geheuer waren, in Linz zum Beispiel, da sitzt, glaube ich, der Kranzmeier. Und nun schien ich also mit Lüdig zu reisen, dem unsichtbaren Begleiter, der ein Echo vorauswarf oder zurückließ, vielleicht mittags noch an meiner vorigen Station, also noch in Frankfurt, oder an meiner nächsten Station, also in Linz, und jetzt noch in Augsburg oder schon an meiner nächsten Station, das wäre wohl schon Wien gewesen, immer um den Sprung eines halben Tages oder eine Nacht mir voraus oder hinter mir her, den Weg ebnend oder Lockmittel streuend oder Spuren verwischend, je nachdem, – vorausgesetzt daß er nicht neben mir saß und aß und tat, als sei er nicht da. Vielleicht erahnte er mein Programm, da saß er jetzt vielleicht in Wien oder erst in St. Pölten, in der Vermutung, ich wolle den Ort sehen, an dem Rilke die Militärakademie besucht hat, falls das zutrifft, jedenfalls weiß ich über St. Pölten nichts anderes, vielleicht war es auch nur eine Kadettenanstalt, – oder er wartete in Melk, in der ganz und gar irrigen Annahme, ich wolle das berühmte Stift, die Perle des Barock, ein zweites Mal sehen. Einmal genügt, in der Erinnerung wird es besser, die zweite Besichtigung muß enttäuschen, aber so etwas weiß natürlich Herr Lüdig nicht, geschweige denn seine Organisation, gerade solche Leute bauen auf die ewige Wirkung des Schönen.

Wie auch immer: man schien mir meine Route stafettenartig abzustecken. Ein böses Spiel, dessen Regeln ich nicht kannte. Sollte ich mich etwa nach geheimen Zeichen umsehen? Etwa dies:

HERR LÜDIG WAR HIER!

oder sollte ich selbst ein Zeichen hinterlassen, an eine Mauer mit Kreide geschmiert:

ICH WAR HIER, HERR LÜDIG!

Das hätte ich denn doch nicht gewagt: eine Geschichte, in der ich Herrn Lüdig verfolgt hätte, wäre eine andere Geschichte, nicht von mir: der Unheld wird zum Helden, – vorausgesetzt, daß mit dem Wort ›Held‹ kein Werturteil verknüpft ist.

Der schwache Punkt der Geschichte bleibt: die Unvorsichtigkeit der Organisation Lüdig, die Sorglosigkeit. Meinen wachsenden Argwohn hätte sie in den Wind geschlagen. Vielleicht hätte sie es aber nicht nötig gehabt, ihn zu beachten oder zu verarbeiten: wenn überhaupt jemals etwas für mich spräche, so wäre es dies – ein bescheidener Stolz –: daß niemand jemals vor mir Angst gehabt hat; ich hätte auch mit einer solchen Schande nicht leben können. Nur eben, in einem solchen Fall hätte es sich gerächt. Meine Position der Schwäche wäre hier allzu beispielhaft ausgespielt worden. Lüdigs Leute schienen mit der Angst zu operieren, dies entsprach wohl dem Arbeitsplan: gründliche Vertiefung der Angst, ein wiederholter Appell, der sie aus der Latenz weckt, erspart oft den endgültigen Zugriff, das wird uns jeden Tag aufs neue vorexerziert. Vielleicht hieß der Mann auch gar nicht Otto Lüdig sondern Udo Kranzmeier oder Diethelm Fricke, ja das wäre plausibel, –

doch lasse ich diese Anrufungen! Hier in der Wüste könnte so manches oder so mancher Gestalt annehmen, den Tropenhelm vom Haken heben, – allmählich schwindet auch hier mein Gefühl der Sicherheit, –

nur eben Lüdig, das klingt leichter, weicher, flüssiger, der Name gurgelt sich gut hinab, übertönt von einem Schluck Wein beim Mittagessen, ertränkt von einem weiteren Schluck, er ist schon weg, bevor er den Gaumen erreichen würde. Vergessen, bevor man den Nachgeschmack auf der Zunge spürte und man sich fragte: wie hieß er noch? Wie hießen die?

Ich lege Herrn Lüdig ab, jetzt verklingt der Name wie ein Ruf hinten im Wald, – meine Namen ordnend denke ich, ein Vogel könnte so heißen: der Lüdig. Ein Vogel könnte so rufen: Lüdig! – Lüdig! E – cis, e – cis, ein Kuckuck. Vorbei. Wahrscheinlich war er damals schon weitergefahren, hatte mich auf meiner Linie nach Südosten überholt und erwartete mich an einem übersichtlicheren Ort. Subotica, Saloniki – doch Lüdig hat mich nicht erreicht, dem bin ich entkommen. Exit Otto Lüdig.

Immerhin erschrak ich noch eine Zeitlang, wenn in einem Restaurant zum Telefon gebeten wurde. Es wird ja nicht immer gerufen, manchmal vollzieht sich der Akt dezent, schweigend durchschreitet ein stummer Mahner den Raum, er trägt eine schwarze Tafel, darauf der Name, mit Kreide groß gekritzelte Majuskeln, wie eine Warnung, nur ein wenig unbeholfen, als habe der Vermittler der Botschaft den Namen nicht so recht verstanden und überlasse die genaue Auslegung dem Angerufenen. Mir gefällt das nicht: es gibt die Anonymität eines vielleicht Unschuldigen preis, der nun, notgedrungen erkannt und in seiner Unschuld ertappt, aufsteht, und alle wissen: das ist der, der so heißt. Nicht selten aber tut der Ruf dem Gerufenen wohl, wie zum Beispiel dann nach Linz

in Wien in einem Dachrestaurant, es rühmte sich unter anderem – das andere ist vor allem der Tafelspitz – einer einzigartigen Sicht auf den Stephansdom, und mit Recht:

da stand er vor mir, ungeheuerlich und unvermeidlich, der Blick prallte am Turm ab, rutschte über das bunte holprige Muster des Daches und fiel, sich erweiternd, auf den Platz davor, auf dem, wie vor allen den großen Bahnhöfen des Glaubens, die Reisenden sich tummeln, im Genuß der Sichten heiliger Landschaft; manche kauften sich Kerzen als Wegzehrung – es muß wohl eines der Kalenderfeste gewesen sein – um in die heiligen Hallen einzutreten und sich bedienen zu lassen von Beichtigern und Meßdienern und Meßknaben und Sängerknaben und was sonst noch hin und herläuft in der weiten Hierarchie der Vermittler zwischen Gott und seinen Genießern,

da saß ich und aß, diesmal mit Genuß, und als ich aufblickte, näherte sich, schwankend wie die in einer Prozession getragene Reliquie, ein schwarzes Schild, auf dem stand: Signora Lucia Lupatti, ein herrlicher Name, wie aus dunkelviolettem Samt. Seine Trägerin entsprach ihm, sie saß nicht weit von mir, erkannte ihr Zeichen, und als habe die Stunde einer erwarteten Wende geschlagen, erhob sie sich langsam und gelassen, schwarzhaarig und schön und für sorgsam Auserwählte wohl auch nicht gänzlich unnahbar, sie legte einen Pelz enger um die Schultern, obgleich es gar nicht kalt war,

und jetzt fiel mir ein: es war bekannt, daß die Dame sich von ihren Pelzen niemals trennte, auch nachts nicht, sie war an dieses Material eigentümlich gebunden, auf eine kühle Weise besessen von ihrem schmiegsamen Fetisch. Lebend hätte sie ihn vielleicht noch lieber gehabt, vielleicht sah sie sich selbst auf Tigern liegen. Sie verbrauchte sich im Verschleiß von Pelz, in steter Gier nach immer neuen Fellen. Ihr Mann war gestorben, als sie ihm schon vierzehn Mäntel und Capes entlockt hatte; Lupatti hat Bach gespielt wie kein anderer, man hörte ihm nicht an, daß er spielte, um eine kostbare Frau immer wieder neu zu umhüllen. Für sie aber bedeutete Bach mehr Pelz, Hermelin, Nerz, Opossum, Okapi, falls es das gibt. Er war nicht alt geworden, war nicht einer von jenen gewesen, denen man über der wachsenden musikalischen Weisheit die schwindende Technik nachzusehen hat. Sie dagegen war noch in reifer Blüte, eine Jägerin, fähig, ihr Wild selbst zu schießen und ihm den Pelz selbst abzuziehen, –

da ging sie also zum Telefon, und auf ihrem Rücken trafen sich die Blicke der Tafler; vielleicht hatte sie sich selbst ausrufen lassen, um sich ihnen in ihrer Kostbarkeit vorzuführen, vielleicht tat sie das immer, sogar mittags in Wien, in einem Dachrestaurant, sie nahm es mit dem Stephansdom auf und blieb ihres Sieges sicher. Wahrscheinlich aber ging sie auf die Stimme eines ferneren Mannes zu, der darauf wartete, ihren längst noch nicht gestillten Durst nach Pelz zu befriedigen, wenn wohl auch nicht auf dem Klavier: soweit ich weiß, hat die Witwe Lupattis keinen Pianisten geheiratet, jedenfalls keinen Bachspieler, –

es gibt keine Bachspieler mehr, auch keine Mozartspieler, ich wüßte es sonst. Vielleicht bildet sich irgendwo einer, weit von hier, während ich hier in der Wüste sitze?

Bach sollte man überhaupt lieber lesen als hören, vor allem die Kunst der Fuge. Wer war es noch, der mir das sagte? Einen Vormittag warm im Bett zu verbringen mit einer Partitur und einer Flasche Rotwein, das sei Seligkeit, sagte er. Wer war es? Manchmal fällt mir der Ort eher ein als die Person, ich höre jetzt die Worte in einem Raum, sehe sogar den Raum, aber nicht den, der die Worte sagt, das war in Hamburg, in einer kleinen Kneipe, braun und abgestoßen, angenehm, draußen war ein dunkler kalter Tag –, jetzt erinnere ich mich: es war Helmut Fischer, der sich das Leben nahm, einer von denen, die ich gern kannte, morgen ist sein Namenstag.

Er hatte recht. Gewiß müßte man Bach lesen können, aber die großen Notenschriften verblassen, das Schöne wird zum Palimpsest, darüber erscheint anderes, nüchterne Formeln, um zu überleben, oder auch Anweisungen, wie man das Überleben lehrt, doch keine hinreichenden Angaben, wozu.

So what?

Anders anfangen, mit anderem!

Schließlich, eines Tages, erwacht man und fühlt sich nicht mehr bedroht, – ja, so ist es besser, – die Angst vor den anderen ist abgestreift, nicht etwa weil die Gefahr nachgelassen hätte, im Gegenteil, die ist größer als je zuvor, aber sie ist einem gleichgültig geworden. In Ruhe verrechnet man die Wahrscheinlichkeit der Lebensspanne, die einem noch bleiben mag, gegen die Überlebenschancen beim Angriff der Gefahren, zieht davon die Faktoren ab, die einen dazu verleiten würden, dort zu bleiben, wo man ist, oder überhaupt am Leben zu bleiben, setzt die Summe gegen das augenblickliche Alter und rechnet. Die Rechnung geht zwar nicht auf, aber man betreibt sie dennoch bis zum Ende. Dann erst streicht man sie, fegt sie vom Tisch, steht auf vom Tisch, und das Leben hat sich geändert, jetzt soll kommen was mag, man ist auf alles gefaßt, der Tisch ist leer.

Gerber,

so hieß er wohl, dieser Mitschüler von mir, Gerber oder auch Felber; ich glaube, daß er so hieß, denn Gerber und Felber sind Mitschülernamen, freilich Namen von Mitschülern, aus denen nicht viel wird und die daher meist nur ehemalige Mitschüler bleiben. Aus diesem, Felber oder Gerber, ist denn wohl auch nicht viel geworden, er ging nach Amerika, wie man eben nach Amerika geht. Hans Georg Gerber hieß er wohl, er zog in irgendeine Kleinstadt in North Dakota oder North Carolina, da wird es nicht viel Unterschied geben. Schon als Mitschüler trug er immer eine Waffe bei sich, Luftpistole, Schreckrevolver mit Platzpatronen, dann Patronen, Kleinkaliber, er wollte niemanden erschrecken, es war kein Spaß, er brauchte die Waffe, fühlte sich früher bedroht als andere, er hatte Angst, jetzt denke ich, er war wohl doch mehr als nur ein Mitschüler.

Immer hat er die Waffe nah an seiner Haut gespürt, getrennt von ihr nur durch das Seidenfutter der Tasche und ein wenig Unterwäsche, aber das war ihm schon zuviel, er begann, auf Unterhemden zu verzichten oder schnitt sich ein Loch ins Trikot, dort wo die Waffe steckte. Ja, er war weit mehr als ein Mitschüler. Er brauchte die Kälte des Eisens nah an sich, nur so fühlte er sich sicher, aber da Metall sich schnell erwärmt, mußte er die Waffe öfters umdrehen, später sogar wechseln, er trug schließlich zwei Waffen.

Was aus ihm geworden ist, weiß ich nicht, er ging nicht nach Amerika, das war wohl ein anderer. Keine Geschichte hier, der Mitschüler ist wieder entschwunden, das Zimmer ist wieder leer, die Wand weiß, bis auf die große Eins darauf. Montag.

Mein eigener Namenstag ist der 31. Oktober. Er trifft, ziemlich sinnlos gezielt, auf das Reformationsfest. Zu dem fällt mir nicht viel ein. Nur daß eben diesmal die andere Seite dran ist, die übrigens auf dem Kalender viel kleinere Buchstaben zugewiesen erhält, der Kalender ist katholisch, er ist halt bayrisch. Dennoch gönnt er, damit sie nicht völlig leer ausgehe und vielleicht nicht zuletzt aus Gründen der Taktik, auch dieser glanzlosen Gemeinde einen Anlaß zu vorsichtiger Feier, vermerkt ihn freilich versteckt und so bescheiden, daß jedermann, der hier die Daten nach den Freuden des Lebens absucht, sogleich weiß: hier ist nicht viel los, hier wird mit Wasser gekocht und nicht mit Weihwasser und Wein gefeiert. Nicht mit Tafeln und Braten, sondern mit Beten, der Tag ist eine verlängerte Bibelstunde, man begeht ihn geplättet und gestärkt; Eifer und leuchtend graue Tugend regieren seine Stunden. Gefügig folgt das gemeinsame Ohr der Beter dem Schwall seines Pastors, an solch einem Tag predigt er seiner Beförderung zum Präses oder zum Landesbischof entgegen. Da steht er auf der Kanzel, im Korb des Ballons des gereinigten Glaubens, das nach oben zieht, hinan, und da erhebt er sich denn, schwebt über den Ackerfurchen – die entsprechende Metapher fällt mir im Augenblick nicht ein –, der Blick schweift zurück auf die Hindernisse und Fallen, gelegt von den Widersachern zu Rom, ihren Helfern und Hörigen, und überwunden durch eherne gottesfürchtige Unbeirrbarkeit,

dann geht es hinan in die Wolkenlage der reinigenden Gewitter, jetzt donnert es, das ist der Zorn gegen jene, die sich der Einsicht des Wortes verschließen wollen. Doch wer jetzt nicht fühlt, der muß hören, auf die Kunde, die da kommt von oben, von der Gestalt aus der Kanzel, aus dem sprühenden Mund, über dem, in Stahlringen gefaßt, das Brillenglas blitzt. Zitternd vor Gerechtigkeit pochen zwei Finger auf den Buchstaben, so lang und so laut, bis sie ihn zum Dröhnen bringen –, dann schleudern sie ihn hinab, als drohende Deutung, während die Lippen die wahren Dinge der Welt skandieren, tönende Mahnmale, bis es zu ihrer Krönung kommt, der Reformation, auf der das Wort stehen bleibt und Wurzeln schlägt.

Calvin hat diesen Tag geprägt, hat an ihm allen Gläubigen das Lachen verboten, und siehe, die Saat seines Zornes ging auf (Off. Joh. 33.12). So gelang es ihm denn auch später, dem ganzen Jahr das Lachen zu verschlagen, auf immer und ewiglich, Amen. Es ist der Tag, an dem Martin Luther der Teufel in Gestalt des Papstes Callixtus des Neunten erschien, vorn mit langem Schwanz und hinten mit Fledermausflügeln und mit pelzigen Drachenohren. Ihm schleuderte er das Tintenfaß entgegen, doch nicht nur das, sondern mindestens sieben hieb- und stichfeste Thesen und eine stinkende Handvoll obszöner Worte, die an diesem Tag nicht zitiert werden, für deren Echtheit jedoch mancher zeitgenössische Holzschnitt bürgt, die Wonne aller Liebhaber von Schrot und Korn, aller jener kerniger Männer, die das Herz auf dem rechten Fleck tragen. Ein Tag, von John Knox wetternd und geifernd zum Bollwerk ausgebaut, ja, er ist das Bollwerk schlechthin; der Tag, an dem man aus Gott eine feste Burg gebacken hat, wehrhaft und schieß-schartig, innerhalb von deren Mauern aus tausend vollen Kehlen inbrünstig ein Choral von siebenmal vierzehn Strophen ertönt und, unterzogen und durchwirkt von brausenden Orgelakkorden, die das Gedärm aufwühlen, anschwillt und hinausflutet aus den Kirchenmauern, ins Freie, wo er vielleicht einen Unschuldigen zu Fall bringt, der einsam und verstört auf den leeren nassen Straßen vergeblich einen Menschen sucht, der ihm eine Münze wechselt für den Zigarettenautomaten; das ist der Tag des Herrn,

nur ist dieses Fest nicht ausschließlich beim Herrn geblieben. Jemand hat da, als habe das Jahr nicht genug verfügbare Zeit, die starre Moral dieses Tages untergraben, vielleicht ein Reformationsfeind oder ein Schlaumeier oder ein Jude oder alles miteinander, nicht selten trifft es zusammen –: jemand hat diesen Tag zum Weltspartag erhoben. Da mag denn manchem Prediger, einem, der sich sehnlichst und ehrlich die Erneuerung der Seele wünscht, das gute Wort in der Kehle stecken geblieben sein. Einem anderen dagegen hat sich vielleicht der Zusammenhang als sinnvoll und gottgewollt erschlossen, er zog Parallelen zwischen jenseitigem Glanz und diesseitiger Bescheidung. Zwar hat das eine mit dem anderen nichts zu tun, aber Parallelen berühren einander bekanntlich nicht, was oft vergessen wird. Wie gesagt: ich weiß nicht, wer da am Werke war, ja, ich würde sogar am Ernst der Absicht zweifeln, wenn sich nicht immer wieder gerade dort ernstgemeinte Gründe herausstellten, wo man sie nicht vermutet. Wollte man das Fest seines kämpferischen Eifers berauben, seiner siegreichen Krone? Wollte man es in weltlich allzuweltliche Bereiche herabziehen und schlauerweise, auf daß die Absicht nicht verstimme, seiner Strenge anstatt mit Sinnesfreude oder Verschwendung zu begegnen, mit dem Gegenteil aufwarten? Der Zucht, dem kargen Haushalten, das Zinsen trägt und Konten gründet und Banken füllt und die Reichen bereichert? Ich habe mich da niemals ausgekannt, ich weiß nicht, wem der durch ein Eintopfgericht zwischen zwei Kirchgängen gesparte Pfennig zugute kommt, aber ich denke doch, daß er an anderer Stelle wieder in den Haushalt einfließt, nicht ohne ein wenig Gewinn getragen zu haben.

Andere Kalenderdaten: 4. Oktober Diethelm, das klingt mir nicht gut. Mariä Mutterschaft fällt dieses Jahr auf Vollmond. Am 17. Juni ist der Tag der deutschen Einheit. Namenstag: Adolf.

Wie ist das mit Diethelm? Gibt der etwas her? Sagen wir: Diethelm Fricke oder so ähnlich, – ja, das stimmt:

Diethelm Fricke, geboren 1928 in Plockhorst. Volksschule ebendort oder auch dortselbst. Realschule in Voldagsen, und zwar bis zu jener sogenannten mittleren Reife, die voraussetzt, daß im Laufe eines tätigen Lebens die volle Reife im Sinne des erwählten Berufes und selbstverständlich jener betreffenden Prüfer erreicht werde, die selbst völlig ausgereift sind. Im Beruf, den ein Diethelm Fricke – oder so ähnlich – wählt, wird diese Reife unfehlbar erreicht, denn der Wunsch ist hier der Vater des Werdegangs. Fricke wird eines Tages reif, seine Vorsätze – er nennt sie ›Ideale‹ – zu verwirklichen, unter dem Wohlwollen jener höheren Instanzen, die sich seiner Berufung annehmen. Früher bezog einer die Karlsschule oder ein Johanneum, was zwar nicht beschönigt werden soll, aber wenn einer auf die Polizeischule geht, wie eben Fricke, so kann von ›beziehen‹ nicht die Rede sein. Polizeischule in Celle. Diethelm Fricke erweist sich als ein wacher Schüler, eifrig, kräftig, der weiß, wo man hinzutreffen hat, um Ordnung zu hüten und ihre Feinde auszuschalten, sowohl zeitweilig als auch endgültig.

Es gibt da einen kleinen Zwischenfall: ein Disziplinarverfahren wegen Friedhofschändung. Wird unterdrückt: ein Fest im Kreis von Kameraden bewirkt mitunter ein wenig gehobene Stimmung, die in einer kleinen Unbedachtheit ausartet, man soll doch diese Dinge nicht zu ernst nehmen. Das befand auch der Gerichtspräsident, er hat ein Auge zugedrückt, freilich um in einem anderen Fall der Ordnungsstörung ausgleichend wieder strenger durchzugreifen, Laxheit kann man ihm nicht nachsagen, nein, ihm nicht.

Außendienst bei der Schutzpolizei, wie man es nennt. Fricke, absolut verläßlicher Mann, weiß, was Schutz bedeutet und legt den Begriff so weit und vielfältig aus, wie er ausgelegt zu werden hat. Ein Mann, der seinem Gegenüber fest ins Auge sieht und sich auf die Wirkung dieses Blickes verlassen kann; geistesgegenwärtig, so nennt man es; schnell bei der Hand, die Hand wird oft zur Faust, die Faust trifft. Gesinnung: durchaus national, positiv. Weiß wo die wahren Werte liegen und wo sie verloren zu gehen drohen. Ausspruch: »Ich rieche so einen Kerl schon von weitem.«

Zweiter Zwischenfall: Unfall und Fahrerflucht nach geselligem Beisammensein. Erfolgreich verheimlicht, keine Zeugen, nicht aktenkundig. Opfer: Karl Knispel, Immobilienhändler aus Westercelle, 54, ledig, kath. Nach einer Nacht im Straßengraben seinen Verletzungen erlegen.

Fricke mit Sonderaufgaben betraut. Wächst mit der Verantwortung und dadurch bedingter Schweigepflicht über sich hinaus. Beförderung, Gehaltserhöhung. Heirat mit Waltraud Schufterle aus dem Schwäbischen. Hin und wieder eine geheimnisvolle Andeutung, etwa: »Dem wird bald die Rechnung vorgelegt.« Oder: »Die Brüder werden sich noch wundern!«. – Lasse ich das, vorläufig,

it's getting time for another drink!

Schufterle: »Sein Verstand geht im Ring herum. Ich glaub', er macht Verse.« – Nein, Frickes Erwählte heißt doch wohl anders, wahrscheinlich ist sie die Schwester von Fötterle.

Ist es dunkler geworden? Nein. Aber das Licht draußen hat sich verändert, die Sonne schiebt sich weiter. Immer deutlicher sehe ich jetzt zwischen den Hügeln dort hinten die Schatten entstehen, ich sehe die Spalte sich öffnen unter dem Sand, es treten Schichten hervor, scheinbar hartes Gestein. Es ist, als hätten sie sich eben erst gebildet, plötzlich erscheint das Gelände von Schluchten durchzogen, Risse, dunkelviolett, aber nicht aus Samt; tief dort drinnen kündigt sich schon die Nacht an. Sie wird mit rauschenden Flügeln aufsteigen und sich ausbreiten; dort hinten, das sind die Speicher der Nacht.

Öffne ich das Fenster, lasse von diesem Nachmittag ein: Stille. Jetzt dort drüben stehen! Ich sehe mich, weit dort hinten, vor den Hügeln, allein, und alles ist still, kein Laut –

da stehe ich, in wachsender Panik: furchtbar der Gedanke, daß plötzlich etwas hörbar würde, ein Schuß etwa, oder auch nur ein dumpfer Schlag, ein Brechen von Holz oder ein Anprall von Stein auf Stein, irgendwo in der Weite und Nähe: alles könnte eine Katastrophe ankündigen. Oder ein Flattern, das sofort wieder verstummt, und ich weiß nicht, wo. Oder ein Summen oder – furchtbar! – ein Ruf oder das Echo eines Rufes oder das Echo eines Echos eines Lautes, der nicht zu bestimmen ist, – ich horche, doch es kommt kein weiterer Laut. Ich dachte, ich kenne eine weite Skala der Ängste, – aber nein: diese Angst wäre wohl neu, eine Bereicherung des Registers. Wenn ich mich dorthin versetze, wenn ich mich dort gehen sehe, –

ich denke, keine Angst wäre wie die Angst vor einem Laut in einer lautlosen Wüste, außer vielleicht einem einlullenden Sirren des Windes – schlimm, schlimm, Wind! – jetzt geht er leicht, ich höre ihn nicht, doch über dem Boden weht es sachte den Sand auf, nur wenige Zentimeter. Fußstapfen würde er verwehen, mehr nicht.

In Masante zum Beispiel weht immer ein Wind, wehen oft mehrere Winde zusammen, so daß es den Rauch der Herbstfeuer gleichzeitig in verschiedene Richtungen treibt. Sie wehen immer waagerecht. Kein Föhn, kein Fallwind, nichts von dem, was mich dort überfiel, wo ich früher wohnte, im Gebirge; was mich in die Knie zwang, zum Kriechen brachte, auf alle Viere, wie der Ire mich hier sieht; was die Bilder auslöschte und dumpfe Verwirrung in mir schaffte. In Masante, da weht es von Horizont zu Horizont, heraus aus allen Ecken der Erde und hinein in die Speichen des Rades der Windrose, auf dem Dach dreht es sich, oder es sitzt fest wie ein Storchennest. Acht Winde habe ich schon gezählt, aber es sind mehr, sechzehn sollten es sein, vier davon sind selten, zwei ausgestorben, bei Sueton noch erwähnt. Morgens kommen sie mir anders als abends, Mittagwind und Mitternachtwind, die kennen einander nicht, einer kommt mit knatternden Fahnen, läßt alles flattern, bläht sich zwischen Hemd und Haut, der andere zieht unter dem Bett hindurch, bringt dort vielleicht einen längst vergessenen, niemals beantworteten Brief ans Licht, einem Buch entfallen, das man die Nacht zuvor gelesen hat, bläst durch die Ritzen und ist den Dachziegeln gefährlich, Dachziegel fallen bekanntlich nur nachts, wie ja viele Schrecken den Schutz des Dunkels brauchen, um sich in der Helle nicht als Bagatellen zu entlarven. Auch Dämme brechen nur nachts, aber das ist ein anderes Gebiet.

Nachmittagswinde sind fade im Gespür, sie können üble Erreger sein. Aber sie tragen keinen Inhalt heran, sie sind sich selbst genug, leiten die böse Stunde ein, –

ja, meist beschuldigt der Unheld in mir sein Wetter. Ich wünschte, daß mein Wohlbefinden nicht davon abhinge, woher der Wind weht, – ›but, alas, there it is‹. Alles nur Einbildung, sagen jene, die auch für das kleinste keine Einbildungskraft aufbringen können. Die Antwort: sehr wahrscheinlich, nur sind Einbildungskraft und Befinden im Resulat des Erlebens dasselbe. Gewiß: gegen Ende des Lebens, da fließt es dann zusammen, da wird die Einbildung dem Befinden vorarbeiten, aber ob der Weg dadurch geebnet wird? Wer weiß? Wer könnte davon berichten?

Diese Nachmittage: von einem schweren Schlaf ermüdet, nach einer gewissen Anlaufzeit habe ich mir wieder einen gewissen Platz im Ablauf des täglichen Lebens erobert, es gelingt mir dann wieder, zu ordnen und zu bestimmen, die Bilder, die Worte, Orte, Namen, gut und böse, – nur eben die Einfälle, die bleiben fort, der verwertbare Teil der Einbildungskraft gehorcht eben nicht, und gerade ihm hatte ich in Masante den Empfang bereiten wollen, ihm zuliebe habe ich den Raum leer gemacht, in dem ich saß.

Das Echo darin hohl und voll, in Erwartung von Stimmen. Er ist aus zwei Zimmern entstanden, schon die waren nicht klein. Ich habe eine Mauer entfernen lassen, das heißt, ich habe den Raum erst geschaffen. Mein Leben lang habe ich mir meine Räume schaffen wollen, nur dachte ich, es gäbe dringlicheres zu tun. Ich habe dann weder das Dringliche getan noch Räume geschaffen. Erst in Masante habe ich das zweite geschafft, auf Kosten des ersten. Ich war wohl für das Dringliche nicht geschaffen, ein Held des Wetters, nicht der Tat.

Wozu ich geschaffen war? You may well ask! Time for a drink!

Im Hof kein Laut. Wo bleibt dieser Wirt?

Maxine noch allein. Ihr Raum wirkt bereits um einen Grad heimatlicher. Er bietet Schutz, stemmt sich gegen die Wüste draußen, läßt sie nicht ein. Keine Gefahr des Verwehens hier drinnen, sein angestauter Inhalt gibt ihm Gewicht und hält ihn auf der Erde. Maxines Gefäße stehen gut und hohl und verbergen nichts. Sie tragen ihre Namen klar und sichtlich, als die verschiedenen Wahrzeichen und Wegweiser des verzweigten und reichdurchwirkten Trinkwesens der Welt. Namen, meine Anhaltspunkte, ohne sie wäre ich völlig verloren, mit ihnen bin ich es nur halb. Cutty Sark, Lord Richmond, Ballantine's, – guter Name, auch beinah eine Ballade! – Johnnie Walker, Black and White, und zwischen Bekanntem, das schon immer da war, Emporgekommenes, Zwielichtiges, Campari, den kein ernsthafter Trinker anrührt. Die erlauchten Profile der Herrscher und Staatsmänner auf den Jubliäumsbechern, ihre Blicke seitwärts gerichtet, um den Trinkern beim Trinken nicht ins Gesicht zu sehen, keine Mahnung hier, die haben meist selbst gesoffen. Die Symbole legendärer Stadtgründungen, Bär und Kindl, deren Ursprünge die Zeit mit Recht getilgt hat, – alles offen, rätsellos, nichts wartet hier auf Entzifferung, es steht, zum Teil bedeckt vom Staub der Wüste und wird zusehends älter, Behälter, Flaschen, Ständer, Schirme, die Schreibmaschine. Aage Thaarups Hut läßt die ferne Sammlung des Selbstmörders ahnen, zum Beispiel Mary Stuarts Barett, inzwischen vielleicht zurückgekauft von schottischen Separatisten, ausgestellt in Holyroodhouse –

Immer schwerer liegt Maxines Kopf in den Handflächen, er sinkt auf die Theke herab, die Ellenbogen rutschen auseinander, der Mund berührt den Rand des Glases. Sie trinkt in kleinen Schlucken, schwemmt die Erinnerung in Bruchteilen herunter. Ihr Blick führt an mir vorbei. Bei jedem Schluck schlägt dieser Löffel klimpernd ans Glas. Ein sogenannter Zierlöffel, Silber, kunstvolle Handarbeit.

Maxine zeigt mir den Löffel. »Ein Geschenk. Ich war ein sehr schönes Kind –«, sie zieht eine Fotografie hervor: wieder Mutter und Tochter, Bilder dieser Partnerschaft scheinen die Schubladen zu füllen; hier sind sie in Pailetten, eine andere Zeit leuchtet auf, Elsa Schiaparelli früh, Glanzhaar, kurze Röcke, flache Busen, Charleston, Rosenmündchen, gespitzt zu schalkhaftem Verschweigen, – alles so viel ferner als zum Beispiel der Mond –, »ich war ein sehr schönes Kind« – ich weiß, Maxine, ich weiß, – »mit einer sehr schönen Mutter, sie war eine große Sängerin. Sie hat an der Opéra Comique die Carmen gesungen und in London die Ophelia –«

»Wie hieß sie? Vielleicht habe ich sie noch gesehen.«

»Hier war ich fünf Jahre alt, dies war in London. Ich fuhr mit meiner Mutter im Omnibus, oben, da sitzt man hoch über der Straße. Und plötzlich neigt sich ein älterer Herr zu mir herab, –

mir schien er älter, vielleicht war er jung – und steckt mir diesen Löffel in die Hand. Er sei Kinderarzt, sagt er zu meiner Mutter, er liebe nur Kinder. Aber in Wirklichkeit liebte er nur schöne Kinder. Ihm selbst, sagte er, seien sie versagt geblieben –«

»Kein Wunder, Maxine. Der liebte nämlich nicht nur schöne Kinder, sondern auch schöne Männer, nur Frauen liebte er nicht, auch schöne nicht.«

»Damals dachte ich, er fürchte, daß ihm eigene Kinder nicht schön genug geraten würden. Er sagte, wenn er ein schönes Kind sehe, schenke er ihm einen silbernen Löffel. Die Löffel hatte er nach eigenem Entwurf machen lassen. Eric sagt, sie seien gräßlich, er hatte auch einen Löffel. Er verstand etwas davon – –« Wieder zieht Maxine einer Abschweifung nach, die sie verschweigt, offensichtlich Eric, ein schöner Junge. – »Er schrieb meinen Namen in eine Liste. Ich war erst das sechste Kind mit einem Löffel. Dabei hatte er den Beruf lange aufgegeben, wahrscheinlich fand er nur gesunde Kinder schön, – ich war damals noch gesund, soweit man gesund ist. Schon seit Jahren fuhr er im Autobus, auf Suche nach schönen Kindern, die Taschen voller Löffel, er hatte mit mehr schönen Kindern gerechnet, als es gibt.«

»Vielleicht war sein Anspruch zu hoch. Er hatte einen besonderen Begriff von Schönheit.«

»Meist fuhr er zwischen Hyde Park Corner und Piccadilly Circus. Dort, sagte er, treffe man die Schönsten.«

»Auf jeden Fall die Reichsten!«

»Dort hatte er schon vier Löffel verteilt. Einen hatte er einem toten Kind ins Grab geworfen.«

»Hatte er es noch selbst behandelt?«

»Später wurde er ermordet, – er ist nicht weit gekommen – –«

»Nein, er ist nicht weit gekommen, ich weiß. Man fand ihn eines Morgens in seiner Wohnung mit eingeschlagenem Schädel, blutüberströmt und nur mit einer Unterhose bekleidet, der Rest seiner Kleidung war über sein Bett verstreut, das Bett von Kampf verwüstet, seine Taschen waren leer, kein Löffel weit und breit. Vielleicht hat der Mörder irgendwo weiterverteilt.«

So endete denn die Vorliebe eines relativ guten Mannes für Schönheit, eines Mannes, der nicht mehr wollte, als von einigen, freilich nicht allzu großzügig Beschenkten, erinnert zu werden als Förderer und Bewunderer einer Eigenschaft, die er vielleicht überschwenglich als Göttergabe empfand. Gewiß hat er sich als Mäzen gesehen, als Erwecker eines bescheidenen Mythos, der eine dunkler werdende Welt ein wenig erleuchten sollte, erleuchten so wie er es eben verstand, und in deren Dunkelheit auch er, zu seinem verborgenen Leid, Wurzeln spürte, und der er schließlich anheimgefallen ist: keine Tragödie hier, keine Geschichte.

Maxine habe ich zum Schweigen gebracht. Ich schenke mir ein Glas voll, unverdünnt, wie ein Romanheld.

The Inquest: wie ging das zu?

Unter den Papieren des Ermordeten fand man damals die Liste der Löffelbesitzer. Mehr als elf waren es nicht geworden, er war, in der Tat, nicht weit gekommen, war eben ein strenger Richter von Schönheit gewesen. Man lud die ehemals Schönen zur gerichtlichen Untersuchung an den Tatort. Es kamen zehn, der elfte kam nicht, der war der Mörder. Er hatte seine Schönheit nutzbringend angewandt, war irgendwo zu Ehren gelangt, in Venezuela oder Nicaragua, dem Präsidenten, General Porfirio Figueras, war er wie ein Sohn und mehr, auch der Innenminister, Corrado Senfft, schätzte ihn, wurde viel fotografiert, meist in Adjutantenuniform, mit Schärpen und Orden. Er ließ grüßen, gedachte nicht ungern des Entdeckers seiner Schönheit. Doch zehn waren da, immerhin zehn Leute, die nichts gemeinsam hatten als die Reste vergangener Schönheit, und eben, daß sie keine Mörder waren, oder zumindest nicht die Mörder des Löffelstifters, unter dessen Zeichen sie sich zu schlechtem Gedenken getroffen hatten. Sie wurden von der Polizei gemustert und befragt, auch musterten sie einander, verglichen einander und stellten sich dem Vergleich, ein seltsames Treffen im Zeichen des Löffels. Maxine musterte Eric –

»Und was ist aus Eric geworden?«

Doch Maxine ist bei der Fotografie.

»Meine Mutter war eine wunderbare Sängerin, Mezzosopran, sie hat an der Metropolitan die Aida gesungen, sie war Amerikanerin, aus Oklahoma.« – Wie soll sie heißen? – »Mein Vater war Spanier, er besaß Wälder von Korkeichen, man konnte sich zwischen ihnen verlaufen –« Verlaufen zwischen den Eichen; ich sehe Maxine, als schönes Kind in weiß, wie sie durch den Wald läuft, Kork dämpft die Akustik, ich höre das Rufen nach ihr und das Echo zwischen den elastischen Stämmen. – »Meine Mutter war eine der großen Sängerinnen ihrer Zeit« – Der Name? – »Sie erreichte mühelos das hohe Es und das viergestrichene Cis. Sie war Amerikanerin, in North Carolina geboren, – mein Vater war Franzose, von Adel, ein de Sélincourt, der verkommene Zweig allerdings, der war schon unter Ludwig dem Elften in Ungnade gefallen, weil er sich zu Sprechern für die Rebellion der Kreuzfahrerwitwen machte, sie wurde niedergeschlagen –«.

»Dabei haben sie mit Recht rebelliert!«

»Unser Zweig hat sich niemals davon erholt. Wir trugen alle ein schwarzes Malteserkreuz im Knopfloch. Mein Vater war arm, sieben Jahre hat ihn meine Mutter ernährt, dann war die Ehe dahin, sie trennten sich, und mein Vater begann zu sinken. Von ihm habe ich das Sinken gelernt. Er vermietete sich für Begräbnisse an Hinterbliebene. Adel war dafür sehr gesucht. Auf einem Kissen aus blauem Samt trug er die Orden des Verblichenen hinter dem Sarg her. Anfangs war er noch der Glanzpunkt vieler Leichenzüge. Auch beim Essen nachher machte er eine würdige Figur. Der Mietadel saß zwischen den Erben, aber es fiel nicht mehr für ihn ab als der vereinbarte Preis. Zweimal hat er der Exkaiserin Zita gegenübergesessen, sie bekam mehr als er, –«

»Die Habsburger verlangten niemals weniger als fünfhundert Francs pro Begräbnis.«

»– mein Vater bekam nur zweihundert, der Herzog von Rohan bekam vierhundert, mein Vater fand das ungerecht, er sagte, ein Mensch sei so gut wie der andere. Woher er diese Idee hatte, weiß ich nicht –«

»Wahrscheinlich glaubte er gar nicht daran.«

»Er kam auf zehn Begräbnisse die Woche, es ging ihm nicht schlecht. Aber dann wurde einmal am Grab eine Hinterbliebene bestohlen, ich glaube, das Armband einer Witwe war verschwunden, und man verdächtigte meinen Vater, weil er ihr ziemlich nahe gekommen war, wie er behauptete, auf ihren ausdrücklichen Wunsch. Die Begräbnisinstitute wollten ihn nicht mehr. Er zog nach Marseille, dort bekam er nur zwanzig Franc pro Begräbnis und aß mit dem Leichenkutscher bei den Fischmärkten. Er verkam. Wie man eben verkommt. Ich denke er ist tot. Gewiß hat an seinem Begräbnis kein Adliger teilgenommen.« –

Maxines Atem wird schwer. Im Griff der rechten Hand hält sie die Flasche in einer Schrägen, so daß sie ihr immer wieder seitlich abrutscht. Ich nehme sie ihr aus der Hand, schenke ihr ein und schenke mir nach. Kein Wasser mehr aus Cutty Sark.

»Es gibt noch Schallplatten von meiner Mutter, eine habe ich. Der Schwanensee von Tschaikowsky. Sie hätten es sehen sollen! Sie war leichter als Luft, sie wehte im Wind. Ihr pas-de-deux war Zauberei, ihr Partner war Lifar, er mußte sie immer wieder zu sich herabziehen, sonst wäre sie entschwebt oder hätte sich im Äther aufgelöst, und ich wäre nicht geboren, ich habe diesen Partner oft genug verdammt –«

»Er wollte nicht plötzlich allein dastehen. Bedenken Sie: im Entschweben hätte sie ihm die Schau gestohlen.«

»Dann brach er sich bei einer Galavorstellung ein paar Zehen und blieb liegen.«

»Es war die Galavorstellung für den alten König von Portugal in Paris. Man mußte ihn mit Gewalt in die Vorstellung bringen, er wollte ins Bordell.«

»Lifar wurde weggefegt, die Programme wurden gewechselt, das geht schnell. Irgendwo hat er sich zu Tode getrunken.«

»Er lebt noch. Aber wahrscheinlich nicht mehr gern.«

Maxine schweigt. Sie hat an einem Punkt abgesetzt, der weit von ihr selbst entfernt ist, sie ist im Abrollen des Lebenslaufes einer Nebenfigur zum Ende gelangt und überlegt einen neuen Anfang. Eine Meisterin im Verschweigen. Aber ich sollte dem Verschwiegenen auf den Grund kommen. Ein Thema für mich? Da sitzt sie und setzt Kontrapunkt nach Kontrapunkt und überläßt es dem Zuhörer, die Hauptstimme zu finden.

Ich sehe den verkommenen Vater in einer Kneipe an einer schmutzigen Ecke von Marseille, da sitzt er und ißt Fischsuppe und trinkt einen grünen dickflüssigen Wein, den Mantel über die Schulter gelegt. Ihm gegenüber sitzt der Leichenkutscher, die Ellenbogen auf den Tisch gestützt, draußen steht der pompe-funèbre-Wagen, der schwarzbedeckte Gaul frißt aus dem Futtersack und wird selbst bald gefressen,

und ich sehe die Mutter in ihrer Schönheit, mit ihrem Stimmvolumen, sehe ihren pas-de-deux mit Lifar, sie entschwebt in den Schnürboden, er zieht sie herab, ich höre ihr viergestrichenes Cis, das nirgends vorkommt, ich glaube, nur Hunde hören es, oder Delfine. Ich sehe die Amerikanerin aus North-Carolina als Carmen mit Castagnetten die Habanera tanzen oder als Tosca die Kerzen neben dem ermordeten Polizeipräsidenten aufstellen,

Baron Scarpia, dem Chef der Sbirren, einem Häscher,

und ich sehe Maxine als schönes Kind zwischen den Korkeichen eines ihrer Väter umherlaufen; man sucht sie. Ich höre die Stimmen der Rufenden und das Echo, gedämpft von Kork, doch das schöne Kind hört nicht oder antwortet nicht, es läßt sich rufen: es sitzt, ganz in weiß, in Spitzen, eine

Schleife im langen Haar, an einer Quecksilberquelle und spiegelt sich darin, wie die Prinzessin, die den Froschkönig erwartet.

Maxine fegt mit der Hand über die Platte, sie schiebt eine Erinnerung zur Seite und bereitet den Weg für eine andere. Ich bin für den Augenblick aus ihrem Kreis entlassen, sofern ich ihn überhaupt betreten habe. Ich nehme mein Glas und entlasse mich aus ihrem Raum.

Es stehen da Pfähle im Sand, in weiten Abständen, jetzt erst sehe ich sie, ich erkenne sie an den Schatten, sie selbst sind sandfarben. Bezeichnen sie einen Schmugglerpfad? Einen Fluchtweg? Nein, das wohl nicht, sie würden es den Verfolgern leichter machen als dem Verfolgten. –

Übrigens war das, denke ich, doch nicht Gerber oder Felber, der mit der Waffe; beides Namen von Mitschülern, die es entweder nicht weit bringen, höchstens, sagen wir, zur mittleren Laufbahn, Stadtinspektoren von Fulda oder Kaiserslautern, man hört dann nicht mehr viel von ihnen. Ein Name wie Felber wird vielleicht bei einem Klassentreffen erwähnt, er kommt nicht selbst, er schreibt einen Grußbrief aus dem Urlaubsort am Chiemsee, wo die Zimmer für ihn und seine Familie schon seit April vorbestellt waren. Er wird nicht vermißt, darin liegt, falls er es weiß oder ahnt, seine Tragik. Aber der mit der Waffe nah an der Haut, das war wohl doch ein anderer, weit mehr als ein Mitschüler, aus dem nichts wird. Sein Name ist mir entfallen, was ja auch richtig und in seinem Sinne ist. Wahrscheinlich lebt er nicht mehr: das wäre vielleicht weniger in seinem Sinne, denn wozu hätte er die Waffe getragen, wenn er nicht am Leben hätte bleiben wollen? Vielleicht ist er, trotz Waffe, einem Diethelm Fricke oder einem Wilhelm Motschmann zum Opfer gefallen, die wären schneller bei seinem Arm oder seinem Hals gewesen als er bei der Waffe, – da gibt es viele Möglichkeiten.

Zum Beispiel Motschmann: wenn der lächelt, wird in der unteren Zahnreihe – ich meine vom Opfer des Lächelns aus gesehen – ein Goldzahn sichtbar, glänzend vor Tücke. Das ebenmäßige Gehege ist also angefressen, lädiert, hier ist eine Lücke gefüllt, und zwar schon vor langer Zeit, denn heute griffe man nicht mehr zu Gold, sondern zu täuschendem Ersatz. Auf diesem goldenen Punkt bleibt denn auch der Blick des Opfers stehen, er rastet sich ein, legt sich krampfhaft auf das Gold, um Schrecken und Furcht zu verdrängen, die angesichts dieser Gestalt in Wellen aus dem Herz aufsteigt. Die Aufmerksamkeit klammert sich an diesen Goldzahn, um nicht den ganzen Mund zu sehen, das Lächeln verschwimmen zu lassen, das dieses Ding in Erscheinung treten läßt. Das Opfer sagt sich hundertmal: der hat ja einen Goldzahn! bloß um nichts anderes denken zu müssen, zum Beispiel was jetzt geschehen wird; daß jetzt alles vorbei ist. Und erst der Griff läßt es wieder zur Wirklichkeit erwachen, Motschmanns Griff oder auch der Griff Frickes, der ihn begleitet, denn es sind ja immer zwei. Fricke also greift zu, während Motschmann weiterlächelt und seinen blitzenden Goldzahn zeigt, der jetzt allmählich aus dem Bewußtsein des Opfers verschwindet, je näher das Ende kommt. Wohl dem Opfer, das sich bis zu seinem Ende noch vorsagen kann: der eine, der hatte einen Goldzahn.

Wie aber, wenn Motschmann selbst ein Mitschüler gewesen wäre? Auch das ist möglich. Ich denke, eine entsprechende Notiz wäre unter den Zetteln.

Vielleicht war es aber auch Konrad Lüning – nicht zu verwechseln mit Lüdig! – der Mitschüler mit der Waffe. Konrad Lüning, von dem ich wenig Notiz nahm, bis mich ein beiläufiger Ausspruch auf ihn aufmerksam machte, er sagte zu irgend jemandem: das Leben ist mir keine fünfzehn Pfennig wert. Damals waren wir vielleicht zwölf Jahre alt, Lüning, glänzte nicht, strebte nicht und berechnete gewiß nichts auf seine Wirkung, aber ich war beeindruckt von der genauen Zahl: fünfzehn. Ich erinnere mich nicht, ob ich ihn je gefragt habe, wie er sich dieser Zahl genähert habe; ob ihm das Leben zehn Pfennig wert sei, und wieviel er etwa angelegt hätte, um es zu behalten. Doch immerhin so viel, daß er die Waffe bei sich trug, um sich gegen den Verlust zu wehren. Die Waffe sei immer entsichert, sagte er zu irgend jemandem, wenn er es wirklich war. Doch auf wen hätte er geschossen? Auf sich oder auf den Angreifer? Oder vielmehr: auf beide Angreifer? Wahrscheinlich auf sich, sagte er, denn die beiden hätte er kaum mit einem einzigen Schuß getroffen, und für zwei hätte die Zeit nicht gereicht. Der nicht Angeschossene hätte sich über den Fallenden hinweg auf ihn gestürzt; eine willkommene Gelegenheit des Kampfes für ihn, wie er sich selten bietet; den Ausfall, wenn nicht gar den Verlust, des Kameraden hätte so ein Kampf leicht wettgemacht. Und diesen Kampf hätte Lüning – wenn es nicht doch, wie ich jetzt wieder denke, Gerber war – nicht überlebt. Schon die Berührung, sagte er, hätte er nicht ertragen, den Griff einer solchen Hand an seinem Hals, diese Finger an der Kehle, diesen Atem nah an seinem Gesicht, das Gewicht auf seinem Körper, nein, das nicht. Und der Geruch! Er hätte wohl nicht geschossen. Der Anblick der beiden, das Anwachsen ihrer Gegenwart, wie sie da auf ihn zugekommen wären, die Blicke, der Schritt, der Dunst aus ihren hellen Regenmänteln, ihrer Haut, das hätte ihn gelähmt, ihre Anrede hätte ihm die Sprache verschlagen, am Ende hätte er sich gar schuldig gefühlt. Er hätte sein Spiel vor den anderen verloren gegeben, seinen Ausweis gezeigt, denn die Kontrolle des Ausweises sei der Vorwand der beiden, Fricke und Fötterle, sie wollten den Ausweis sehen. Dieses Thema geht noch weiter, ich muß nur die Zettel finden, das erschöpft sich nicht so leicht.

ZEIT,

so steht da auf einem Zettel, herausgerissen aus einem jener streichholzschachtelgroßen Spiralblöcke, die ich in der Tasche trug, bis sie, verbogen und zerknittert, weggeworfen wurden, nachdem ich die paar Seiten herausgerissen hatte, die mit einer Notiz beschrieben waren. Doch auch die gingen dann meist verloren, wahrscheinlich in einem Akt der Abwehr gegen mein registrierendes Ich, oder aus Scham über geringen Wert oder mangelnde Relevanz.

ZEIT steht da also, ohne Zeichen, in welche Richtung diese vier Buchstaben weiterlaufen sollten; ob sie überhaupt weiterlaufen sollten, das

Wort ist in Majuskeln geschrieben, sähe also aus wie ein erstarrter Ausruf, wenn nicht das entsprechende Zeichen fehlte. Ich kann mir wahrhaftig nicht vorstellen, daß ich beim ersten Stichwort einer Erleuchtung unterbrochen wurde, entsinne mich auch keiner Gedanken über die Zeit, außer dem Nachdenken der Gedanken anderer. Gewiß, ich habe mir oft gewünscht, sie möge sich akustisch auf freundlichere sanftere Art zu erkennen geben, als sie es tut: dieser Pulsschlag, das Summen im Blut, innen das Ticken der Sekunden, sie nähern sich aus einem Winkel des Raumes, ziehen hämisch vorbei und entfernen sich in einem anderen Winkel, nichts Merkliches geschieht, und doch: einer Entscheidung wird ausgewichen, eine Gelegenheit wird versäumt, eine Gefahr wächst, ein Zögern oder ein Stillstand wird bekräftigt. Doch so war die Eintragung wohl nicht zu verstehen. Ich weiß nicht, wie es war, das Rätsel ist nichtig; so stehen die Buchstaben, gespreizt, ein four-letter-word, nur da gibt es eben bessere, greifbarere, Ausrufe;

FUCK zum Beispiel: etwas Gleichwertiges gibt es im Deutschen nicht: ein kurzes Fauchen, und doch nur ein einziger Sprenglaut. Ein Ausruf, der seiner Bedeutung längst entglitten ist, an ihr nicht mehr zu messen: kein Ausdruck der Vorfreude auf den Akt, den er bezeichnet, – wie ein Kind beseligt ›Weihnachten!‹ ruft, – er hat nichts Euphorisches, enthält keine Aufforderung, dazu wäre er zu jäh, sondern sein Wert ist – alas! – negativ, nicht besser, nur ein wenig schärfer als etwa SHIT. Genauer: ein Synonym für ›Verdammt!‹ Bis in die four-letter-words hinein wirkt sich der heilige Augustinus aus, – was zu beweisen sein wird, oder auch nicht. Denn auch jene, die dem Ficken nur allzu gern nachgehen, rechtfertigen ihre Neigung im laut verdammenden Sinn dieses Wortlauts, hier werden sie prüde und schreiten ein gegen ihre Lust.

ZEIT: erschrocken über diesen schriftlichen Ausruf, über dieses Tabu, das mit dem Tod endet, über das es nur noch Gemeinplätze geben kann, wie sie die Geschichte ja auch reichlich bietet, muß ich wohl abgesetzt haben, bestürzt, ohne Satzzeichen, aber das Wort habe ich stehen lassen.

»Don't interrupt until well under way!« – Auch das auf einen Zettel geschrieben. Dieser Satz wirkt anders auf mich ein. Nur müßte man eben schon »well under way« sein, sonst ist der Vorsatz müßig.

Wo also beginnen? Hier bin ich nun, hierher bin ich geraten, unter dem ewigen Vorwand des Suchens nach bestimmten Dimensionen der Distanz, und jetzt wird mir klar, daß es bessere Orte gegeben hätte, ohne eine Maxine und ohne eine Wüste, die lockt und droht.

Ein Bild aus der Galerie besserer Orte, meist verlassener Gebäude, ein fernes, doch das letzte noch nicht, ist das Bild von Ohlsens Margarinefabrik. Ohlsens Margarinefabrik ist leer, hat eine braune bröckelnde Fassade, die sich glatt und glänzend im Wasser des Fjords spiegelt. Diese Fjorde; eingefangene Stücke Meer, vom umzirkelnden Gebirge nicht wieder freigelassen, so daß sie sich ihr eigenes Ambiente geschaffen haben, – das war nördlich des Polarkreises, weit von hier. Peer Ohlsen, so wird er wohl geheißen haben, vielleicht auch Knud, aber das wäre schon schlechter, – Peer Ohlsen war vielleicht nicht direkt ein Träumer, sonst wäre er wohl kaum auf Margarine gekommen, war aber doch so weltfremd anzunehmen, dies hier sei der Platz, ein solches Produkt herzustellen. Offensichtlich hat er sich getäuscht. Er ist dann vermutlich nach Kanada ausgewandert und dort in den Wäldern verschollen, sein Glück hat er nicht gemacht, der Erfolgreiche wäre Knud gewesen. Hier auf einer Laderampe sitzend, auf der nicht mehr verladen wird, hier wäre die Distanz gegeben, dachte ich, als ich da saß, und so denke ich jetzt, –

aber schon füllte es sich, drängten sich über der Leere andere Bilder ein und überblendeten einander, furchtbare Bilder mit ähnlichen Fassaden, scheinbar ruhig, auch sie im Norden, ganz nah, aber auf der Fassade wurde jetzt anderes sichtbar, da erschienen Zeichen vergangener Schrecken, leuchteten Spuren vom Blut der Geiseln, erschossen von abziehenden Schreckensmännern, Umlegern, und da sind sie denn wieder, die Häscher,

Motschmann, Kranzmeier, Fötterle, jünger als heute, vielleicht auch eine andere Generation, doch unverändert, gestiefelt und gespornt, im Einsatz, wie man es nannte, nennt und nennen wird. Ein Bild zwar, aber keine Geschichte mehr. Das Blut ist verblichen, die Opfer liegen, in Ehren vergessen, unter der Erde, die Angehörigen haben sich längst abgefunden, und Kranzmeier, Fricke und Kabasta weisen, gebläht in tiefer Befriedigung, auf Untaten, die seitdem begangen wurden und begangen werden und lassen sich darüber vergessen. Aber ich, ich habe das Bild unter meinen Bildern.

Ja, dort war es ruhig, das Wasser war dunkel, und wo es Dunkles spiegelte, da war es fast schwarz. Es regte sich nichts darüber, nichts darin, kein Fisch; die letzten Kähne hatten sich vor Jahren abgestoßen und sich, schwer von Fett, langsam aus dem Fjord gewunden. Jetzt war es hinter den Fassaden so leer, wie es nur in leeren Lagerhäusern sein kann. Da gibt es Platz für die Leere, sie speichert sich, und in Würde alternd wählt sie sich einen Geruch. Das Holz der Wände ließ die verschollenen Rufe der letzten Lader widerhallen, das Tuten der Kähne fern und immer ferner und schwächer, jetzt verklingt das Krachen der endgültig zufallenden Tür, die von nun an nicht mehr gebraucht wird, dann ein Plätschern draußen im Wasser: Peer Ohlsen rudert hinüber, nach Hause, wo das Auswanderergut schon bereitsteht, – das Wasser hat sich längst geglättet, jetzt zieht nur noch der Wind durch die Fugen und die wachsenden Spalte und singt und saugt, –

schon wieder Wind!

Die Harfe des Aiolos ist seit langem verstummt. Ich weiß ohnehin nicht, was es damit auf sich haben soll, ihr entstammen die Winde ja nicht: sie waren gefangen, und ihr Zwinger ist verwaist, die Winde, ihres Gottes Knechte, haben sich Mutationen unterworfen. Den Zephir hat der Gesang zur Strecke gebracht, dieses wehende Aphrodisiakum aus Westen, das den Phallos von Delos so stramm sich erheben ließ, daß er schließlich brach. Zephir: die Oper hat sich seiner bemächtigt, indem es ihn umsang, der Rokoko hat das Blasen zu einem

Streicheln gemacht; Belcanto und Begierde sind zweierlei, sie entströmen weder demselben Loch, noch erregen sie dasselbe Organ. Boreas ist im Lauf der Jahrhunderte weiblich geworden und weht als Bora aus dem slowenischen Karst über die Bucht von Triest, übers Meer,

bis nach Masante, wo ich die Läden der Fenster nach Nordosten vor ihr schließe, sie bleibt draußen und pfeift mir, aber ich gehorche nicht, ich komme nicht, spüre sie nur, wie sie die Hügel hinanschleift, vom Meer unten, wo sie die Adria aufwühlt, die, auch bei Ruhe kein ansprechendes Gewässer, oft zur Qual wird, vor allem, wenn man auf ihr fährt.

Ich bin niemals gern mit dem Schiff gefahren. Gegen Seekrankheiten bin ich zwar immun, unempfindlich gegen jeden Seegang, die Maschinerie meines Inneren rührt sich nicht, Kreislauf normal, aber die Einbildungskraft, die arbeitet, sie nimmt Strömungen der Erde auf, tastet sich nach unten ins aufgerührte Wasser. Ich kenne es, dieses Schlingern des Schiffes: hilflos, auf dem Rücken liegend, in die Dunkelheit starrend, versucht man, aus der Bewegung des Schiffes Systeme des Seegangs abzuleiten, doch vergebens; links vorn nach rechts hinten und hinüber, rechts vorn nach links hinten, und jetzt wieder ein anderes Schema, nichts wiederholt sich; jetzt klatscht es in der Mitte auf, hebt das Schiff, das nach vorn sinkt, sich dort krachend auffängt und wieder hinten angehoben wird, dann wieder umgekehrt,

und plötzlich trappelt es im Gang draußen vor der Kabine, ein Rennen entsteht, dessen Ursache man nicht weiß, und ich denke, jetzt, gleich, geht die Sirene, dann wäre er da, der Augenblick, der uns auf Bildertafeln umständlich dargestellt wird: das Hantieren mit den Rettungsgürteln, illustriert am Beispiel eines bärtigen Mannes, der einem Bartlosen den Gürtel anlegt, acht Positionen, ausgeführt in völliger Muße, ein Idealbild, denn ich denke, daß in diesen Augenblicken jeder sich selbst zu retten versucht und nicht den sogenannten Nächsten. Seenot, das Schiff sinkt, und irgendwo ertönt die Sirene,

SOS, eine falsche Abkürzung. SOB müßte es heißen, wie Schluchzen auf Englisch. ›Save our Bodies‹ wäre der Lage gemäßer als ›Save our Souls‹; für die Rettung der Seele bezeichnen sich bekanntlich andere Stellen als zuständig.

Und dann das Sinken des Schiffes in die Kloake der Erde, dieser Gedanke hat mir oft zu schaffen gemacht, während vieler genußloser Tage auf dem Meer. Was helfen da die verheißungsvollen Sichten, die im Rund des Feldstechers erscheinen, die leeren steinigen Inseln, auf denen Götter gewirkt haben, die Kykladen, die Sporaden! Und viele Nächte im schlingernden Schiffsbauch, einer Kabine, die sich froh und wohnlich gibt, mich aber nur durch eine dünne vernietete Eisenwand von dieser stinkenden submarinen Unendlichkeit trennt, in der es nach unten geht und von unten weiter hinab, sinken, sinken –,

denn nur die Oberfläche des Meeres ist bewegt; ein paar Meter schon herrscht Stille, und tiefer noch steche ich hinab und stoße in diesen schweigenden Makrokosmos, der Fische brütet und Schlimmeres, Unheimlicheres, leblose riesige Algen, – ihre obersten Arme wiegen sich ragend, fangen mich auf, leiten mich weiter hinab und hinein in die Flora, immer tiefer, zwischen ihr sinke ich auf moosiges Gewächs, das mich glitschig mit Schlangenarmen umfängt, damit ich zur Beute der Meeresungeheuer werde, ungeahnter lautloser Bestien, die sich zuckend über mich hermachen, um mich mit der Muße der Meerbewohner zwischen ihren Zähnen zu zerfleischen,

oder aufgespießt von spitzen Korallen, wie auf einem diamantenen Rost,

oder zerschlagen von den gesplitterten Resten großkalibriger Geschütze eines Schlachtschiffes, ›Kaiser Wilhelm III.‹, hier verendet, zerborsten durch eine Breitseite, und, während die Kapelle

›Ich hab mich ergeben...‹ blies, der Kapitän, Graf Seidlitz, die Hand salutierend an der Schläfe, sinkend strammstand, gurgelnd vom Meer eingesogen in einem ungeheuerlichen Strudel und in seiner Mitte schließlich senkrecht gesunken mit Mann und mit Maus.

Dieses Fenster hier ist jetzt das meine geworden, aber ob ich mir die Aussicht aneignen mag, steht noch dahin. Diese dauernden lautlosen Überfälle da draußen, diese Lichtspiele, die sich harmlos geben! Die Schluchten dort hinten werden deutlicher und dunkler, sie brüten Nacht, die Schatten werden tiefer. Diese Reihe von Pfählen, die sich zwischen den Hügeln verläuft; ihre Schatten werden länger, zeichnen sich kräftiger in den Sand. Wer soll diesen Weg gehen, wer ist ihn gegangen? Wüste, sollte man meinen, ist nicht abgesteckt, eine weiße Fläche auf der Jagdkarte aller Verfolger und Häscher, eine große weite Masche in ihrem Netz; wer hineingerät, verendet in der Mitte. Die Schmuggler, denke ich, tasten sich immer schön am Rand entlang, vielleicht bezeichnen die Pfähle nur eine Abkürzung zu einer anderen Randstation, dem Umschlageplatz? Würde der Wirt mich da einweihen?

Alles still. Nichts bewegt sich oder scheint auch nur beweglich. Und doch wird mir hier ein schweigendes Schauspiel vorgeführt, ein Schattenspiel. Da draußen spricht es.

Kommst du? Spielst du mit oder nicht? Uns ist es gleichgültig. Hier wird jeder aufgenommen. Zwar wird hier niemand erwartet, doch kommt auch niemand unerwartet. Hier wurde mancher verschlungen nach seinem Wunsch. – Die Wüste ist neutral – ein elender Standpunkt – sie trägt keine Verantwortung, lädt nicht ein, warnt nicht, droht nicht, aber sie wartet eben.

Es sind da unsichtbare Zettel im Zettelkasten. Ich sollte sie ordnen wie ein Lotto, aber das Thema variiert nicht genug, weicht nicht von seinem Grundmotiv ab, dem Schrecken.

In Linz damals, mit Lüdig in Linz, da sah ich nachts auf der Straße ein Schild, darauf stand: Spenglerei von Karl Adolph Starck. Ich fragte mich, und nicht zum ersten Mal, wie man eigentlich spengle, aber so leicht machten es mir die Gedanken nicht: ich sah den Spengler vor mir und sehe ihn noch, mitsamt seiner Vergangenheit, geschichtslos und doch Geschichte fördernd; ich sehe ihn als Gesellen mit Griffen hantieren und hämmern, höre ihn als Meister im Kreis Gleichgesinnter gröhlen, so daß die

Kellerhunde sich winselnd mit eingezogenem Schwanz verkriechen, sehe ihn Unmaße von Bier stemmen, bis sein Bizeps zu bersten scheint und er sternhagelvoll ist; sehe die Halsmuskeln schwellen, höre ihn in der Masse brüllend den Anbruch neuer Zeiten begrüßen, sehe ihn nachts einen Passanten namens Dr. Szygmunt Weiszbrod an der Gurgel packen und gegen die Hausmauer schleudern, so daß Weiszbrod liegen bleibt, bis ihn die Straßenreinigung am Morgen mitschleift, was hat aber auch so einer in Linz zu suchen! Ich höre den Starck lachen, er weiß sich vom Gesetz einer Zeit gedeckt, die heute von seinesgleichen wieder herbeigesehnt und daher wiederkehren wird, sein Richter damals war Kabasta, heute steht Kabasta als Veteran auf der Landesliste, Starck und seine Kumpane sind bei der Hand, ihn durchzusetzen, und sei es mit Gewalt, auch den Kranzmeier bringen sie durch, ohne Frage.

Kranzmeier hat es gern deftig, den möchte ich nicht beim Umtrunk erleben. Er säuft Korn und Bier, immer abwechselnd, das macht ihn fröhlich, hält ihn gesund, – die beste Medizin, wie er sagt, – und schiebt den Ruhestand in weite Ferne. Er trifft sich mit Kameraden, war bei der siebenundneunzigsten Gebirgsjägerdivision Süd, es waren gute Zeiten, hart und gut. Ein trefflicher Schütze ist er noch immer, so sagt er. Auch saß einmal der Schlagring recht und fest, damals zu Zeiten des Kampfes, und so sitzt er wahrscheinlich immer noch. Er kann, wie er sagt, gut und gern zwei Gebisse auf einmal einschlagen, wenn sie nahe genug beieinander sind, da hört man denn die Zähne die Speiseröhre hinabkullern, – alle lachen. Wenn gewünscht, Leute, könnte er euch auch aus dem Stegreif einige Besitzer dieser Gebisse nennen. Allerdings, wenn er sie alle auf einmal erledigen soll, hat er nachher rote Ringe um die Finger. Besser als die Finger voller Eheringe, sagt dann einer, der schon damals den fröhlichen Teil des Kompanielebens bestritt, ein alter Kamerad, – man lacht, es dröhnt dort wo sie lachen. Kranzmeier ist, wie man sagt, abgehärtet. Manch einer könnte, wie er sagt, sich ein Stück von ihm abschneiden, worauf der Humorvolle sagt, in Wirklichkeit werde wohl er, Kranzmeier, es sein, der sich ein paar Stücke von anderen abschneiden wird. Man lacht, es dröhnt, Kranzmeier sagt, allerdings, er könne auch die Leute nennen, von denen er sich ein Stück abschneiden werde, er weiß auch schon, welche Stücke, er zeigt das Stück, man brüllt vor Lachen. Er hat es gern gemütlich, ist Südtiroler aus dem Etschtal, wo seine Familie noch einen Hof hat, bei Sterzing, den Namen Vipiteno würde er niemals über die Lippen bringen; so einen Namen können nur Spaghetti-Fresser erfinden, meint der Humorvolle, es dröhnt.

Weiter: in Wien ging ich gern nachts durch den ersten Bezirk, der erste ist der beste. Vor allem die Blutgasse: ich ging zwischen den Ecken und den vollgepißten Winkeln, den überlaufenden Mülltonnen, eingeengt von Stockwerk über Stockwerk beiderseits, Mauern, hinter denen die Bewohner tief und fest schliefen, bis in die Dachgeschosse hinauf waagerecht übereinandergestapelt, eng und ohne den Luftzug der Etagen und Mezzanine. Sie ahnten nicht, daß ich sie alle sah, wie sie da lagen und in ihren Träumen atmeten, den schweren Träumen der Blutgasse. Auf der Straße war niemand – kaa Meensch, kaa Kootz –

nur einmal, da huschte vor mir ein junges Mädchen mit langen Haaren aus einem Eingang in einen anderen Eingang, sie trug eine leere Schublade: ein Geheimnis ohne jegliches Versprechen auf Enthüllung, – dies sind Anreize zur Spekulation, –

sonst nichts, nur überquellender Abfall, doch kein Hund daran, darin vielleicht von einem Kinderverzehrer abgenagte Knochen, wer weiß. Der hatte irgendwo seine nächtliche Mahlzeit verzehrt, hatte vielleicht ein blasses Kind der Obhut seines gebrechlichen Großvaters entrissen – Vater mit einer anderen durchgebrannt, Mutter schon vor Jahren in die Donau gegangen – und es mit Haut und

Haar gefressen und saß nun irgendwo hoch im Stiegenhaus und leckte sich Lippen und Finger,

nur ich, hier unten in der Blutgasse zu Wien, ein einigermaßen müßiger Wanderer ohne Ziel, es sei denn, man nenne die Erforschung der Ziele anderer ein Ziel; beiderseits bedrängt vom Nachhall meiner Sohlen auf dem Kopfstein, sonst kein Geräusch. Es war wie in einem Labyrinth, jede Ecke schneidet hörbar ein Stück Verbindung mit der Außenwelt ab, man spürt, wie man sich, enger und enger, in der Innenwelt verläuft, der Innenwelt der Blutgasse, im schlafenden Herzen des ersten Bezirkes und gleichzeitig im Gedärm eines sterbenden Betriebs, der von seinen diversen vergangenen Lebensläufen lebt.

Irgendwo dort droben, für den Verbrecher über die Wendeltreppe erreichbar und vielleicht schon erreicht, lag, vielleicht in ihrem Blut, Blut der Blutgasse: Emil Pasquali's Witwe. So stand es da auf einem Emailschild. Keine Angabe, womit Emil Pasquali seine Lebzeiten zugebracht hatte; was es also sei, das seine Witwe veranlaßte, den Namen postum zu ihrem Vorteil zu verwalten. So war ich denn frei, in ihm zu sehen, was ich wollte, und ich sah eine jener Gestalten, wie nur Wien allein sie züchtet, jederzeit bereit, Tränen der Ergriffenheit über die Einmaligkeit ihrer urbanen Heimat und damit auch ihrer eigenen Einzigartigkeit in sich selbst zu erzwingen und ihr Publikum damit anzustecken. Eine jener Figuren, wie sie, sofern sie sich nicht selbst besingen, besungen werden, und deren allmähliches Verschwinden von allen Wiener Seelen beklagt wird: einen zierlichen Mann mit hängendem Schnauzbart und feuchtem Auge, der bis zu seiner Erblindung Noten kopiert und zeitlebens keinen Fehler darin gemacht hat, den allerdings wohl auch kaum ein Wiener bemerkt oder beanstandet hätte, es sei denn, jemand rutsche auf dem Fiakerlied aus oder auf dem Lied von der Stadt seiner Träume. Gustav Mahler ist sein Fall nicht gewesen, den haben sie zu Recht abgeschoben, – aber den Kienzl, den hat er noch gut gekannt, jede der unsterblichen Melodien des »Evangelimann« ist durch seine Tintenfinger gegangen, auf dem Sterbebett hat er sie noch vor sich hingesummt, es stand sogar in der Lokalzeitung, – ›Selig sind die Verfolgung leiden ...‹ Verfolgung hat er niemals gelitten, er hat sie nur hier und dort in Zustimmung mitangesehen – die gehören eh nicht hierher –, aber selig ist auch er geworden. Zu mancher seiner guten Zeiten hat ihm noch dieser oder jener tüchtige Tonsetzer auf die Schulter geklopft und gefragt, was er, der Tonsetzer, ohne ihn, Pasquali, sei,

und nun bewahrt die Witwe die Bilder mit den Signaturen der Frager und Klopfer, hat hier und dort eines abzustoßen versucht und erbittert festgestellt, daß sie an Wert verlieren. Und das in Wien! Ist denn die Tradition dahin? Ein Schulkamerad von ihm hatte es bis zum dreifachen Hofrat gebracht, ein gewisser Stossek-Percevic, und ihn hin und wieder zu einem Schoppen Lagrein-Kretzer ins Griechenbeisl eingeladen, weiter ging es freilich nicht, der Hofrat verkehrte in anderen Kreisen, war mit dem gesamten Burgtheater auf du und du,

und jetzt schläft sie dort droben, seine selige Witwe, zwischen den wuchernden Ranken der Erinnerung, falls sie, wie gesagt, nicht in ihrem Blute liegt, in welchem Fall sich die Erinnerungen wohl oder übel verflüchtigt haben,

und unter ihr, hier in der Blutgasse zu Wien, in der Nacht, im ersten Bezirk, sammeln sich, wie ein weiteres Schild bezeugt: Kunstwachswaren von Carl Cmyrol. Cmyrol: wie ist es nun mit dem? Slowake oder Slowene, in der Tatra gebürtig oder im windigen Karst um Laibach, früh nach Wien gekommen, um hier sein Glück zu machen, ist lang vor Sichtung des Glücks steckengeblieben, ein Kerzendreher, wie man sie heute weithin suchen muß, wenn man nicht auf die Idee kommt, sie sofort in der Blutgasse zu suchen; denn das Gewerbe stirbt aus, wie alle Gewerbe, die man mit Händen betreibt, außer dem der Mörder und Soldaten, – Cmyrol also schläft dort oben im zweiten Stock unter Emil Pasquali's Witwe und den Erinnerungen an Wilhelm Kienzl und Stossek-Percevic und Maria Jeritza, sein eisernes Bettgestell steht da über der Blutgasse im ersten Bezirk, inmitten der Kunst, die er untertags übt, in redlicher ergebener Handarbeit, in stillem Verzicht auf die Vorteile der Maschinen und damit des Profits, den er verachtet, er ist Idealist, was Wachs betrifft, sowas echtes, das gibts nur noch in Wien –

nein, das sehe ich wohl falsch: wahrscheinlich bezieht sich das Wort ›Kunst‹ nicht auf das Handwerk sondern auf das Material, Cmyrol geht mit der Zeit, nicht gegen sie, er ist Aufkäufer geformter Masse, von stinkendem Ersatz für Bienenwachs, billiger als Talg und sparsamer, – so ist es. Und unter seinem Produkt breitete sich, wie ich las, auf einem größeren Schild, bronziert, sakral, Größeres aus, ein weihevoll kundgetaner Anspruch, der nannte sich: Philanthropisches Werk der Kirche des Reiches Gottes. Immerhin! Drei Genitive standen da unverfroren aneinandergereiht und hinderten mich am Eindringen in dieses Werk; doch war es wohl nicht allein die Sprache, was mir da den Weg versperrte zum Reiche Gottes, wie es in der Blutgasse im ersten Bezirk zu Wien unter Pasquali's Witwe und Cmyrols Wachsersatz erschien.

Und ganz unten, über den Kellerstiegen, unter Witwe, Kunstwachs und Gottes Reich, da wohnte Willy Völkl. Keine weiteren Angaben, seine Existenz betreffend, vielleicht mit gutem Grund. Zu dem fällt mir nichts ein. Wahrscheinlich kennt er Puchtl, hat Beziehungen zu Kabasta und Kranzmeier, schlief vielleicht auch gar nicht, sondern war unterwegs, eine weitere Beziehung zu pflegen oder etwas auszuhecken. Soweit die Blutgasse zu Wien –

ad acta, zumindest für den Augenblick.

Übrigens wird Gerber oder Felber wahrscheinlich Willy geheißen haben, nicht Hans Georg. Hans Georg ist nicht der Vorname eines Schülers, aus dem nichts Rechtes wird, Willy ist neutraler, er gibt sich her zu Völkl und zu Felber, ist, genau genommen, gar kein Name sondern eine Lösung, von Unentschiedenheit diktiert. Zu Wilhelm konnte man sich nicht entschließen und brach mit einem Y ab, das Y, im Schriftbild schön, rettet den Klang nicht, es klingt wie i und wirkt wie ein Diminutiv. Lüning dagegen hieß Konrad, da bin ich völlig sicher,

aber wer von den beiden oder den dreien der von Angst getriebene Waffenträger war, weiß ich nicht. Wer war es, wer soll es hier sein, der seine Verfolger fürchtete, der sagte, es seien immer zwei, nicht mehr und nicht weniger? Sie folgten ihm oder würden ihm folgen, ihn wieder aus den Augen lassen, an ihm vorbeigehen, ihn überholen oder hinter ihm bleiben, aber eines Tages würden sie ihm entgegentreten, sagte er. Den Ausweis bitte, so fängt es an. Gewiß, es seien immer wieder andere, Motschmann und Kranzmeier, Globotschnik und Fricke, doch alle mit derselben Vergangenheit, mit derselben Zukunft, Absolventen der Polizeischule, gereift im Sicherheitsdienst, Jasager zu Zucht und Ordnung, fest im Sattel. Er sagte, vielleicht suchten sie auch gar nicht ihn, hatten ihn vielleicht niemals gesehen, aber früher oder später würde er ihr Opfer werden. Vielleicht stehe er auch ein wenig tiefer auf der Liste, aber er stehe darauf, oben stehen andere, vielleicht jene, denen es gegeben ist, sich tätiger aufzulehnen, als es in seiner Natur liege, doch diese Reihen würden allmählich dünner, die aktiven Aufrührer seltener, die bloß Unliebsamen rückten nach, dann schließlich auch die Schweiger unter ihnen, seine Zeit würde kommen.

Zugegeben:

Masante war das Ziel einer Flucht, ich hatte die Absicht, ›nicht sicher zwar, doch tätig-frei zu wohnen‹. Nur: wo und seit wann gäbe es das, Sicherheit ohne Freiheit oder Freiheit ohne Sicherheit? Es wären zeitlich streng begrenzte Zustände mehr oder minder verdrängter Angst, Zustände, deren Maß und Dauer von unbekannter und gewiß feindlicher Seite kontrolliert würden. Tätig? Davon kann bei mir ohnehin nicht mehr die Rede sein, nichts davon hier. Ich tue das Wichtige nicht mehr, meine Tätigkeiten sind gescheitert, basta.

Frei? Frei wohnen bedeutet ›schöner wohnen‹. Freiheit des Wohnens wird daran gemessen, wieviel Himmel der Wohnende durch die Fenster sieht. Die Flächen werden addiert, die Summe ergibt den Grad der Freiheit. Doch ich wollte gar nicht so viel Himmel über mir, er ist mir verleidet, seit Gesindel am Werk ist und giftige Gürtel zwischen die Schutzschichten der Erde legt.

Wie dem auch sei: es gab in Urbino ein schönes Haus, ich hätte es gern gehabt. Es trägt keinen Namen wie Masante, ist mit anderen Häusern zusammengewachsen, hinter ihm türmt sich die Stadt, bis hinauf zu dem Platz, auf dem zwischen Platanen Raffael steht, aus Bronze, ein Euphorion, so wie man ihn halt sieht, oder wie ihn der sehen soll, der ihn sonst gar nicht sieht. Vor dem Haus fällt die Stadt ab zur zentralen Ader, jenseits derer es wieder ansteigt, zur Krone, dem Herzogspalast. Seine Prunkseite liegt dem begehrten Haus zugewandt. Die Sicht zerfällt in drei Stufen, denn die Zimmer des Hauses liegen übereinander, wie in einer stehenden Schachtel aus Ziegeln, jenen honigfarbenen Ziegeln, aus denen die gesamte Stadt gebacken wurde, wie an einem einzigen Tag.

Dieses Haus war nicht zu haben. Es wurde bewohnt von einem Mann mit einer schwarzen Klappe über dem linken Auge, vielleicht fehlte ihm dieses Auge, ich habe nicht gefragt; jedenfalls war seine Erscheinung beherrscht von diesem schwarzen Verschluß, dessen Fortsetzung nach innen vielleicht allen ein Geheimnis blieb. Ich kenne nur seine Hölderlin-Übersetzungen, ihn selbst kannte ich nicht, weiß daher nicht, ob dieser dunkle Fleck seine sterbliche Stelle oder seine Waffe war oder ob er ihn trug, um einem Angreifer zu zeigen, wie wehrlos er wäre. Er galt als Kenner und Vermittler des neunzehnten Jahrhunderts, als Entdecker von Verlorenem. Vielleicht schloß er sich mit dem blinden Auge gegen alle jene Erscheinungen seiner eigenen Zeit ab, die er als Anfechtungen empfand; das sehende brauchte er notgedrungen, um sich im Äußerlichen in ihr zurechtzufinden –, vielleicht noch nicht einmal um zu lesen: der Stoff, von dem er zehrte, war ihm im Kopf.

Ich sah ihn meist in einem kleinen Restaurant, dort saß er am Stammtisch der Professoren, unter Piero della Francescas Bildnis des Montefeltro, der ja auch nur auf einem Auge sah und sich den oberen Teil des Nasenbeins absägen ließ, um darüber hinweg seitlich sehen zu können. Er kam immer ein wenig später als die anderen, lautlos schob er sich zu seinem Tisch, nahm wortlos Platz, als habe er noch schnell etwas erledigt, was nicht erwähnenswert sei. Er trank einen schwereren Wein als die anderen, goß sich Öl aus seiner eigenen Flasche auf den Salat, beides wahrscheinlich erlesenere Essenzen aus Regionen seiner Wahl: selbst von einer Runde wie dieser distanzierte er sich in kleinen Nebenhandlungen, gewiß nicht verletzend, dennoch gezielt.

Ich sah zu ihm hinüber wie auf einen, dessen Eigentum man begehrt. Aber es war nur das Haus, das ich wollte, und das war nicht sein Eigentum; ich wußte, daß er es nur gemietet hatte. Ich hoffte, es möge ihn ein, meinetwegen glanzvoller, Ruf an eine andere Universität erreichen, ohne damals zu bedenken, daß er ihn ausgeschlagen hätte, in diesem Haus, den gestapelten Räumen mit Aussicht auf eine herrliche Stadt, auf Geschichte nicht als Deutung sondern als Material: in Ziegeln, – Räume, die man nicht leichtfertig um einer ungewissen Behausung willen verläßt.

Ich entschied mich für Masante, und er starb. Der Schlag traf ihn beim Übersetzen Hölderlins, vielleicht hatte eine späte Strophe das

Verlangen nach einem Ende in ihm wachgerufen, vielleicht befand er, er sei nichts mehr, er lebe nicht mehr gerne.

Eine Fügung? Vielleicht war Masante für mich vorbestimmt?

Erst wenn Stille nicht mehr vollkommen ist, stellt man fest, in welch vollkommener Stille man die Zeitspanne verbracht hat, die jetzt zu Ende ist. – Man sagt, im Moment des Todes ziehe das vergangene Leben vorbei. Aber wer sagt das? die Toten? – Jetzt rührt sich etwas Minimales, bildet eine Welle, die langsam näherkommt, Schritte draußen. Drunten bereitet sich ein Auftritt vor, jemand geht ums Haus, vielleicht zum vorderen Eingang. Der erste Gast?

Drunten ein Mann, weniger nah, als ich vermutet habe. Woanders wäre er noch unhörbar, vor allem im Sand. Hier sieht man weit, hört weit, die Sinne werden bis zum Äußersten nutzbar gemacht, unter gefährlichen Umständen könnte das dienlich sein, Felber oder Lüning wäre die Hut leichter gemacht, aber geborgen hätten sie sich nicht gefühlt.

Es ist der Ire. Er singt jetzt nicht, ich würde es hören. Er entfernt sich mit aufgespanntem Regenschirm, und ich sehe warum: der Wind wirbelt Sandwellen auf; er läßt die Umrisse verschwimmen, auch der Mann ist nicht klar sichtlich, ich weiß nicht, ob es der Ire ist, vielleicht ist es der Wirt. Wer immer es sei: was sucht er dort, wohin er geht?

Ich hoffe – und an eine andere Möglichkeit hatte ich bisher noch nicht gedacht, – daß die Gäste an der Bar allein auftreten; bewaffnet, wenn es denn sein muß, aber einsam wie der Jäger auf dem Bahnhof von Bever, und erst hier, vor Maxine, ihre Einsamkeit abstreifen;

nicht plötzlich zu zweit durch die Tür kommen, mit festen Schritten an die Theke gehen, der eine bestellt für beide, während der andere sich im Raum umsieht, den Eingang nochmals prüfend, dann wendet auch der erste sich um, und beide mustern die Gäste, wie zwei Gunmen in einem Western. Wo zwei kommen, ist Vorsicht geboten, Angst ist am Platz.

Gerber trug immer diesen Revolver bei sich, seit er ein trügerisches Versteck verlassen hatte, um ein endgültiges zu suchen, das sich als ebenso trügerisch herausstellen würde, bald entdeckt von den Häschern, die er stets erwartete. Er hat die Waffe immer an der Haut gespürt, das Gewicht fehlte ihm, wenn er sie nicht bei sich hatte, sofern das überhaupt vorkam. Er wurde, sagte er, sich selbst dann zu leicht, er wollte sich am Boden halten; ohne die Waffe hatte er das Gefühl, er entschwebe, und wer entschwebe, der werde leicht aus der Luft heruntergeholt. Und doch blieb für Gerber – wenn er es war – diese Waffe ein fremdes unheimliches Ding, dem er, wenn er es recht bedenke, selbst nicht traute, er sei für den Umgang damit nicht gemacht, und das Ding sei für den Umgang mit ihm nicht gemacht, man sehe es ihm an, es sehe aus, als wisse der Lauf von allein, auf wen er sich zu richten habe, der Abzug fordere wohl einen anderen Finger als den seinen, Gerbers oder Felbers oder Lünings Finger. Dennoch, er trug das Ding, es wanderte von einer Tasche in die andere, hatte nirgends einen festen Platz, bald begann es, die Linie seiner Anzüge zu prägen, die Taschen weiteten sich zu Beulen. In der Tat, seine Umrisse, gegen das Licht gesehen, waren seltsam, doch das störte ihn nicht, vieles von dem, was andere stört, störte ihn nicht mehr, ihn störte eben anderes. Vor allem hatte er keine Lust, Beleuchtung und Gegenbeleuchtung seiner Auftritte zu proben, – ich glaube tatsächlich, daß es Lüning war: ich höre ihn das in demselben Tonfall sagen, wie er sagt, daß ihm das Leben keine fünfzehn Pfennig wert sei, obgleich sich das widerspricht. Vielleicht widerspricht es sich nicht, vielleicht war es ihm das wirklich nicht wert, und er hätte es gern geopfert, um andere von Plage oder Verfolgung zu befreien, denen das Leben mehr als fünfzehn Pfennig wert war. Freilich wollte er auch nicht auffallen, und diese eckigen Ausbuchtungen seiner Erscheinung gaben ihn in anderer Leute Augen den Anflug von etwas Unberechenbarem. Man erriet die Ursache, sprach darüber und umgab ihn schließlich mit der Aura von etwas Wildem, Feindlichem, das er jederzeit in die Tat umsetzen könne, ausgerechnet er. So wird man schließlich mißdeutet, ich kenne das. Er verbreitete Furcht, die Waffe wurde zum Gegenstand der Mutmaßung, ohne den die Rechnung über ihn vielleicht aufgegangen wäre, so dachte man. In Wirklichkeit ging sie natürlich auch ohne die Waffe nicht auf, aufgegangen wäre sie wohl nur, hätte er sie an sich selbst gelegt, da hätte dann mancher gesagt: ich habe es mir gleich gedacht. – Aber das wieder hätte er nicht getan: es hielt ihn auf der Erde, wenn er auch nicht genau hätte sagen können, was es wäre, das ihn hielt. Ich habe ihn auch niemals danach gefragt, so gut kannte ich ihn nicht, weiß noch nicht einmal, ob es Felber oder Lüning war.

Ich bin nur hier, um mir Masante von fern heranzuträumen, erst die Distanz ergibt die Proportionen und den Wert: Entschluß, Kauf, Verzicht auf das Haus des Einäugigen, Einzug, Eingewöhnung, all das vollzog sich nach jener Mitte des Lebens, von der aus es abwärts geht, dem Ende zu, schneller und schneller. Was vorher war, ist unwirklich geworden und wird immer unwirklicher, fremder. Mihi quaestio factus sum. Gegenstand der Scham, anders geartet als die Scham über mein gegenwärtiges Leben, – aber erspare ich mir confessiones!

Wann feiern wir ihn denn, den Augustinus? August muß es sein, wenn sein Stern leuchtet, so gegen Ende, glaube ich. Blättere ich den Monat von hinten auf:

Sabina, dann Rosa von Lima, – fast ein Auszählreim, im Kindergarten von Nonnen gelehrt. Ingrid, – viel heilige Frauen. Ägidius und Ruth: ein frommes Paar? Legende von Verzicht? Dann Pius der Zehnte, Stephan –

ist das ein heiliger Stephan, der Mantegna in der Ca d'Oro? Nein, es ist ein heiliger Sebastian natürlich, er ist ja von Pfeilen durchbohrt; sonst aber an seinem Märtyrertod ziemlich unbeteiligt, er blickt in die Ferne, aber die scheint ihn ebenso zu langweilen, wie seine Mörder ihn langweilen. So müßte man seinen Häschern begegnen!

Rosalia und Hermine, – schwierig, zwischen diesen beiden verschleierten heiligen Entsagerinnen zu wählen, eine war sogar Einsiedlerin, glaube ich. Hießen sie Rosalinde und Hermione, so wären sie besser, sie wären von Shakespeare. Rosalinde mit ihrer Pfirsichhaut, ihren roten Lippen, wie sie mit ihrem verliebten Verfolger spielt! Und Hermione, die einen harten Märchenwinter des Verzichts zu durchleben hat, – beinah eine Gräfin Almaviva, – bevor sie wieder an ihren Mann gerät; – oder wäre es die mythische Hermione? Der Helena Tochter, ein Tugendschaf, ein Engelchen, das beinah auf den Kalender gehört –

da kommt er, Augustinus. Lege ich ihn auf Hermine! Er hat ja auf mancher gelegen, als er noch jung war und die Sünde genoß, die ihm, als Rhapsoden der Selbstbezichtigung, später sein Material lieferte. Untier der Moral, so nennt ihn Nietzsche: einen unsauberen Gesellen. Zu hart! Dennoch verzeihlich: Nietzsche, der Arme, hatte selbst eine düstere Periode zu bereuen, kein Wunder, daß er sie anderen mißgönnte: ihn hat sie ruiniert, dem Augustinus hat sie gut gedient, erinnerte Ausschweifung setzte ihm den Generalbaß seiner Geständnisse: gute Komposition, das muß man ihm lassen. Er hatte Glück: den morbus Gallicus hatte Gott noch nicht erfunden. Wahrhaftig: den hätte Augustinus erfunden haben können –, im Alter, versteht sich. When all passion was spent.

Ein gewaltiger Redner, das war er. Genus sublime. Er beherrschte die Form, lange bevor er den Stoff hatte. Den erhielt er erst mit seiner Bekehrung, als Gottesgeschenk. Ein Denker auch: lang genug hatte er geschwankt, ob er sich dem bloßen Glauben überlassen sollte. Nun, Gott sei's geklagt, er hat es getan, und der Blick für alles Irdische wurde ihm eingeengt. Nicht von Ihm, sondern von der Ekstase seiner fortwährenden Entdeckung, sie sprudelte aus ihm hervor. Den Seitenblick für die Wirkung seiner Suada hielt er sich offen, – gut, verüble ich ihm das nicht, man will wissen, wie man bei seinen Mitmenschen im Kurs steht.

Diese orgiastischen Ergüsse! Wie er da Gott der Länge nach abschleckt, Ihm sein Innerstes nach außen kehrt, das Er ja ohnehin kennt. Wozu die Worte? Für Andere. Ein Rhetor eben. Hätte er neben dem Reden wenigstens gehandelt: sich gegen den entsetzlichen Terror des römischen Polizeistaates gewandt, die agentes in rebus, die HÄSCHER! Er kannte sie und fürchtete sie nicht. Oder an die Not der Galeerensklaven gedacht, die ihn, der da unter lateinischer Takelung wie eine Galionsfigur hinter dem Rammsporn des Schiffes stand, unter Peitschenhieben in seine Heimat zurückruderten.

Sauber? Unsauber? Hat er nicht diesen Begriffen den Weg erst geebnet? Ich meine: so wie Nietzsche sie versteht. Nicht »Sauberkeit« im Sinne des Götz Dietrich Stollfuß. Fleischeslust, Begierlichkeit, – wo der Augustinus sein Sündenregister anschlug, da wuchs kein Gras mehr, sondern eine krumme Saat von Unnatur und Vergehen, das Böse breitete sich aus, der Bann strahlt immer noch.

Rosalia, – tue ich hier, wie vielleicht oft, dem Träger oder der Trägerin eines Namens unrecht? Hieß nicht jene junge Nonne so, die zu ihrem Vergnügen – und, wer weiß, vielleicht auch zum Vergnügen ihres Herrn? – unter ihrem Habit, das sie zu einem schwarzen Segelschaff machte, – diese Beghinen und Klarissen wie Fregatten – weiße Spitzenwäsche trug, die sie nachts zwischen Schlaf und Andacht auswusch, in aller Heimlichkeit? Eine zärtliche Sünderin,

zaghafter als Maxine, die, zur Sünde entschlossen, zu ihrer guten Zeit, gewiß manchen Partner glücklich gemacht hat, während doch Augustinus in den Ausschweifungen seiner Jugend – es waren Orgien, – immer nur sich selbst erlebt hat. Wen hätte der glücklich gemacht? Antwort? Etwa eine Frau? Nein. Denn nach seiner Lehre hat nur, wer einen Penis hat, auch eine Seele. Und wer keine Seele hat, erfährt auch keine Glückseligkeit.

Da blickt er an sich hinab – sein einziger Blick nach unten gilt nicht etwa den Bettlern oder Sklaven –, sieht sein Schamglied – ich selbst hätte mich anders ausgedrückt, – und denunziert es in den Pfuhl hinab, so beharrlich, bis die männliche Welt sich zu schämen begann, selbst ein solch häßliches Ding da hängen zu haben. Was hat er damit angerichtet? Antwort?

Bis zu welchem Alter – Antwort bitte, ich wüßte es gern genau! – bis zu welchem Alter darf man sündigen, um schließlich doch noch »Seiner Gnade teilhaftig« zu werden oder gar den Heiligenschein ausgestellt zu bekommen? Hält Er es mit Hofmannsthals Jedermann, der in den Himmel kommt, weil er in allerletzter Minute bereut, sein Leben lang ein Lump gewesen zu sein? Ist Kardinal Stepinac bei Ihm im Himmel? Der Mörder? Keine Antwort. Nun, er gibt sie auch anderen nicht, sie deuten unsichtbare Zeichen und behaupten, Seine Stimme gehört zu haben. Sie lügen.

›Das ist alles nicht so einfach.‹ Die beliebteste Widerlegung. Sie stimmt immmer. Nichts ist einfach. Eine Binsenwahrheit; eine Wahrheit von Bestand.

Ich habe noch immer nicht angefangen; oder anders: ich fange immer wieder an. In Masante, da dachte ich: nur woanders sein, irgendwo wo nichts ist, und dort wird es sich abspulen. Nicht in Masante zwischen Schönheit sitzen, die sich seit Horaz nicht geändert hat, und es geht. Aber was soll eigentlich gehen? Schließlich ist eine wahre Geschichte immer die Geschichte neuer Anfänge, nur die falschen Geschichten gehen weiter und entwickeln sich nach einem Gesetz oder Regeln der Kunst. Immer neue Anfänge.

Gewiß: manches habe ich auf dieser Reise abgestreift, anderes ist mir abhanden gekommen, ohne daß ich den Verlust bedauert hätte, anderes habe ich unterwegs stehen lassen, vielleicht hat es einer abgeholt, der es brauchen kann. Anderes ist gar nicht erst mitgereist. Vieler Bindungen habe ich mich entledigt. Ich habe mich von Gewohntem getrennt, von Schemen, von Sagenfiguren, entschwundenen Freunden;

und hier sitze ich nun und denke an Masante, an die Winde, die Fasane auf den Feldern, die Raupen an den Mauern; die Spinnen im Haus, die Nachtigallen davor, an das höllische Gekreisch der Truthähne, die sich im voraus für den Mord rächen, dem sie entgegenleben, dessen einziger Zweck sie sind; ich denke an den sauren Wein und an – –

wie konnte ich denken, daß hier nichts sei? Hier ist zuviel, hier ist Wüste, die zwar nichts beantwortet, sich aber stetig nähert, hier ist Maxine und mehr, vielleicht mehr –

Linz – Wien – Graz: zwischen Wien und Graz Erinnerung an Niki, darauf komme ich noch, es ist möglich – es ist nicht völlig ausgeschlossen, daß da etwas weiterführt, wohl nicht sehr weit: aus einem Ansatzpunkt ergäbe sich da ein weiterer Ansatzpunkt, aber wie weit führt der Ansatz?

In Graz dagegen rundet sich etwas ab. In Graz zum Beispiel geriet ich eines Abends vor den ›Franziskanerkeller von Anton und Mucki Nekrepp‹. Lieb von Anton, dachte ich, daß er Mucki in den Besitz einschließt, ein gutes Paar, die beiden, einander ergeben. Doch mein zweiter Gedanke war: wahrscheinlich hat Mucki den Keller von ihren Eltern geerbt, in die Ehe eingebracht und auf dieser

Formulierung so streng bestanden wie auf Gütertrennung. Nicht mehr so lieb. Jedenfalls konnte ich mir von diesem Paar keinen Begriff machen; wer könnte es, außer einem, der die Gegend bis in die Seelenwinkel kennt! Die Angabe wurde mir plötzlich unheimlich und fremd, der Name weniger lustig. Welcherart Spaß wird hier verstanden, welcher wird ausgeheckt? Ich sah, gleichsam von hinten, zwischen Schwaden von Wirtshausdunst, den roten harten Nakken von Anton, einem Wirt, mit dem nicht gut Kirschenessen ist, dessen Schlagarm so locker wie die Faust daran fest ist. Ich sah Mucki in später Üppigkeit, drall im Dirndl; ein faltiger Busen quillt ausladend über das steirisch geschnürte Mieder, das ihn zusammenhält und zur Mitte drängt, so daß dort ein Schnitt entsteht, in dem sich eine goldene Kette mit Kreuz der Sicht verbirgt. Ich wollte mehr erfahren über die beiden: ob sie zum Beispiel, zu fortgeschrittener Stunde, im Kreise gleichgesinnter Steirer zusammen zur Zither singen und eine zweifache, aber einträchtige Rührseele ans Nachtlicht legen, die sich jodelnd erhebt, doch jeden Augenblick ins Gegenteil umschlagen mag: eine jähe Veränderung, die Anton Nekrepp dunkle Wellen ins Gesicht treibt, die Faust auf das Instrument schmettern läßt und Muckis Singstimme ins Schrille reißt, so daß beide sich plötzlich nicht mehr kennen? Ursache: etwa ein Schlag in die heimatliche Gesinnung? Dies und anderes wollte ich wissen und betrat den Franziskanerkeller.

Der sah aus wie Franziskanerkeller eben aussehen: weißgekalktes Gewölbe, seine Unebenheiten sorgfältig erhalten, holzgetäfelt bis zur Augenhöhe, Zinn auf dem Sims, Wappen, Trophäen, Gefäße, Glasfenster mit heiligen Georgen und Bonifazen, irgendwo gewiß Andreas Hofer, platte Gaststättengotik also, auch Geweihe, Zwölfender. Ich habe mich immer gefragt, d. h. ich habe mich niemals gefragt, welcherart die Tücken und Schlaglöcher jener Abwege sind, die von den Franziskanern in diese Keller führen, in die Apsen und Nebenschiffe und Kapellen voller Tafler und Trinker; vom Poverello d'Assisi zu Nekrepp und Mucki.

Ich betrat also den Keller, sah aber weder Anton noch Mucki Nekrepp. Hinter der Theke stand, mit Ausschank beschäftigt, Schaum von den Gläsern streichend, Muckis Tochter, wahrscheinlich hieß auch sie Mucki, sie sah so aus. Die Kellner hießen wohl alle Anton, aber eben nicht Nekrepp, dazu fehlte es ihnen. Keine Anhaltspunkte hier, vielleicht war es noch zu früh, erst die späte Nacht fördert den Auftritt der Wirte, dann kommen sie hervor und sehen nach, wer noch da ist, um wen es noch lohnt; dann erst enthüllt sich ihr Wesen. Dafür kam ich beim

Wein mit einem Herrn ins Gespräch, das mir entfallen ist, er verriet sich nicht, ich mich erst recht nicht. Als ich aufstand, gab er mir seine Karte, als wolle er mir für eine unvorhergesehene Lebenslage Hilfe anbieten, hier ist die Karte: Humbert Netl, Handel mit Waren aller Art, Wien I, Blutgasse 51g

Die Blutgasse hatte mich also noch nicht gänzlich entlassen, obgleich Burgenländer mit Erinnerungen an Niki dazwischenlagen; sie hielt mich bis zur Grenze des Erinnerbaren durch ihre Vertreter, die mir Andenken aller Art anzubieten schienen, eine Ware für jede Lebenslage. Kurzwaren, Kunstwachswaren, Devotionalien, Weihwasser, Cmyrols Produkte, vielleicht Autographen aus dem Nachlaß Pasqualis, – da saß er, der Vertreter, bei dem ich zwar nichts bestellte, dem ich aber doch wohl den Eindruck hinterlassen haben muß, daß ich als Kunde zu gewinnen sei. Im Weggehen gab ich ihm, den einen Arm schon im Mantel, eine von meinen Karten: drei oder vier hatte ich immer bei mir und stieß sie bei solchen Gelegenheiten ab, Tauschhandel, systematisch betrieben, um die Sammlung durch Veränderungen zu beleben. Als ich mich an der Tür nochmals zu einem letzten Gruß umwandte, sah ich Herrn Netl mir nachblicken, die Augen geweitet, als entferne sich da ein gefährliches Unding, dessen vernichtender Wirkung er nur knapp entronnen sei. Es muß die

Wirkung der Karte gewesen sein, obgleich ich mich an keine gräßliche Offenbarung erinnere, unter meinen Karten gab es keine Schrecken, ich trug ja keine Motschmann oder Perchtl oder Fricke bei mir. Natürlich versuchte ich draußen festzustellen, welche Karte fehlte, aber es gelang mir nicht, ich hatte noch zwei Karten bei mir, daran erinnere ich mich, die eine war von Niki Almesin, die andere hieß: Elserose Holch, Heilgymnastin.

Hier sind sie, meine Karten, meine Namen. Ein Stoß, den ich wohl kaum noch verteilen werde, die Sammlung um einiges reduziert: ich habe auf der Reise hierher großzügig ausgestreut und damit versucht, Fäden zwischen Unbekannten zu spinnen; ein Gewebe von Ahnungen, deren Zeuge ich natürlich nicht werden konnte. Meist fallen die Namen ja auch nicht an Leute, die sich von meinem Spiel anstecken lassen. Die letzten liegen nun hier. Ich könnte sie nach einem System einordnen, aber nach welchem? Ich könnte sie auch im Wind entflattern lassen, eine wirbelnde Handvoll Namen, Schicksale, zum großen Teil wohl erfüllt, oder vielmehr vorbei.

Niki Almesin, –

ein lächerlicher Name, ich weiß, aber ich kann ihn nicht ändern, und er hat auch Vorzüge, wenn man ihn genau betrachtet: er ist hell, unbeschwert und nicht beschwerend, sein Klang kann nicht in die Schächte des Schreckens führen, nicht zu Kranzmeier oder Globotschnik; sie hieß natürlich nicht Niki, aber so nannte sie sich und wurde so genannt, –

Niki erzählte mir damals, im tea room irgendeines Museums, eine ihrer Urgroßtanten habe ihren Mann, einen General, mit einem Extrakt aus Herbstzeitlosen vergiften wollen. Das war um 1890. Viele Herbste war sie über die Wiesen gelaufen und hatte gepflückt, und ich sehe sie vor mir, luftig gekleidet, mit wehenden Schärpen und Bändern. Man bewunderte ihre ganz und gar einseitige Freude an der Natur, denn man wußte nicht, daß sie die Nächte nach diesen frohen Nachmittagen in ihrer geheimen Giftküche zubrachte, wo sie ihre Sträußchen zusammenbraute und kondensierte; eine mühsame Arbeit im ganzen, aber damals hatte man noch Zeit für Liebhabereien. Sie war nach einem genauen Dosierungsplan vorgegangen, gedachte die Stadien der Vergiftung stoßweise über ein Jahr zu verteilen, so daß niemand mehr merke als einen allmählichen Verfall des Opfers – ›der Stani sieht immer schlechter aus, man muß sich wirklich Sorge um ihn machen‹, aber in Wirklichkeit machte sich natürlich niemand Sorge um ihn, er war allen gleichgültig, – um ihm dann, so gegen Weihnachten, den letalen Stoß zu versetzen, denn zu dieser Zeit wäre jeder der Verwandten mit sich selbst beschäftigt, der Tod in einem anderen Haus hätte die Stimmung nicht gedämpft, man hätte ihn ja kommen sehen und, wie jeden Tod, als eine ›Erlösung‹ betrachtet.

Doch das Gift war zu schwach, die Dame war eben doch nur eine Dilettantin; das rechte Bein starb ab, mußte amputiert werden, der Rest des Generals erholte sich und kam ihr auf die Schliche. Da er aber selbst kein reines Gewissen hatte – er hatte, wie seine Frau eben sehr wohl wußte, als junger Mann das Ableben seines Vaters vorzeitig herbeigeführt, indem er ihn auf der Beiz erlegte –, half er ihr wohl oder übel, den Skandal einzudämmen, der, durch Dienerschaft genährt, aus den Gesinderäumen des Schlosses drang, es lag übrigens in der Steiermark. Natürlich waren da Erbschaften im Spiel: Niki sagte, hätte ihre Großtante es damals geschafft, so wäre ihr ein großes Vermögen sicher gewesen. Es ging ihr jedoch auch ohne das gut genug, sie beklagte sich nicht, zumindest nicht bei mir, obgleich sich bei mir schon mancher beklagt hat, ich bin ein guter Zuhörer, es sei denn, die Klage ginge über mich.

Der Markgraf Wilhelm Friedrich von Ansbach beizte mit Falken, Habichten oder

Sperbern in zwei Revieren zwischen 1730 und 1755:

1763 Milane,

4174 Reiher,

1647 Elstern,

10084 Rebhühner,

985 Fasane,

939 Hasen,

1 Halbbruder, über den jedoch die Geschichte der Jagd schweigt. Er sank, zerhackt von Falkenschnäbeln in den Sumpf zwischen Oberwiesenfeld und Garst und ward danach weder gesehen noch vermißt.

Doch war dieser Markgraf nicht nur ein guter Vogelbeizer sondern auch ein tüchtiger Schütze. Um seiner Maitresse, einer gewissen Madame de Champolion – teurer Import aus Frankreich, für den zweihundert Landeskinder hatten dran glauben müssen – ein Vergnügen zu bereiten, schoß er aus dreihundert Metern Entfernung mit einem einzigen Schuß einen Schornsteinfeger vom Dach, der kullerte nur so über die geziegelten Schrägen, fiel und schlug aufs Straßenpflaster, wo er, beinah unkenntlich, liegen blieb. Seine Witwe erhielt fünf Gulden aus der Privatschatulle: für dieserlei Unterhaltungen pflegte der Markgraf keine Staatsgelder zu verwenden.

Niki selbst lebte in einem Schloß, oder vielmehr in einer Burg, die lag im Burgenland, wo sie hingehört. Man kennt sie, oder man kannte sie: Hinz hat sie erbaut, hat hinter ihren Mauern Handelsleuten aufgelauert oder auch kaiserlichen Abgesandten, um sie gegen Lösegeld zu verschachern oder sie, nach Laune, unter dem Gegröl seiner Kumpane eigenhändig zu kastrieren oder zu braten, wurde dafür von der Gegenseite geadelt. Kunz hat die Wehrtürme erstellt, feine Beispiele wehrhafter Kunst, Wonne der Liebhaber von Bleisoldaten und Zinnsoldaten und jener durch solches Spielzeug heraufbeschworener Epochen, hatte sich mit List auf die Seite der Aufständischen geschlagen, die er, nachdem er von beiden Seiten Belohnung gefordert und erhalten hatte, in eine Kirche lockte und sie dort mitsamt dem Gebäude verbrannte, dafür wurde er in einen höheren Adelsstand versetzt, –

– und so geht es weiter, es entsteht eine saubere Reihe von Kämpfern, Raufbolden, Säufern und Mördern, die dafür sorgt, daß Geschichte entsteht. Vergeblich sucht man irgendwo den Atemzug eines humanen Gedankens oder auch nur einen Ausspruch, der Menschenwürde zu erkennen gäbe, oder Einen, der sie zumindest in anderen erkannt hätte, aber nichts: keiner hat etwas zum Guten getan oder gesagt, keiner ist auf dem Scheiterhaufen geendet oder hat einen vom Scheiterhaufen gerettet. Einer lernte zwar lateinisch, sagt Niki, und wurde Erzbischof, aber er soff sich früh an seinem Tokayer zu Tode, einen anderen traf der Schlag während der Ausübung des jus primae noctis, so bekam zumindest einer seiner Leibeigenen eine Jungfrau zur Frau, das heißt, es hängt davon ab, ob er die Blume schon hatte oder nicht.

Und so lebten sie denn hinüber ins Zeitalter der Zivilisation, wie man so sagt, ohne allerdings Gebrauch davon zu machen, sie herrschten und hausten und plünderten weiter, und irgendwann setzt die notwendige Entartung ein: einer heiratet seine Nichte, der Sohn wird schwachsinnig und hängt die Haushunde am Schwanz auf, sein jüngerer Bruder winselt und pißt in die Schubladen, und jetzt geht alles schief. Auch fremdes Blut rettet die Nachfolge nicht mehr, das Auge blickt blöde, der Mund sabbert, das Kinn weicht zurück und bildet eine schräge Linie von den Lippen bis zur Kehle, die Stirn wird immer niedriger und zieht den Haaransatz so weit an die Augen, daß die Brauen ins Haupthaar übergehen, zur Verzweiflung der Portraitmaler, die in Konflikt zwischen Sendung und Auftrag geraten. Ein Albino-Geschwisterpaar erscheint und verschwindet wieder, wahrscheinlich im Verlies, eine Frühgeburt, die nicht wachsen will, stirbt zum Glück früh, ihr Bruder kann kein S aussprechen, sein Sohn, mit Mühe gezeugt, kann überhaupt nicht mehr sprechen und schießt gegen die Zimmerdecke, wenn er Bedienung braucht, und er braucht sie zu jeder Verrichtung, klein und groß. Deutsche Verwandte schieben den Verfall auf fremdländischen Einschlag, die welsche Schwiegertochter, sagen sie. Die Tanten meinen, man hätte zumindest diesseits des Rheines bleiben sollen, eine Braut aus Erbfeindesland räche sich unfehlbar, sie zitieren Beispiele: die Donnersmarcks waren in Ordnun, bis diese Désormières kam und ihnen siamesische Zwillinge gebar. Noch leuchtet hier und dort ein Lichtblick der Hoffnung auf, ein kühner jugendlicher Reiter, der im Gewaltritt die Fahne vor dem Feind rettet; auch Geheimnisvolles, ein Cornett, der in einem zarten nächtlichen Abenteuer vergeht, Rilke hat auf einem der Schlösser als Gast verweilt. Dann wieder ein Stück Stolz, ein General, der im Ungarnkrieg bei Znaim den Feind aufs Haupt schlägt, wenn das der Stani war, so muß er damals noch beide Beine gehabt haben, – doch die Mehrzahl bleibt im Dunkel der Schlösser verborgen oder weilt in Ischl oder Fuschl zur Kur; hin und wieder wagt sich einer in die Nächte von Paris. Ein Sohn studiert mit Mühe Jura, um später einmal die Güter zu verwalten, aber er schafft es trotz höchster Beziehungen nicht: verschlagene Schwiegersöhne zerren alles an sich, um die letzten Haselnußstauden wird noch erbittert gekämpft, da zeigen die Schwestern einander das Gebiß in einem Familienzwist, der Generationen von Anwälten ernährt. Jeder erklärt erbarmungslos den anderen für unmündig,

und irgendeine wohlgeratene Tochter, Nichte des wirklich Unmündigsten von allen, ein unerwartetes Gewächs auf einer Wiese voll Unkraut, studiert Kunstgeschichte, um später einmal ein paar letzte Schätze an den Mann zu bringen, sollte sie selbst sich nicht an den Mann bringen. Diese Tochter war Niki. Sie bot keinen Grund zur Annahme, daß sie sich nicht an den Mann bringen würde, damals wäre ich selbst gern der Mann gewesen, es ist sehr lange her. Ich traf sie in einem Museum, unter dem Bild der Simonetta Vespucci, erfand für sie eine Geschichte über das Bild, die ihr gefiel. Es kamen weitere Bilder, eine Bindung entstand, eine Liebe, so glaubten wir, und ich folgte ihr nach Haus –

– da liegt eine Geschichte –

ich folgte ihr nach Haus, und da stand sie denn, die Burg, wie im Bilderbuch, sie hätte Graf Adolar gehören können. Ein Hintergrund wie im Freischütz, saftige, ja, triftige Gründe, in denen Lenze hätten lächeln können, doch die grünen Jahreszeiten waren vorbei, es war gelb, eine üppige

Pracht, sie wartete auf Entblößung und Schwund, Raben riefen, –

ich denke, dieses Relikt ist inzwischen eingestürzt, mitsamt seinem Zubehör, Gräben, Zugbrücken, Fallgitter, Wehrgang, Schießscharten, Pechnase und all den verfärbten senkrechten Schächten für siedendes Öl und Scheiße, das kann nicht mehr stehen, wie es damals stand,

auch die Tage auf dem Gut dürften vorbei sein, Pferde werden nicht mehr gestriegelt, Kühe kalben nicht mehr, das Gesinde hat sich zerstreut, es nistet, Gnadenbrot kauend, bei Schwiegerkindern in der Stadt oder ist tot. Keine Kerzen mehr im Saal, keine stummen Lakaien, keine Nächte mehr oben im Turmzimmer, kein Gang die Turmtreppe hinauf,

an deren mittlerem Absatz ich nach einigen nächtlichen Anstiegen eine schmale Holztür entdeckte, eingelassen in einer Mauerschale, eisenbeschlagen und mit einem jener Schlösser bestückt, die für Ewigkeit geschmiedet sind, eines dieser ertüftelten mechanischen Meisterwerke. Ich drückte die Klinke, die Tür gab nach, ich ging hindurch, stehe auf einem schmalen Balkon

und sehe hinab in einen Schacht: da steht auf einem Grasfleck ein Diener und hält das

Ende einer Leine in der Hand. Hin und wieder strafft sie sich und zieht ihn hierhin und dorthin, als treibe ihn eine Welle. Ich denke, das muß ein kostbares Tier sein, das er da hält, eines, das nicht jedem anvertraut wird, ein im Testament verankertes Kleinod einer Fürstenmutter, Ersatz für ein mißratenes Kind, ein Bologneser Seidenpinscher oder ein afghanisches Windspiel –

– ein geglücktes Wort: ›Windspiel‹. –

Aber es ist kein Tier, was in mein Gesichtsfeld tritt, es ist ein Mensch, der auf Händen und Füßen, in erübter, wenn auch nicht restlos bewältigter Haltung eines Hundes, sein tierisches Gebaren also nur mühsam meisternd, und doch nicht gänzlich ungewandt in seiner Fortbewegung, über den Rasen läuft, den Kopf gesenkt, die Nase dicht über dem Gras, am Fuß eines Buchsbaums schnuppert, um ihn herumläuft, er folgt einer Fährte, ich fürchte für ihn, er werde in selbstentwürdigender Konsequenz ein Bein heben, – was geschieht dann? Ist der Diener mit den rechten Griffen bei der Hand? – Aber er hebt das Bein nicht, er ist ein Herr, der, wenn auch umnachtet, mit letztem Bewußtsein die Regeln menschlichen Verhaltens auf seine wahnsinnige Existenz zu übertragen weiß. Er trägt einen schwarzbraunen Sportanzug, black-and-tan, eher elegant, dezent: entweder hat er mit einem Rest von Methode die Farbe selbst ausgewählt, oder irgendeiner hat sie in hämischer Einfühlung für ihn ausgedacht, als sich die Umnachtung in ihrer grausamen Unabänderlichkeit herausstellte. Da bewegt er sich, in unzulänglicher Angleichung an die Niedrigkeit der Gattung, der anzugehören eine Stimme ihm befiehlt. Einmal hebt er den Kopf zum Himmel, und wieder erschrecke ich: wird er, aufjaulend, seine elende Verrückung beklagen? Doch er jault nicht, beklagt sich nicht, offensichtlich will er den Strom einer höheren Luftschicht einatmen.

Auf seinem Gesicht liegt nur der allerleiseste Schleier einer Verstörung, dennoch besteht kein rechter Zusammenhang zwischen Kopf und Körper; eine Brille mit Goldrand betont sogar das Mißverhältnis zwischen der Person und dem irrwitzigen Anspruch, den der Verfall ihr aufbürdet. Die Familienähnlichkeit verrät ihn, den Chef des Hauses, dessen Herrschaft sein jüngerer Bruder, Nikis Vater, usurpiert hat, um ihn der Außenwelt zu entziehen und nicht der Schande – etwa einer Anstalt – auszusetzen, einer Schande, die sich lähmend über die Familie verteilen würde.

Hier kriecht ein Fürst auf allen vieren. Und doch: eine überzeugende Gestalt, eine Ausgeburt der Freiheit. Er hat sich nicht zu ihr bekennen müssen, sie hat ihn gewählt. Er läßt sich willig führen von einem verschwiegenen Faktotum, den seine Stellung zum engsten Vertrauten der Familie macht, der sie in der Hand hat und dessen Leben und Wohlbefinden für sie wahrscheinlich Gegenstand inständigen Gebetes ist, denn die Familie ist fromm, und vielleicht hat das unselig mißbildete Oberhaupt sie noch frömmer gemacht: schließlich müssen sie Gott bitten, daß er sie menschlich belasse, oder zumindest so, wie sie das Menschliche verstehen.

Der Diener sieht auf seine Taschenuhr und ruft etwas, vielleicht: Komm, Pluto, oder: Komm, Tasso!, zieht sanft an der Leine, und artig läßt der Fürst von seiner Tätigkeit ab, es erwartet ihn ein Napf mit Nahrung, zu dem er sich alsbald hinabbeugen wird. Er folgt seinem Wärter hinaus aus meinem Gesichtsfeld. Der Augenblick, der mir ein Leben beleuchtet hat, ist vorbei.

und jetzt beginnt es: jetzt spüre ich, während unten der Hund seine Schüssel leckt, während sein Wärter ihm die Decke richtet, während die Schloßbewohner sich entkleiden oder atemlos ein Nachtgebet verrichten, das Gesinde schon im Bett liegt oder die letzten Türen verschließt, das Vieh stehend im Stall schläft, spüre ich die abgewandten Blicke, den verhaltenen Atem, die Flüche, die Tränen, die Vorwürfe, das ewig schwelende Entsetzen unter allem was sie tun und sagen, einen Mikrokosmos, regiert von kleinen Agenten der Schuld.

Wahrscheinlich waren sie sich in jedem Augenblick einer Entwürdigung bewußt, keiner fragte sich: wäre ich sonst würdig?, und jeder dachte: wann packt es mich? Und der einzig Zufriedene streckte sich jetzt auf seiner Hundedecke zum Schlafen hin oder rollte sich auf ihr zusammen, der Älteste, der Erbe, der, wie es ja auch Götter gern getan haben, wenn auch in anderer Absicht, sich Tiergestalt gab, um in dieser Gestalt, wie auch immer, sein Leben lang Ruhe und Frieden zu haben.

Den hatte Niki mir verschwiegen, so weit war sie nicht gegangen. Wo die mörderische Urgroßtante spielend zu verkraften war, weil sie einer menschlichen Regung, der Mordlust, nachging, war selbst für Niki ein harmlos entmenschter Onkel ein solch ungeheuerlicher Makel, daß man ihn auch einem Nahestehenden verschwieg.

Ich habe ihr nicht gesagt, daß ich dieses Geheimnis kenne, sondern habe versucht, sie herauszufordern, es mir selbst preiszugeben. Ich erzählte ihr – das war in Venedig – von dem Dogen Orseolo dem Zweiten, den plötzlich Wahn ergriff, er glaubte, ein Löwe zu sein und wollte sich auf einer der beiden Säulen vor dem Dogenpalast aufstellen lassen, wie der Säulenheilige Simeon, der freilich nicht meinte, ein Tier zu sein, sondern Gottes Verkünder –,

sie sagte kein Wort, es war das einzige Mal, daß ich sie an das kleine goldene Kreuz greifen sah, das auch sie an einer Kette trug, – es war sichtbar, nicht von Fleisch verhüllt wie das der Mucki Nekrepp, – und sie schlug ein anderes Thema an, es war in einer Gondel, wir passierten den Palazzo Vendramin-Calergi, sie sagte, eines Tages werde all dies zusammenstürzen und wie Vineta nur noch ein Märchen sein, – ein damals schon strapaziertes Thema, aber ich ließ es gelten, es war in Not und Verlegenheit gewählt. Daß sie recht hatte, macht das Thema nicht besser, es macht freilich Venedig von Tag zu Tag unentbehrlicher, sofern es, während ich jetzt daran denke, noch steht.

Ich sagte: »Nein, im Gegenteil. Sieh dir zum Beispiel diesen Palazzo Vendramin an ...«

»Er ist schlecht«, sagte Niki.

»Das sowieso«, sagte ich, »soeben hat ihn ein Milliardär aus Texas gekauft, dem ist er gut genug. Heute gibt er ein Fest, es ist Karneval. Wollen wir hingehen? – Gut, wir sind nicht eingeladen, aber dein Name auf der Karte zieht für uns beide. Alle sollen verkleidet kommen, die Herren als

Richard Wagner, in Samtjacken und Samtbaretten, mit Backenbärten und zu großen Köpfen, und alle Damen kommen als Cosima oder Mathilde Wesendonck, nur als Minna kommt niemand, aber wer will schon Minna sein, du etwa? So trifft man sich dort droben unter den Kristall-Lüstern, du siehst schon ihr Licht. Ich selbst bleibe allerdings am Rande stehen, ich halte mich niemals unter Kristall-Lüstern auf, ich habe eine alte Angst, daß sie auf mich herabfallen. Man trinkt viel und ißt viel und lacht viel. Der Diener bringt eine große Platte mit Crevetten, den dicken aus Chioggia. Ein Gast stellt ihm ein Bein, der Diener fällt, die Platte mit den Crevetten fällt, Hausherr und Gäste lassen sich auf alle viere herab und fressen vom Boden wie die Hunde, – nur eben unter schallendem Gelächter, sie lachen Tränen. Das tun Hunde ja nicht.«

Niki sah vor sich hin, griff sich aber nicht mehr an ihr kleines goldenes Kreuz.

»Alle kommen in Gondeln, gezogen von Schwänen, die anschließend gebraten werden, gebratener Schwan ist eine mittelalterliche Delikatesse, in den Carmina Burana singt ein gebratener Schwan. Wenn man den Hals gerade biegt – natürlich knacken die Wirbel ein wenig – können zweie daran knabbern. Heute abend wird natürlich viel gesungen, Gralserzählungen, Preislieder, Liebestode. Stell dir das Echo in der großen Halle vor! Der Mond steht im Süden, siehst du, dort! Er ist rot wie in der Stunde, da Salome das Haupt des Jochanaan küßt, nur heller,

und plötzlich beginnt er, das Wasser abzuziehen. Irgendein Gast sieht dort aus dem Fenster und stellt fest, daß man höher über dem Canal Grande ist, – ja, der Mond zieht das Wasser ab, um irgendwo fern im Osten ein paar Reisfelder zu überschwemmen. Und dann geht hin und wieder ein anderer zum Fenster und sagt, der Wasserspiegel sinkt und sinkt, und alle lachen schallend über das sinkende Wasser und saufen weiter, und schließlich sehen sie überhaupt kein Wasser, der Kanal ist leer, das Spiel der Lichter versiegt, kein wiegendes Geglitzer der Spiegelungen mehr, unten ist es stumpf und dunkelbraun, das Wasser abgesogen vom roten Mond, den du da siehst, und an anderer Stelle wieder ausgespuckt,

vielleicht auch in Sizilien als eine große Sturzwelle, die gleich drei Dörfer mit sich nimmt und ein paar hundert Arme von Hunger und Mafia erlöst.

Jetzt gehen die Gäste zum großen Tor dort: da schaukeln keine Gondeln mehr, sie hängen an ihren Stricken wie die Würste am Maibaum, nichts sieht man, nur noch Tiefe, und an der anderen Seite des Kanals die Pfähle, auf denen der Fondaco dei Turchi Jahrhunderte gestanden hat, die stehen jetzt im Schlamm, und alle lachen über den Schlamm und die Pfähle und klettern über die Mauervorsprünge, über die Treppen, alle, auch die Mathilden und die Cosimas in ihren Spitzen und Rüschen, und jetzt klettern sie die Pfähle des Palazza Vendramin hinab und lachen schallend. Die Pfähle sind ekelhaft glitschig, Bündel von Faulmuscheln und Wassermaden haben sich in den Ritzen und Rillen festgesetzt, in großen schwarzen stinkenden Trauben, die jetzt trocknen; die Würmer kriechen hilflos, nicht mehr in ihrem Element, in den Kerben der Maserung hinauf und hinab, aber das stört niemanden, alle sind betrunken, selbst über ihre verdreckten Kostüme und ihre geschundenen Hände lachen sie, und unten angekommen, stehen sie bis zu den Knöcheln im Schlamm, zwischen angeschwemmtem Abfall und aufgeweichtem Holz und vollgesogenem Papier, uralten Zeitungen, eine berichtet über den Sieg von Stalingrad, eine andere über die Gründung des Nordatlantikpaktes, alles braun und klebrig, auch an den Gästen bildet sich jetzt eine braune trocknende Kruste, als Richard Wagner und seine Frauen sind sie nicht mehr erkenntlich, aber sie biegen sich vor Lachen und stehen stinkend in den trocknenden Grüften der Kanäle, waten darin herum, es wird schwierig, die Beine zu heben, der Schlamm reicht ihnen bis zu den Knien. Hier und dort verstreut liegen die bestickten Kissen und Decken aus den Gondeln, auf denen jetzt noch Hochzeitsreisende oder Liebespaare oder wir sitzen,

dann reißen oben, von Mäusen zerknabbert, die Stricke der Gondeln, und eine nach der anderen fällt herab, eine Mathilde wird von einer herabfallenden Gondel tödlich getroffen und versinkt. ›Ein vorzüglicher Abgang!‹ ruft einer und alle lachen krampfhaft über den Abgang und verteilen sich zwischen Lastkähnen voller Kohle oder Artischockenböden, die da zur Seite geneigt stehen und einen Teil ihrer Ladung abgeworfen haben; auf einem Kahn steht ESSO, auf einem anderen OXO, das ist ein sogenannter Fleischextrakt aus Vieh, das man mit Kraftfutter füttert, auch ein Vaporetto liegt da auf der Seite, ausgestorben wie das Schiff des Fliegenden Holländers, nur in der Steuerkajüte brennt noch ein Licht,

kein Mensch ist mehr zu sehen außer den Gästen, die sich zwischen Gerüsten und Kähnen verteilen und sich nur noch durch Rufe verständlich machen,

aber jetzt zuckt es hin und wieder, zunehmend, etwas huscht raschelnd einen Pfahl hinauf oder hinab, es pfeift, es hüpft etwas über den Boden, kriecht aus dem Schlamm und wird wieder unsichtbar: das sind die Ratten. Jetzt kommen die Ratten heraus, von überall her, unter dem Abfall hervor, aus den Rissen und Spalten der Brücken und Paläste, die sie von unten angenagt haben, Ratten, Ratten, sie klettern, rutschen wieder ab, beginnen jetzt, die Pfähle am Fuß anzunagen, immer mehrere an einem Balken, wie pelzige Sterne, deren Strahlen in Schwänze auslaufen, aus allen Richtungen wird genagt, ein Pfahl stürzt, und über ihm kracht ein Brocken Palast zusammen, darüber lachen die Gäste, die nicht getroffen sind, die anderen sieht man nicht mehr, eine Perücke hängt an einem Holzstumpf, im Schlamm liegt ein Arm, –

ich habe übrigens einmal ein Ohr gefunden, aber das ist eine andere Geschichte, –

und in diesem Labyrinth lacht es, das Lachen vervielfacht vom Echo der Pfähle und der Balken und Streben und Träger; tief unter Venedig, da stecken sie jetzt, bis zum Nabel im Schlamm, manche versuchen weiterzukommen, andere zu erreichen, wer fällt, versinkt und wird verlacht, das Echo kommt von überall, hallend, schrill, tief, verklingend, und dazwischen das Pfeifen und Rascheln und Kratzen von Ratten, ein Huschen, ein Krachen, der Palazzo Pesaro stürzt ein und begräbt einige, er ist schwer, die Filigranbauten sind leichter, aber auch die Ca d'Oro hat einen Riß, sie bröckelt, an ihren Fundamenten wimmelt es von Ratten und Mäusen und anderem Getier, das noch niemand jemals gesehen hat, etwas wie Lurche, aber durchsichtig wie Quallen. Und jetzt stürzt sie ein, die Ca d'Oro, das Prachtstück der Stadt, und die wenigen übrigen Partygäste, bis zu den Schultern im braunen Schlamm, lachen. Einer ruft: jetzt können wir uns mit dem heiligen Sebastian den Arsch abwischen, und der Kopf einer Dame kann sich nicht mehr halten vor Lachen und versinkt und wirft noch eine letzte große Blase, die platzt und entläßt ihren letzten Laut. Ein anderer Herr ruft: Zu steif! Ein Dritter ruft: Was ist zu steif? Der Zweite ruft: Die Leinwand! Zum Abwischen! Darauf wiehern die letzten vier, bis eine Fassade herabstürzt, da lachen nur noch zwei, atemlos, die Gesichter braun verschmiert, wie Mohren im Weihnachtsspiel, sie lehnen an einem Pfahl wie der heilige Sebastian, bis die Ratten auf sie stürzen und an ihnen zu nagen beginnen, da vergeht ihnen das Lachen, sie werden selbst zu Filigran, und nun sind nur noch die Ratten an der Arbeit, ein raschelndes Nagen unter Venedig, hin und wieder ein Krachen, sonst Ruhe.«

Niki streicht mit dem Zeigefinger über meinen Handrücken und sagt: »Gehen wir lieber nicht zu dem Fest«, und ich sage: »Wie du willst«, und wir gingen nicht, die Frist des Palazzo Vendramin und seiner Gäste ist verlängert, Venedig steht noch, ich habe es stehen lassen.

In brauner Nacht, so dichtet Nietzsche, habe Venedig aus seiner Seele ein Saitenspiel gemacht, er stand an einer Brücke, zitternd vor bunter Seligkeit. Nietzsches Seele ein Saitenspiel, das nehme ich gern hin, wenn auch gewiß nicht ohne starke Zweifel. Auch Venedigs braune Nacht gern: sie hat eine andere Bräune als die ihres Untergangs im Schlamm. Halte ich mich, bis auf weiteres, fest an der bunten Seligkeit, wer täte es lieber als ich! Freilich wird es mir schwer, denn leider ist meine Seele alles andere als ein Saitenspiel. –

Mein Glas ist leer.

Zum Fenster, das Stadium des sichtbaren Tagesablaufes verzeichnen:

wenig Veränderung. Der Sand liegt, der Wind hat sich gelegt, nichts weht mehr. Die Pfähle gewinnen an Bedeutung. Jedenfalls keine Ratten daran, keine Lebewesen. Ohne Hilfe werde ich dieses System kaum entziffern können, jemand muß die Pfähle eingeschlagen haben. – Alles andere erklärt sich selbst, sofern die Tatsache, daß es »schon immer da war« eine Erklärung ist.

Wieviele Stunden bin ich jetzt hier? Und noch nicht eingewöhnt? – Betreibe ich das ›Einleben‹ als aktive Tätigkeit. Aber wie?

Ich stelle fest: die Bilder kommen schnell und willig, und ebenso schnell schwinden sie wieder, das macht die Leere. nichts halt sie auf. Jetzt sollten sich Zusammenhänge ergeben und sich verknüpfen, so daß etwas entsteht, das ich brauchen kann. Aber was? Und wozu? Schließlich bergen sich auch hier keine Lösungen eines Welträtsels, die Sicht täuscht, sie gaukelt mir vor, es wolle sich mir hier etwas Gültiges auf die Zunge legen, eine Erkenntnis, eine Erleuchtung, –

pazienza, pazienza – lasse ich alles was kommt wehen und zerstieben und, wenn es denn will, herantreten zu gegebener Zeit. Nur Vorsicht: dies ist ein extremer Ort, außerhalb der Welt von Masante, der Geist hat einen anderen Gang eingeschaltet, ich sollte die Möglichkeit nicht ausschließen, daß er mir plötzlich nicht mehr gehorcht und sich selbständig macht. Was dann? Immer daran denken: dies ist eine Gegend zum Abergläubischwerden, zum Gläubigwerden, wer anfällig ist, dem kommt auch der Anlaß. Doch wenn ich es wäre, so wäre ich schon angefallen.

Es ist klarer als zuvor, die Sicht weiter. Die Sandwirbel haben sich geglättet, die Umrisse sind scharf, ich sehe weitere Hügelschichten. Die Schatten dehnen sich, neue Konturen entstehen. Draußen ein Motorengeräusch, es klingt beinah heimatlich-landwirtschaftlich, aber es ist etwas anderes, ein Wüstenfahrzeug vielleicht. Ich sehe es nicht. Ich höre, wie es sich entfernt, auswärts in die Wüste, und verklingt. Da fährt also einer durch den Sand. Der Wirt? Was führt er hinaus, was holt er? – Da liegen noch Möglichkeiten: forschen, was angetragen oder abgeholt wird, Verstecke abklopfen, Räume untersuchen, Türen öffnen, es gibt da viele, und ich habe Zeit.

Diese Pfähle: sie verlieren sich jenseits der Ebene, markieren einen Eingang zwischen die Hügel, ein Spalier mit weiten Maschen, ein Laufsystem, das sich von hier hineinwindet über die Ebene in die Hügel. Aber dann wohin? Die Schluchten sind jetzt tief und schwarz, ihnen scheint der Pfad entrinnen zu wollen, da wittert er Gefahren. Eine Spur, abgesteckt von einem Forscher, der vielleicht noch unterwegs, vielleicht sogar überfällig ist? Welches Ziel hatte er im Auge? Die Geschichte dieses Forschers? Wer ist hier als Gast außer mir, in der dernière chance? Wer wird vermißt, wer abgestrichen?

Hinunter und fragen! Mein Glas ist leer. Diesem Arrac wenigstens, dem bin ich auf den Geschmack gekommen.

Maxine sitzt wie ich sie verlassen habe, in ein Bild vertieft. Sie hält es vor sich, ihr Kopf steht aufrecht über der Theke; vielleicht hat der Getränkespiegel jenen Punkt erreicht, der ihr gebietet, sich gerade zu halten, damit es in ihr nicht überlaufe. Ihr Blick ist in die Tiefe des Bildes gebohrt. Bei meinem Näherkommen löst er sich, und sie hält mir die Fotografie hin: die Dame natürlich, diese Mutter vielleicht, festgehalten zu einer späteren Zeit, älter und immer noch schön, diesmal vor einem gemalten Waldstück, im Hintergrund ein See, Schwäne; eine jener Wunschkulissen, berechnet, um Heimweh nach Verlorenem zu erzeugen, hier wird mit der Anfälligkeit des Betrachters gespielt, und dieses Spiel verliere ich unfehlbar, in solche Hintergründe lebe ich mich ein.

Eines der schönsten Alpenglühen, das ich gesehen habe, war auf die Wand eines Cafés in Port Said gemalt, die Sehnsucht des Malers war echt gewesen, so wurde auch die meine echt, obgleich mir das wirkliche Alpenglühen gestohlen bleiben kann.

Ich versuche, das Bild zu lesen, die Gestalt aus dem Flunkern der Bäume und Schwäne zu lösen, Maxines Mutter zu erkennen, die Amerikanerin, Engländerin, Schauspielerin, Sängerin, Ballerina, suche nach Ähnlichkeit mit der heruntergekommenen Tochter, versuche, die Höhe der Stimme zu hören, die Dimensionen ihrer darstellerischen Kunst, – vielleicht war die Carmen in Paris doch nur eine Frasquita in Marseille, wo ja auch der verkommene Vater mit dem Leichenkutscher Fischsuppe aß, – oder etwa nur ein Sopran im Zigeunerchor der Oper von Grenoble? Der Pelz ist echt, die Dame scheint echt, nur eben der Hintergrund, echt in sich selbst, straft die Figur Lügen. Wie hieß sie?

Maxine kramt im Fach unter der Theke. Jetzt, denke ich, jetzt der Beleg, und alles klärt sich. Das abgegriffene Programmheft aus Paris oder London, tausendmal vorgezeigt wie ein Ausweis, sein Glanz verflogen im Abstieg der Tochter, der Besseres zu erwarten stand, bevor sie sank. Doch Maxine verliert sich im Kramen, findet nicht, was sie sucht oder hat es vergessen, die Arme legen sich wieder auf die Platte.

»Meine Mutter war Engländerin, sie hieß Isobel Bayliff, später hieß sie Lady Douglas. Mein Vater war Schotte –«

»Sir Archibald Douglas, ich weiß. Einer der größten Schnepfenschützen und Lachsfischer seiner Zeit.«

Maxine sieht mich an, ohne Ausdruck. Meine Version zieht nicht, noch spiele ich nicht mit. »Einer der größten Whiskytrinker seiner Zeit. Er trank ihn von morgens bis mitternachts, aus Wassergläsern, unverdünnt. Später, nach einem Reitunfall, nahm er im geheimen etwas Wasser dazu. Als er im Alter begann, Apollinaris ins Glas zu gießen, zog sich die Gesellschaft von ihm zurück, das war ein furchtbarer Schlag für ihn, er begann zu trinken. Er ist früh gestorben. Ich trinke nicht. Meine Mutter hat an der Metro die Walküre gesungen und in Bayreuth die Isolde, zu ihrer besten Zeit erreichte sie mühelos das hohe L, das hat zuvor nur Jenny Lind erreicht. Sie hatte immer einen Korb voll frischer Trinkeier in der Garderobe. Später verlor sie ihre Stimme und fand sie nie wieder. Sie hieß Nelly Melba. Ich selbst heiße Maxine. Oder auch Madeleine, wenn Sie wollen –« Und sie beginnt wieder zu suchen, im Fach unter der Theke, sie sucht ihren Namen.

Madeleine, das ist eine neue Ebene, hoffentlich gilt der Name nicht der Büßerin, das wäre zu weit gefächert. Zu leicht sollte sie es sich mit mir nicht machen, ich zahle zurück, wenn es an der Zeit ist, vor allem mit Namen warte ich auf. Maxine wird wahrscheinlich die ihren im Laufe des Abends noch mehrmals wechseln, doch werden sie alle mir dieselbe Maxine verbürgen: sie soll bei ihrem Sammelnamen bleiben, unter dem sie sich angekündigt hat und einordnet. Sonst wird sie zur Belastung. Mein Erinnerungsvermögen ist zwar groß, aber ich würde es gern beschränken,

ja, manchmal wäre ich gern einer dieser grausamen Meister im Vergessen, radikal und unbestechlich. Sich unwillig erinnern, Bewegungen vergessen, keine Briefe lesen, keine schreiben, den Hörer auflegen, Grüße nicht zur Kenntnis nehmen, auch keine ausrichten, Verbindungen zerhacken, nicht mutwillig, sondern nachlässig; der Mühe nicht wert, jeder muß mit sich selbst fertigwerden, und ich wäre mit mir selbst fertig.

Madeleine. Magdalena, vielmehr Maria die Magdalenerin, denn sie war aus Migdal, wo man noch heute mindestens fünf ihrer Geburtsstätten zeigt und die Quelle, an der sie Wasser geholt, das sie dann im Tonkrug auf ihrem Kopf ins Haus getragen hat: ein echt biblisches Bild, koloriert. All dies selbstredend nur, solange sie jung und jungfräulich war, und jung war sie jedenfalls länger als jungfräulich. Später hat ihr dann keine Nachbarin mehr ihr Riechfläschchen geliehen, der Zeigefinger am erhobenen Arm blieb auf sie gerichtet, sie war gefallen. Immerhin, sieben Teufel hat Jesus ihr ausgetrieben. Das wären, sagen wir: Beelzebub, Satanas, Luzifer, Belial, Samuel, Asmodi und der Höllenhund, der sprang wohl als letzter heraus, ich weiß nicht, ob aus dem Mund oder – wahrscheinlich aus dem Mund. Mephisto war nicht von der Partie, der kam erst später und ist von Fausts Seite so wenig wegzudenken wie der Succubus vom Incubus.

Da zog Jesus umher, mit ihm zwölf Jünger, Weiber hinterher: eine gewisse Johanna, verheiratet, eine Susanna, und andere. Ob auf jeden der dreizehn Männer eine kam? Man wird sich einig geworden sein. Die Weiber taten Jesus Handreichung von ihrer Habe. Was war die Habe, außer was sie am Leibe trugen und dem Leib selbst?

»Und wie heißen Sie wirklich, Maxine?«

»Elsie. Etwas Besseres war meinen Eltern nicht eingefallen. Sie konnten nicht lesen und schreiben. Auch sprechen konnten sie nicht. Aber da wo sie waren, gab es auch nichts zu sagen. Das war in Utah. Wir wohnten inmitten von tiefen Kiefernwäldern, sie zogen sich über hunderte von Kilometern dahin, alles Kiefern –«

Es liegt ein ziemliches Gewicht auf diesen Kiefern, der Tiefe der Wälder, ich spüre das weitläufige Labyrinth zwischen den geraden Stämmen, den weichen Boden aus Nadeln, den Duft von Utah, wo ich niemals gewesen bin.

»Dieser Duft! Der fällt mich an, wenn ich vor die Tür gehe, hier in dieser elenden Wüste. Kein Baum, nichts, alles leer, es dreht einem das Herz um, mir reißt es bald die Augen aus. – Meine Vorfahren hatten noch mit Pfeil und Bogen Indianer vertrieben. Dafür hat Gott sie mit ewiger Stumpfheit bestraft. Sie sind faul, das ist recht, aber sie sind fast blind. Sie haben sich Holzhütten gezimmert und eine Religion. Mormonen, sehr267strenggläubig, sie betreiben Vielweiberei. Sie meinen, so bekämen sie mehr Kinder, aber die Rechnung geht nicht auf, rechnen können sie nämlich auch nicht. Sie wollen ihren Glauben über die ganze Welt verbreiten, wie die Welt aussieht, wissen sie auch nicht. Ich weiß es. Im Winter hielt man Winterschlaf wie die Bären, alles war weiß und ruhig. Im Sommer fällten die Männer Riesenkiefern und flößten sie den Strom hinab, den Potomac oder den Missouri, ich kenne mich da nicht aus, ich bin nie dort gewesen. Ein sehr breiter Strom und reißend. Meine jüngere Schwester Anne ist hineingefallen, am nächsten Tag holte man sie bei Salt Lake City heraus, oder auch bei Denver, ich lasse Ihnen die Wahl. – Anne war noch schöner als ich, sie hatte die herrlichsten Schultern, ich habe sie geliebt. Sie ist ins Kloster gegangen, in Nîmes, dort ist sie die Lieblingsnonne der heiligen Mutter« und Maxine verstummt, Anne läßt sie verstummen oder die heilige Mutter.

Ich sehe den breiten Strom, in den die Schwester mit den schönen Schultern fällt, ich höre das Rauschen und die Rufe der mormonischen Fäller und Flößer, sie stoßen sich ab in den Strom, das Mormonengebet verrichtet, jeder hat die Nacht mit eines anderen Weib verbracht, zum Lobe des Herrn vielleicht ein Kind gezeugt. Ich sehe den Wald, dunkelgrün und unerträglich vor Kiefern, und das Wasser, ich bekomme Durst,

gieße mir einen Schluck Arrac ein, dazu den letzten Rest lauwarmes Wasser aus Cutty Sark und trinke aus. Maxine indessen versucht eine neue Flasche Arrac zu öffnen, trifft aber mit der Spitze des Korkenziehers nicht in die Mitte des Korkens. Ich nehme ihr Zieher und Flasche aus der Hand, öffne, gieße ihr ein, wenig, sie merkt nicht wie wenig – und in einem schnellen Nachgedanken der Beschämung gieße ich ihr Glas voll: ich bin nicht hier, um dafür zu sorgen, daß Maxine weniger trinke oder überhaupt das Rechte tue. Was wäre denn das

Rechte für Maxine, wenn nicht trinken? Jetzt gieße ich auch mir das Glas voll, ich will das Beispiel versuchen.

Maxine sagt: »Jedes Jahr im Frühling kam ein wandernder Lehrer daher, man sah ihn von weitem kommen. Dann wurde es Schulzeit. Er brachte uns die Namen der amerikanischen Präsidenten bei; das ging bis zum frühen Herbst, dann ging der Lehrer wieder, und wir vergaßen die Namen der Präsidenten. Ich habe sie alle vergessen, bis auf George Washington, Benjamin Franklin und Walt Whitman. Die Bäume habe ich nicht vergessen, die Birken, die Weiden, die in den Bach hingen, das war in Sussex, ich watete durch den Bach und suchte Frösche. Nanny mußte mich schließlich an der Leine halten. Wie einen Hund. Sie liebte mich. Sie saß an meinem Bett und las mir von Sternenkindern und dem Mädchen mit den Streichhölzern vor. – Letztes Jahr hatte ich einen Weihnachtsbaum.«

In diesem Augenblick, und bisher nur in diesem, wünschte ich mir Maxine nüchtern oder zumindest deutlicher. Idee oder Ding? Ein wirklicher Baum? Wer hat ihn gebracht? Das könnte wichtig sein. Ich will nicht bleiben, wo Leute heimatlich Grünes anschleppen. Weihnachtsbäume, dort wo sie hingehören, sind anrüchig genug. Wo sie nicht hingehören, können sie gefährlich werden, sind auf jeden Fall ein Zeichen von Gefahr. In ihnen verbirgt sich etwas, ich höre, wie es da drinnen mitsingt, oh du fröhliche. Wo wäre der Baum hergekommen, wer hatte ihn im Gepäck gehabt? Vor allem: wer hätte ihn Maxine zur Freude vorgelegt? Doch sie würde sich kaum an den Stifter erinnern, nicht jetzt. Ihre Gedanken sind in den Zweigen des Baumes, im Licht, im Flimmerzeug, das sie entwürdigt.

Ihr Kopf sinkt langsam herab, bis der Arm ihn aufnimmt, Haarsträhnen fallen in eine Lache, der andere Arm wischt in einem halben Zirkel über die Platte, fegt die Fotografie beiseite und das Glas vom Tisch, es zersplittert auf dem Podest, der Aschenbecher, auf dem ›Cinzano‹ steht, fällt mir zu Füßen. Maxine schluchzt einmal auf, Tränen kommen, – laß das, Maxine, rechne nicht mit meinem Mitleid, bitte! Vor weinerlicher Entwurzelung erlischt es. Dein Schmerz ist nichts Besseres als Sehnsucht nach dem Weihnachtsbaum.

Oder doch nicht? Vielleicht liegt er tiefer, dieser Schmerz; sind seine Quellen für mich noch nicht bestimmbar. Wieviele Maxines gibt es? Nur eine, die ich nicht kenne, eine große Verschweigerin?

Dieser Weihnachtsbaum in der Wüste! Es werden wieder weiße Flächen sichtbar auf der Landkarte der Schrecken. Vielleicht ist das ein Zeichen, daß der Ausweg durch den Sand, für den Fall, daß irgendeiner ihn zu gehen beliebe, Gerber zum Beispiel oder Lüning, versperrt sei. Ich selbst habe ihn ja ohnehin nicht gehen wollen, ich bin nicht auf der Flucht, bin auch kein Märtyrer, auch suche ich keine Gefahren, ich werde nach Masante zurückkehren, – die Rückkehr leuchtet vor mir auf, – sobald ich nur einen einzigen Faden gefunden habe, den weiterzuspinnen es lohnt. Ich setze auf Maxine: spinn etwas weiter, Maxine, denk an etwas Besseres als an den Weihnachtsbaum, nimm dich zusammen!

Dennoch will ich nicht dort sein, wo es Häscher antreibt, einen Motschmann, einen Schmitt-Lindach. Hätte denn Maxine von denen einen Weihnachtsbaum angenommen? Ich werde nicht lange hierbleiben, es hält mich nicht an einem Ort, wo eine unbekannte Hand Kultgegenstände verteilt, böse Kerne in Idyllisches verpackt; einen Punkt, der einbezogen ist in das Netz der Planer und Vermesser, die ihre Grenzen dauernd auswärts treiben, Unwirtliches wirtlich, Unheimliches heimisch zu machen, Bäume pflanzen oder schmücken und so den Boden vorbereiten für das Entsetzliche: Weihnachtsbaum – Singen unter dem Baum – Hausmusik – Hausordnung –

Zuchtundordnung – Verhör und Folterung – Mord – Motschmann, Globotschnik, Perchtl – –

»Ich hatte den Baum in meinem Zimmer oben und lag darunter. Tage und Nächte, das Wachs tropfte auf mich herab. Ich habe das Grün eingeatmet, bis die Nadeln trocken waren und auf mich herabregneten. Sie stachen mich, sie bedeckten mich, man hat mich kaum noch gefunden. Aber da bekam ich Durst. Ich bin aufgestanden, um etwas zu trinken. Jetzt sitze ich hier. Wie lange schon und wie lange noch, weiß ich nicht. Ich bin ja zwischen Bäumen aufgewachsen, an einem Salzsee. Zu dem gab es eine Sage: die Tränen aus der ganzen Welt sind da zusammengelaufen. Aber er trocknet aus. Es bleibt nur das Salz. Vielleicht wird zu wenig geweint. Wir liefen umher, nackt, in aller Unschuld, selbst ich. Wie im Paradies. Jedes Jahr im Frühling kam ein ...«

Nein. Nicht noch einmal. Sie war schon weiter. »Ich weiß, Maxine, ich weiß. Jedes Jahr im Frühling kam ein junger Methodistenprediger, um Sie zu bekehren. Man sah ihn von weitem kommen. Aber Sie hatten ja schon Ihre Religion, die hat ein gewisser Joe Smith erfunden, der konnte auch nicht lesen oder schreiben, aber um eine Religion zu stiften, braucht man das ja auch nicht, Jesus konnte es auch nicht. Als Sie fünfzehn waren, folgten Sie dem Prediger in die Stadt, nach Gettysburgh, oder war es Little Plitch? Erinnern Sie sich? Oder ist alles das gleiche? Er wollte Sie zur Methodistin machen, das ist ihm nicht gelungen, dafür haben Sie ihn zum Mann gemacht, nicht wahr, Maxine? Sie sind katholisch erzogen, im Kloster Sacré-Cœur de Notre-Dame in Nîmes bei den barmherzigen Schwestern Jesu, aber so barmherzig waren die gar nicht. Die waren sehr streng und schlugen Sie, nicht wahr? Jeden Morgen mußten Sie alle der heiligen Mutter die Füße küssen, und eine mußte dann zu ihr ins Bett, um mit ihr unter der Decke ein paar Rosenkränze zu beten, meist war es Anne, die hatte die schönsten Schultern der Welt, oder nicht? Sie hatten Klausur, nur zu Mariä Lichtmeß, am 2. Februar, durften Sie hinaus, um Antoniusbrot unter die Armen zu verteilen, dabei wollen die Armen etwas ganz anderes als Antoniusbrot, haben Sie das auch festgestellt? Bei Prozessionen an Fronleichnam gingen sie als erste hinter der Hostie, das war ein Privileg Ihrer Familie, Ihr Vater war Marschall von Frankreich, er hieß Marc Hannibal de Coconnas, Sie hatten ein herrliches Haus an der Place des Vôsges, aber er trank, Sie trinken nicht, Ihr Vater war ein warnendes Beispiel, er vertrank Ihren gesamten Besitz, das Haus, die Kunstschätze, darunter sieben Gemälde von Hyacinthe Rigaud, sie stellten alle Ludwig den Vierzehnten dar, auf einem war er nackt, mit erhobenem

Schwanz, es war für Madame de Maintenon gemalt, stammte aber aus der Sammlung der Madame de Staël oder wie sie heißt. Später ging er als Modell für Whisky-Reklame, meist Bourbon, sein grauer Schnurrbart hatte es den Herstellern angetan …«

Ich kann mir das ersparen, Maxine ist, die linke Wange auf ihrer Hand, eingeschlafen, ich habe es immer noch nicht geschafft. Dabei habe ich ihr Modell so gut gefüllt wie sie selbst, es paßt,

doch so komme ich nicht weiter, ich möchte hinter das kommen, was sie verschweigt, da liegt etwas. Ich möchte den Gehalt an Fakten prüfen, bin beunruhigt, will wissen, wer zum Beispiel den Weihnachtsbaum gebracht hat. Ob es vielleicht dieselben waren, deren Schritte ich nachts in Saloniki hörte, oder die in Apt immer wieder vorbeikamen, scheinbar um Katzen zu zählen, in Wirklichkeit aber auf Menschen gehen,

ob immer zwei, immer im Gleichschritt, wie bei Gerber oder Felber, die Hände auf dem Rücken, so daß jedermann sehen kann: seht – nichts darin. Immer in ruhigem Zeitmaß, so daß jedermann denken mag, sie hätten kein Ziel, in Wirklichkeit jedoch alert, straff und immer auf dem Sprung, Ausüber, Handlanger, Sbirren, Schergen eines obersten

Chefs, der sich niemals oder nur mit Sonnenbrille fotografieren läßt. Dem werden die Listen vorgelegt, die Namen und Nummern, neu eingetragen oder schon so lang auf dem Register, daß er sagt: wie? noch nicht gestrichen? Wie sie in Saloniki oder jenseits des Polarkreises oder in Apt heißen, weiß ich nicht, vielleicht laufen sie unter einem Oberbegriff, der das Bild des Furchtbaren gut verhüllt, dennoch sind sie es, und wie leicht könnten sie hierhergekommen sein unter mancherlei Vorwand, zum Beispiel um Weihnachten zu feiern.

Nehmen wir Motschmann zum Beispiel: der ist garnichtmalso unreligiös, er glaubt an Gott, denn Gott macht stark und hilft denen, die er starkgemacht hat. Motschmann singt in der Kirche mit, er ist Protestant, vielleicht sogar Pfarrerssohn, jedenfalls wurde zuhause vor Tisch gebetet, die Familienbibel hat er geerbt, es hing da auch ein großer Kupferstich von Luther: Luther unterm Weihnachtsbaum im Kreis seiner Familie, singend und skandierend, man kennt es, dieses gemütvolle Idealbild. Luther hätte sich den Baum verbeten, die Ordnung der Häscher dagegen gebilligt. Motschmann ist übrigens auch musisch, ein musischer Mensch. Früher hat er noch selbst manchmal. Heute hat man ja nicht mehr die Zeit, um noch richtig zu. Das tägliche Leben nimmt einen zu sehr. Gern würde er einmal wieder so recht.

Oder erst Perchtl. Aloys Maria Perchtl ist religiös. Religiös? Er ist tief gläubig. Er wollte einmal Priester werden. Dann hat ihn der Zug der Zeit zu anderem berufen, und jetzt bleibt er bei anderem, denn er spürt den Zug neuer Zeiten, die brauchen den irdischen Perchtl. Dennoch macht er keinen Hehl daraus, daß es sein Herz zu Gott zieht. Er ist mit dem Bischof eng befreundet, und so ein Bischof weiß, wann er einen Mann Gottes vor sich hat. Die Kirche braucht kraftvolle Naturen wie Sie, sagt der Bischof, auch wenn sie nicht das Priestergewand tragen. Der Bischof ist übrigens selbst eine ziemlich kraftvolle Natur, er segnet alljährlich den Preisschützen, und in den Ferien trägt er gern Tracht, das ist immer eine Gaudi für Eingeborene und fromme Feriengäste.

Da gehen sie, die beiden, irgendeine Straße entlang, auf deren anderer Seite Lüning oder Felber geht, und plötzlich weist der eine den anderen mit einem kleinen Stoß seines Ellenbogens auf Lüning hin, und schon weiß der andere: da ist wieder einer, den die Zukunft nicht brauchen kann, der muß weg.

Keiner sagt ein Wort – so schildert es Lüning –, sie biegen seitlich ab, überqueren die Straße schräg, sie ist nicht belebt, Vorstadt zur Abendessenszeit, Winter, die Laternen hell. Nacheinander treten Motschmann und Perchtl einen der Querpfade zwischen den schmutzigen Schneewällen am Straßenrand, umgehen einen Baum und kommen auf Lüning zu, jetzt bleiben sie vor ihm stehen. Motschmann sagt nichts, er sieht an Lüning vorbei, als sei sein wahres Interesse an einem bestimmten Punkt weit hinten verankert und Lüning eine Nebenerscheinung, der man kurz begegne. Der andere, Perchtl oder Fricke, hält Lüning die Hand hin und fragt: würde der Herr vielleicht mal so gut sein und ihm seinen Ausweis zeigen? Aber so recht bei seiner Sache ist auch er nicht, es ist die Art des Straßenbahnschaffners, der, während er die Scheine kontrolliert, auch noch das Abfahrtsignal zu geben hat.

Lüning oder Felber hatte einen Ausweis – wer hat keinen, sagte Felber, außer jener Hälfte der Erdbevölkerung, die auch sonst nichts hat und daher auch keinen Ausweis braucht? Jeder hat einen Ausweis, auch ich zum Beispiel, wahrscheinlich vor mehreren Jahren ausgestellt, vor wenigen verlängert; er enthält, soweit ein Lichtbild kenntlich sein kann, ein kenntliches Lichtbild einer Person, die der Besitzer des Ausweises zur Zeit der Ausfertigung war, festgehalten in einem jener Augenblicke, in denen man an das Festgehaltenwerden zu denken hat, er ist gestempelt, demnach registriert, niederen wie höheren Ortes anerkannt, nichts ist verändert, nichts abgelöst, weggelassen oder hinzugefügt, die Angaben stimmen nach Wissen und Gewissen, das ist zwar wenig, reicht aber für einen Ausweis. Zwei zwölfstellige Nummern sind darin angegeben, eine auf dem steifen Umschlag, die andere auf der zweiten Seite, vor ihr steht ein B. Er wisse zwar nicht, welche der beiden Nummern er wäre, sagte Gerber, vermute aber, daß er unter der Nummer B geführt werde, denn er bezweifle, daß er für die ausstellenden Behörden zur Klasse A gehöre, er wolle auch gar nicht dazugehören, so Gerber. Nein, fraglos, der Ausweis sei in Ordnung, soweit eben ein Ausweis in Ordnung sei,

nur hätte er ihn den beiden Häschern nicht gezeigt. Er weise sich nicht mehr aus, sagte er, diese Zeit sei vorbei. Wenn man begänne, sich auszuweisen, dann sei alles so gut wie verloren. Sich ausweisen hieße, sich ausliefern, das Spiel aufgeben. Zwar hatte er das Spiel längst aufgegeben, aber er wollte den Gegenspielern ihren Sieg nicht auch noch zugestehen, dem Globotschnik oder dem Stollfuß. Sollten sie sich gefälligst selbst bestätigen, seine Mithilfe dabei hatte er ihnen entzogen. Er hätte ihnen also den Ausweis nicht gezeigt. Aber was wäre dann aus ihm geworden, was wäre mit ihm geschehen? Was ist geschehen mit Gerber oder Felber oder Lüning?

Er glaubte den beiden schon nah zu sein, manchmal meinte er, ihren Atem im Nacken zu spüren, dann wurde ihm kalt, seine Haut wurde rauh, seine Gelenke begannen zu schmerzen, als würden sie geknackt, seine Beine zitterten. Dann wieder schienen sie ihm plötzlich gegenüberzustehen,

sie waren in einer Bahnhofshalle, getrennt nur durch Fahrpläne, aufgezogen auf einer dünnen Wand, die, wie in Pariser Pissoirs, nur bis übers Knie reichte, unter der sich ihre Schuhspitzen beinahe berührten, Lüning auf der einen, zwei Häscher auf der anderen Seite, Lüning sah die Kappen über dicken Ledersohlen, er sah durch die undurchsichtigen Wände, die Tabellen hindurch, wie der Ringfinger Kranzmeiers oder Frickes eine Reihe von Abfahrtszeiten entlangfuhr, von oben bis unten; er hätte seinen Finger gegen den seines Feindes stemmen können. Ihn schauderte bei dem Gedanken, daß dieser Finger vielleicht einer Linie entlangtaste, die auch er in Erwägung zog, denn er war ein großer Eisenbahnfahrer.

Er blieb in diesem Versteck der Fahrpläne, bis die beiden durch die Sperre gegangen waren, dann sah er sich die Linien an, die sie gewählt haben mochten, und wählte die Gegenrichtung, einen schnellen Zug, der nicht oft und nur kurz hielt, bis zu einem fernen Ziel. Auf diese Weise hatte er Städte gesehen, Regionen durchfahren, von denen er niemals zuvor gehört hatte, er kannte Budweis, Winterthur und Tynset, die Täler des Vardar und des Styx, sagte, daß ihn die schönen Namen meist enttäuscht hätten, Haderslev, Solothurn, Stralsund. Ja, Lüning wird es wohl gewesen sein, Gerber war es nicht, denn er ist ja nach Amerika gegangen und ist dort verschollen, nicht in Kanada wie Peer Ohlsen, sondern in den unermeßlichen Kiefernwäldern von Utah, vielleicht angefallen von dem Duft, der Maxine anfällt.

Auch mir gaben Eisenbahnfahrten immer das Gefühl, auf irgendeiner Flucht zu sein, und ich fühlte mich sicher, solange ich nicht angekommen war, ein längerer Halt beunruhigte mich. Nachts in dem engen Schlafwagenbett ließ ich mich gern tragen, ich dachte an die dunklen Ebenen draußen; in der Tat: ich erkannte die Landschaft an Geräusch und Tempo, presto auf gerader Strecke und zwischen den Wällen, im andante über die Viadukte, aus Rücksicht auf ihre Zerbrechlichkeit, ein crescendo bis zum forte, wenn es draußen über die vorbahnhöflichen Weichen ging. Wenn der Zug durch die Föhrenwälder zog, rauschte es, es blies auf den Dämmen zwischen den Stauseen, auf diesen Eisenbahnbrücken wie Weltwunder, irgendwo klapperte es, der Zug fuhr langsamer, eine Baustelle, die Worte der Schienenarbeiter klangen auf und verklangen, es zischte und hallte, wenn er durch die Bahnhofshallen fuhr, quietschend bremste er und blieb mit einer Abwehrbewegung stehen; dann klirrte von weit ein Hammer heran, zwei kurze Schläge, Pause, wieder die Schläge, näher, Pause, dann nah, dann vorbei, und eine weibliche Stimme rief: »Rudi! Rudi!« lächerlich in ihrer versiegenden Hoffnung, den Gerufenen jemals wiederzufinden.

Wo bleibt eigentlich dieser Wirt? Alain? Offensichtlich befürchtet er nicht, daß ich seinen Vorrat raube und fliehe. Wahrscheinlich ist er draußen, bei einem größeren Verdienst, als mein Verzehr ihm einbringt.

Da liegt sie, Maxine, den Kopf auf den Armen, auf der Theke; sie schläft inmitten ihrer Sammlung, die Sammlerin. Da stehen sie, die Schirme, der Hut, die Maschine, die Behälter, und in Maxine schläft das Behaltene, die Schicksale, die sie verzehrt, um sie, versuchsweise, an sich selbst zu erfahren, sie sich einzuverleiben oder wegzuwerfen, beinah erschöpft, und doch immer noch auf der Lauer nach neuen Stücken, den letzten; vielleicht bin ich eines der letzten. Sie sitzt und trinkt oder sitzt und schläft, und trinkend oder schlafend sammelt sie weiter, sie zieht, während sie selbst sich in tausend Bruchstücken verschiedener Formen erklärt, die Geschichte des Zuhörers an sich und verändert sie zu etwas, was sie, der Welt wohl schon seit langem entwöhnt, für exemplarisch hält.

Aber in mir hat sie ihr Publikum gefunden, ihre Berichte sind getränkt von jener Wirklichkeit, die das Mögliche in sich einschließt und mit dem Geschehen vermischt. Alles wird ihr wahr. Sie wirft mir ihr Material hin, überläßt mir die Wahl. Ich wähle nicht alles, – ich wollte eigenes Material verwerten, – aber ich wähle die Erzählerin, Maxine, die sich hier, Beweis nach Beweis, urkundlich vor mir belegt, in all ihren Gestalten und Verkörperungen, Herkünften, ihren Orten, Räumen und Rahmen, mit allen ihren begleitenden Figuren, einem großen Gefolge, das ihre Züge trägt, so wie sie die Züge ihrer Begleiter trägt.

Auch ich habe eine Zeitlang viel getrunken, das erste Jahr in Masante. Ich konnte dort mehr vertragen, und manchmal dann, selten genug, glitt es hinauf in diese Sphäre, in der alles leicht und klar ist: eine Ebene innerer Mitteilsamkeit; die

Teile des Gehirnes kommunizieren miteinander, tauschen Gedanken unter sich selbst aus, ohne mich zunächst damit zu beschweren, ein Komplott zu meinen Gunsten, ich soll erst mit dem Resultat konfrontiert werden; bevor sie es mir auf die Zunge legen, teilen sie die Aspekte zwischen sich auf. Für alles scheint gesorgt, ohne Schwierigkeiten, alles scheint gut aufgehoben.

Dann war mir, als erschließe sich jener Zusammenhang, den ich hier suche, und erst in diesem Zusammenhang zwischen allem Ausdrückbarem würde sich die Sache, Stoff und Form vereint, zu ihrem Hervortreten entschließen. Ich wartete auf den Augenblick der Überraschung. Doch der Augenblick kam nicht. Die Erkenntnisse dort oben in meinem Gehirn wurden mir nur vorgegaukelt, die schreibfertige Hand legte sich aufs Papier, die Worte bildeten sich nicht, die Erleuchtung blieb aus.

So saß ich vor dem leeren Blatt: nichts. Und doch waren die Augenblicke in sich selbst gut. Leichtigkeit als Selbstzweck, eine Erkenntnis innen, die sich mir selbst nicht zu erkennen gab: ein geschenkter Augenblick, ein Genuß. Nicht verwertbar, daher keine Arbeit damit verknüpft. Die Gegenstände gewannen neue Bedeutung, belebten sich, umrissen sich schärfer, hatten plötzlich mehr Körper, boten Raum, in sie zu schlüpfen. Ich schlüpfte in manches Fach, um es endlich von innen kennenzulernen, oder um es zu kontrollieren, und überall fiel es mich an, mit ungewohnter Schärfe, die Antennen waren zugespitzt, und alles wurde zum Gegenstand kaum noch bezähmbarer Sehnsüchte, sie schweiften zurück in alle Richtungen der Vergangenheit, zu den unwiederbringlichen Augenblicken; Augenblicke, die ich, in der jetzigen Sicht, damals nicht genug ausgekostet hatte, die noch mehr hergegeben hätten, hätte ich damals das Aufnahmevermögen dieses glücklichen Augenblickes gehabt. So verharrte ich in vergeblicher Hingabe an etwas vor langem Erlebten, und doch nur in vager Erinnerung daran, und schließlich eroberte die Verstörung das Feld, der Moment erlosch: nichts mehr greifbar, der Augenblick für immer verloren, – nevermore –

Maxine soll aufwachen! – Allein mit einem einzigen Schläfer oder einer Schläferin ist man einsamer als völlig allein. Die Gedanken kehren immer wieder zu ihm oder ihr zurück, der oder die nicht daran teilhat, so wie man selbst an seinem oder ihrem Traum nicht teilhat. Und hörbar hinter allen Geräuschen bleibt das letzte gesprochene Wort stehen, es ist nicht aus dem Raum zu bringen.

So bleibt hier dieser gräßliche Wald, dem ich noch nicht entronnen bin,

– nicht wie der Wald von Tamangúr, dort hinter Bever, das lockere Arvengehölz über hellgrünem Moos, –

sondern dieser Wald voller Hillbillies, Mormonenglauben und uralten Stämmen, stellvertretend für andere Wälder, Mischwälder, der Förster Reviere. ›Geh nicht in den Wald! Im Wald da ist der Wald!‹ – Verhext habe ich mich da schon nach Auswegen gefragt, auf trockenen Nadeln verlaufen; zwischen den Stämmen, da näherte es sich, und ich wußte nicht, was sich da näherte außer Angst. Besser draußen bleiben, am Rand entlangfahren, hineinrufen, abhorchen, – so rief ich in den Wald, irgend etwas, ich rief: Freiheit! Doch der Wald gibt keine Konsonanten heraus, wenn er sie einmal hat, daher ist er voller Konsonanten, rauschender Sibilanten drinnen, und was als Echo heraustönte, erschien mir als schallendes Hohngelächter, das sich dort drinnen verströmte, – es tönt nicht aus dem Wald wie man hineinruft.

Mit Wäldern war ich ohnehin schon fertig, als ich Masante bezog. Früher bin ich Holzwege entlanggelaufen, zwischen dichten Tannenwänden, Lichtungen öffneten sich mit schmutzigweißen Birken, plötzlich schweigende Plätze kahlgeschlagen und groß wie der Markusplatz, alle in absoluter Stille, bis auf ein Knacken und ein kurzes Entflattern;

Räume durchzogen von Mooren und schwarzen Wassern, die mit dem ersten Schnee noch schwärzer werden; aus der spiegelnden Glätte ragte ein totes Geäst versunkener Bäume, und dort hinten verengte sich der Holzweg und hörte auf. Hier wartete alles auf ein Ende, es änderte sich nichts mehr, so dachte ich,

doch ich fand ein menschliches Ohr, es war also vor kurzem noch etwas geschehen, – es horchte hier noch, und auch ich horchte und spähte, ob der Mörder oder der Ohrenabschneider oder das Opfer, vielleicht erst jetzt dort hinten auf der Gasse oder zwischen den Stämmen verschwänden, mir schien, als seien da von dem Luftzug der Flucht noch ein paar Äste in Bewegung. Ich begann zu pfeifen.

Aller Wald geht bald in Zeitungen auf, – das sagte man mir in Finnland, – von Nachrichten verschlungen. Auch der dickste Stamm hält noch nicht einmal für eine mittlere Katastrophe her oder für ein Verbrechen. Die Indianer Brasiliens rottet man aus, die Stämme ihrer Wälder werden zu Zeitungspapier verarbeitet, zu Börsenberichten, zu detaillierten Aufforderungen, in den unermeßlichen unbesiedelten Gebieten Brasiliens zu investieren, diese Rechnung geht auf.

So eine Pineta zum Beispiel, auch ein Wald, wenn man so will. Am besten ist die von Ravenna,

nicht Ravenna selbst, auf deren Mosaiksteinchen die Welt zu einfach aussieht,

diese Pineta, die runden Kuppen der Pinien, wie von Samuel Palmer gezeichnet, und darunter Dunkel aus Dunkelgrün, schwirrend und stichig von Insekten, Spinnen lassen sich herab, es lebt von lautlosem Getier,

ein Bild verfinstert von Geschichte: Dante hat diese Pineta durchwandert, damals war sie dichter, vielleicht war dies der wüste finstere Wald, in den er sich verschlagen fand, bevor er unversehens auf Vergil stieß, um mit ihm seine Wanderung zu machen, dieser Tugendheld, dieser Reine, Makellose, Körperlose, Wandelnde, Wonne des geistigen Menschen, der den Schwarm des Pöbels mied, la volgare schiera; dem die Stimmen der Gequälten und Verlorenen Stoff zum Singen gaben, den Grund lieferten, sich seiner Tugend zu freuen, mitleidig gewiß, aber doch beseelt vom Glauben an jene Gerechtigkeit, die den Leidenden zum Leiden bestimmt; alle die Gepeinigten, als da waren: Ehebrecher und Ehebrecherinnen, die es mit ihren widerlichen Gatten nicht ausgehalten haben; Erbschleicher, die Habgierige geprellt und sich mit Recht das Gut der Reichen angeeignet haben; Zweifler und Irrende, und natürlich die Ungetauften, sündig schon vom Mutterleib her. –

Maxine hebt den Kopf, langsam, als erwarte sie von irgendwoher ein Geschoß, ihr Gesicht erscheint über dem Arm, es geht auf wie ein Mond, gerötet und verquollen. Ich stelle ihr ein Glas hin, um ihr den Verlust des letzten leicht zu machen, aber sie nimmt es nicht wahr, sie horcht, reißt die Augen auf, es ist, als warte sie, daß jetzt irgendeine der beschworenen Vergangenheiten über sie komme, um sich zu rächen. Ihr Blick bleibt an einem bestimmten Punkt ihr gegenüber haften und heftet sich so fest, daß ich mich umdrehe, um zu sehen, was sich dort rühre. Ich sehe nichts, ich ahne nicht, was es sein könnte; jetzt beginnt Drama, ein Ansatz: Hamlet sieht seinen Vater, die schlotterichte Königin aber nicht den von ihr ermordeten Gemahl, –

und bevor ich mich ihr wieder zuwende, hat sie das Glas auf diesen Punkt an der Wand geschleudert, wie Luther das Tintenfaß – hinweg! – nur hat sie dort wohl nicht den Teufel gesehen, sondern etwas anderes, einen genauen Ort oder Zeitpunkt, ein Stadium im Zug ihrer Vergangenheiten, das getilgt werden mußte. Das Glas ist zerschellt, Splitter fallen, und verschreckt schnellen die Katzen hoch, alle elf auf einmal, elf Fetzen von schwarzem Samt wischen durch den Raum, strömen einem versteckten Punkt zu und sind weg, durch eine unsichtbare Luke. Der runde Boden des Glases rollt unter eine Bank und bleibt liegen.

Ein Wurf! Jetzt weiter. Hat er nur die Katzen verscheucht, oder hat er die Katastrophe eingeleitet? Auf jeden Fall eine Zäsur. Jetzt, Maxine, darfst du Mutter und Tochter nicht mehr hervorholen, nicht mehr ins Spiel bringen, nächster Akt: Gegenwart, wie ist es mit dem ehemals schönen Eric, mit Annes herrlichen Schultern, was ist mit Alain, wo bleibt er?

Maxine wankt auf ihrem Hocker, sie starrt verzweifelt in die Winkel des Raumes, als müsse der Aufprall endlich Verflüchtigtes zu Gestalt oder zu Geschehen werden lassen, – geht es doch noch einmal hinab zu den Müttern und den Vätern? Irgendwelche Gestalten müßten sich jetzt nähern, sei es auch die Sängerin oder die Ballerina, vom Schnürboden herabschwebend, meinetwegen auch ein Vater, der zwischen Korkeichen oder Kiefern hervorkomme, irgendeiner oder irgend etwas,

aber es nähert sich nichts. Der Ausbruch hat, im Gegenteil, die Ferne noch vertieft, Vergangenes noch weiter zurückgejagt, Maxine ist in ihrer Trunkenheit plötzlich geschichtslos geworden, eine von vielen Säuferinnen, hier ist für mich nichts zu holen.

Sie steht auf, wird einen Gehversuch machen, sie sieht sich um wie eine Schlafwandlerin, die das zu durchwandelnde Gebiet erst messen muß, die Länge, die Breite, – dann hat sie das Ergebnis der Messung registriert, sie stützt eine Hand auf die Theke, macht einen Schritt und tritt hervor,

und nun erst sehe ich, daß sie groß ist, stattlich war, ihr Bau ist schwer, ihre Kräfte sind die letzten. Sie läßt die Theke los – ein gefährlicher Augenblick, – tut einen weiteren Schritt und stößt sich vor in den Raum. Die Hand erschrickt vor der Freiheit, will zurückziehen, macht einen Tastversuch, greift aber die Theke nicht mehr und bleibt hängen. Maxine wendet den Kopf, langsam, eine schnelle Bewegung würde sie aus dem Gleichgewicht bringen; sie stellt fest, daß es zur Umkehr zu spät ist, sie käme nicht wieder auf den Hocker, könnte sich darauf auch nicht mehr halten, gleichzeitig ahnt sie, daß ihr Wagnis sich rächen werde.

Ich stehe auf, um sie zu stützen, weiß aber nicht, wohin sie will, ob sie ein Ziel hat. Fragen mag ich nicht, dieser Akt muß sich schweigend vollziehen, jetzt ein Wort wäre eine Demütigung, ich würde den rechten Ton nicht treffen. Ich nehme ihren Arm. Sie ist feucht unter der Achsel, der Ärmel ist naß von verschüttetem Getränk. Maxines Schwere liegt auf meiner Hand, sie hat ein ungeahntes Gewicht. Sie gibt kein Zeichen, daß Hilfe ihr willkommen sei, sieht geradeaus, als gehe sie allein! Sie fühlt sich im Wert gefallen: der Gast, den sie bis soeben noch aus einer Distanz beherrscht hat, muß ihr jetzt beistehen. Sie sagt: »Danke – ich kann auch allein –«, – aber sie kann nicht allein und weiß es. – »Ich kann auch allein – ich bin noch nicht am Ende–«

Nicht ablenken, Maxine! Kein Pathos, bitte! Sprechen wir nicht von deinem Ende, dessen Zeuge ich nicht zu sein begehre.

»Noch nicht – nein – aber bald, ja – ich weiß es – dann geht es hinab mit mir –«

Wohin auch immer, Maxine, es ist noch nicht soweit. Bis dahin wirst du noch manche Flasche geleert, manche Herkunft ausgelotet haben, vielleicht wirst du sogar noch einmal unterm Weihnachtsbaum liegen. Zunächst auf eine Bank. Hinlegen! Hoffentlich wird dir nicht schlecht: es sind die körperlichen Ausbrüche, die ich bei anderen so wenig ertrage wie an mir selbst. Mir selbst habe ich sie schon lange abgewöhnt. Ich würde sie auch anderen abgewöhnen, doch wo beginnen? Wäre ich etwa der rechte Mann, Beherrschung zu lehren?

Aber in die seelischen Ausbrüche versetze ich mich gut hinein: bei anderen; nicht bei mir selbst, da setzt die Kontrolle aus. Anderen kann ich sogar helfen, sofern ich nicht selbst Urheber der Notlage bin. Das, liebe Maxine, bin ich hier nicht; du hast mich bisher noch nicht zur Kenntnis genommen, ich habe dich sogar eingeschläfert, jetzt rächt es sich. Für dich, nicht für mich. Streich sie ein, die Demütigung! Gelassenheit!

Hinab! Ich meine: auf die Bank, nicht dorthin, wohin du an deinem Ende zu gehen glaubst, das noch nicht. Ich habe übrigens keine Lust, dir da zu widersprechen, Maxine. Irgendwann solltet auch ihr für die Abwege eures Glaubens büßen. Bedenke: wir Ungläubigen sind ja schon im sogenannten Diesseits benachteiligt: wir haben nur uns selbst, bestenfalls einander gegenseitig, aber selten. Mit euren letzten Dingen müßt ihr selbst fertigwerden, jeder für sich. Ihr werdet ja rechtzeitig vorbereitet, oder nicht?

Maxine sinkt auf die Bank, fällt seitlich gegen das Kissen, sie liegt. Tränen laufen über ihr Gesicht.

Verzeih, Maxine! Manchmal kann ich meinen Unwillen nicht verdrängen, – ich meine: mir gegenüber, nicht gegenüber dem Erreger, der bekommt ihn kaum zu spüren, für ihn bleibe ich sanft oder nicht? Dir habe ich wohl Unrecht getan: dies ist etwas mehr als Sehnsucht nach dem Weihnachtsbaum. Es ist Sehnsucht nach dem Ende, denke ich, oder vielmehr, genauer: nach Tot-sein. Denn das Ende wird hart werden, Maxine, Trinkertod, das mit den weißen Mäusen ist nicht etwa ein Witz, sie zerfressen dich, die Leber versagt, das Herz setzt nicht auf einmal aus, es erlahmt. Schmerzhaft.

Ich hebe ihre Beine an, der linke Schuh fällt herab, dann der rechte. Jetzt läßt sie sich alles gefallen; als habe sie Betreuung erwartet. Wer hilft ihr sonst?

Nein, um dein Ende beneide ich dich nicht, Maxine. Aber wer weiß, wie das meine sein wird? Todesarten, das sind nicht nur die letzten Demütigungen, sondern auch die letzten Ungerechtigkeiten. Wer da fällt, der stirbt schlimmer als wer ihn zu Fall bringt oder fallen läßt, das ist fast ein Gesetz. Die Mörder sterben friedlicher als ihre Opfer, wer in den Stacheldraht rennt, endet anders als wer ihn hineintreibt. Gerber und Felber haben ein schrecklicheres Ende als Motschmann und Stollfuß, die ja noch gut und gern leben, vor allem dieser Stollfuß, bei Gott!

Maxines Kopf sinkt in das Kissen, die Augen schließen sich, der Blick bricht, wie bei einer jener Puppen, der Schlaf hat sie. Ich bin allein.

Götz Dietrich Stollfuß ist Witwer. Er hat seine Frau früh begraben, sie hat sich gut auf Pilzgerichte verstanden, süß-sauer, noch heute sagt er: da konnte keine ihr das Wasser reichen! – womit denn auch sein Soll an Pietät erfüllt ist. Er lebt allein, nennt seinen Haushalt eine Männerwirtschaft. Hin und wieder besucht er Kameraden von damals, ihre Frauen nennt er: meine Gnädigste. Oder er verbringt ein paar Tage bei Töchtern und Schwiegersöhnen, doch niemals zu Festen oder Feiern, er ist kein Freund der Töne, er will kurze knappe Worte, er sagt, es wird viel zu viel geredet. Sein Lieblingswort ist ›Sauberkeit‹, es ist ihm beinah zu lang, er sucht nach einem einsilbigen Synonym, das wie ein Befehl klänge. Gern hält er sich draußen auf, in der freien Natur, wie man sagt; er ist Naturfreund, Tierfreund, Mitglied mehrerer eingetragener Vereine, die alle Natur schützen, auch die des Menschen, sofern sie ist wie die des Stollfuß.

Da draußen sieht man ihn niemals ohne seinen Lieblingshund, Schäferhund, einen also aus der Zucht jener Tiere, die von Natur aus gutartig und schuldlos, von Stollfuß und seinesgleichen zu Mördern gemacht werden, zu hilflosen Opfern ihrer

Gelehrigkeit. Stollfuß, in Loden gekleidet, schreitet über die herbstliche Scholle – so nennt er sein Gelände –, er hält den Hund eng neben sich an der Leine, das Fell reibt sich an den Reitstiefeln; so geht es querfeldein in die Äcker: eine imaginäre Inspektion. Manchmal bewegen sich die Lippen und formen einen Befehl an unsichtbare Leute im Gelände dort hinten, er sieht sie vor sich, mit geschorenen Schädeln; aber den Laut gibt er nicht, oder selten und nur wenn er weiß, daß er weithin allein ist. Er hat sich gut gehalten, ist, wie er sagt, nicht so leicht umzukriegen, hat immer ein gesundes Leben geführt. Gewiß, man wird älter, das Haar spärlich, unter ergrauten Strähnen ahnt man noch den glatten Scheitel von einst. Er lebt im Ruhestand, der ihm gut bezahlt wird, er beklagt sich nicht, da gibt es anderes zu beklagen; den Verlust der Sauberkeit zum Beispiel, oder der Ehre, die ihm als Mensch über alles geht. Oder den Schwund an Schäferhunden, deren Zucht und Dressur er früher vorbildlich betrieb, ja, da pfiff er seinen Rüden, machte sie scharf, so scharf, daß sie selbständig töten konnten. Er hat da gute Resultate erzielt und hofft sie wieder zu erzielen, wenn die Zeit reif ist, dem Wildererwesen auf allen Gebieten entgegenzutreten; wenn die Zeit der Abrechnung kommt und das große Aufräumen beginnt. Man muß die Viecher nämlich, bevor sie angreifen dürfen, einen oder zwei Tage hungern lassen, dann zeigen sie, was sie können, er hat oft seine Freude daran gehabt.

Plötzlich verändert der Raum sein Gesicht. Eine Beklemmung breitet sich aus. Maxine hat sich mir im Schlaf abgewandt, sie läßt mich allein mit all ihren Gegenständen, ihrem Zubehör, dessen stummes Da-sein auf einmal nicht mehr freundlich oder neutral wirkt, sondern auffordernd, herausfordernd und frech. Maxine, die Meisterin, ist abwesend, ihr Material kommt mir nah, zupft an mir, die Dinge warten, daß ich mich ihrer jetzt bediene, und sei es auch zu meinem Schaden.

Bediene dich meiner, sagt die Schreibmaschine, bediene mich, und auf meiner Walze wird ein Text entstehen, der dich endlich in deinem wahren Licht zeigt, du Held. Setz mich auf, sagt Queen Marys Hut, ich stehe dir wie eine Narrenkappe, hier kannst du deine eigene Fastnacht feiern, niemand sieht dir zu, dir wird vor deiner eigenen Ähnlichkeit bange. Die Schirme: spann einen von uns auf, such dir den schönsten und geh hinaus in den Sand, in die Sonne, wir schützen dich. Aber wer ist es eigentlich, den wir da schützen?

Diese Schirme. Daß man hier nicht zu besseren Erfindungen vorgedrungen ist als zu einem lächerlichen Requisit. Neville Chamberlain oder Charlie Chaplin oder der pechkohlrabenschwarze Mohr gehen in der Wüste spazieren –

wer hat ihn eigentlich erfunden, den Regenschirm?

als ob es da überhaupt eine Frage gäbe! Oder vielmehr: als ob sich das nicht jedermann selbst ausmalen könnte. Nichts leichter als das, diese Geschichte meistere ich spielend. Schade, daß Maxine mir nicht zuhört, sie würde wach bleiben. Man lernt es in den Lesebüchern für die erste Klasse. Für die zweite, würde Maxine sagen, sie hielte es für glaubhafter.

Das war kein anderer als ein kleiner dünner drahtiger Schneider, das was man ein Schneiderlein nennt, ein Neutrum also, mit kalten Füßen und knackenden Handgelenken, wohl auch gezwickt von der Gicht, obgleich die, glaube ich, nur Nichtstuer plagte, – wie auch immer: ein Schneider, der zu irgendeiner Zeit – nein: zur Spätzeit der Duodezfürstentümer – zu Ansbach wohnte und sich dort eines Sonntags bei Regen und Gewitter einer johlenden Menge, die unter den Dächern und an den Fenstern stand, mit einem pilzartigen Ding präsentierte, das er sich aus Mistgabelzinken, Hautfetzen aus der Abdeckerei und einer Bohnenstange gebastelt hatte. Und spindeldürr und schlotternd lief er die Straße auf und ab, das Ding über sich haltend, tief in seine Tätigkeit versunken, obgleich man ihm unflätige Worte zurief – vielleicht sogar Jud! weil er einen Ziegenbart trug, wie der Schneider im Märchen, – ihn auch mit Unrat bewarf, und die vornehmen Leute in ihren Kutschen die Köpfe schüttelten, alle in hämischer Erwartung, daß der Blitz in das Ding und damit auch in ihn fahre; daß also Vernichtung ihn treffe, die sie jedermann wünschen, der anders denkt als sie. So hüpfte er über die anschwellenden Pfützen wie eine Heuschrecke, ganz und gar lächerlich, und doch, unsichtbar, von der Würde des Scheiternden gezeichnet, ein Don Quixote, – freilich war da wohl keiner, der das so sah. Aber eben: die Werfer, die Lächler, die Rufer, die Johler und die Grinser, sie alle wurden naß, wenn sie die Köpfe herausstreckten, und er wurde es nicht.

Und schon am Sonntag darauf dachte mancher anders über die Sache und meinte, es sei wohl doch etwas daran; manch einer bastelte schon im geheimen und wartete auf Regen. Es war denn auch ein protestantischer Pfarrer, fortschrittlich, aufgeschlossen, seiner Zeit um einige Ellen voraus, human, wie man so sagt, der von der Kanzel herab die Kirchgänger zur Einsicht zu bringen suchte. Es sei dies, so predigte er, doch wieder ein von Gott tatkräftig unterstützter Sieg des menschlichen Geistes über die Naturgewalten. Wieder einmal sei ein Mensch, freilich ein bescheidener, demütiger, der Mühsal und der Unbill Herr geworden, die das Walten der Elemente, gewiß meist als gerechte Strafe Gottes für unser Sündendasein, über uns hereinbringe: so jedenfalls steht es in den Schulbüchern. Und dieser Sieg des Geistes, so steht da geschrieben, oder vielmehr gedruckt in vieltausendfacher Auflage, habe sich dann ja auch fortgesetzt und Früchte getragen, er habe zur Nähmaschine geführt, zum Telefon und zum Fernsehen, und der unendliche Segen, daß der Mensch heute den Mond betrete – all das, wohlgemerkt, steht in den Lesebüchern, und nur das – sei nichts als eine natürliche Folge der Entwicklung gewesen, die mit dem Unternehmergeist unseres Schneiders begonnen habe, der Schneider sei ein Wendepunkt oder auch ein Markstein; nur im Wortlaut eines Vergleiches oder einer Metapher unterscheiden sich die Schulbücher voneinander.

Hickel hat er wohl geheißen, das scheint mir der rechte Name, Christian Dietrich – nein, nicht Dietrich – Gottlieb Hickel, denke ich, oder Hinkel, und er ist dieser Erfindung – wenn wir den Schulbüchern, vor allem den konfessionell gebundenen, glauben dürfen, und zum Glauben sind sie ja da – er ist dieser Erfindung im Himmel froh geworden, nicht aber auf Erden. Leider stieg sie ihm zu Kopf, –

da liegt die Lehre, – denn er sah, daß sein Beispiel auch unter den Hochgestellten, ja, den Standespersonen, Schule machte, seine Erfindung wurde begehrt. Man zahlte ihm sogar drei Batzen – aus der Privatschatulle – damit er dem Markgrafen Friedrich Wilhelm von Ansbach ein solches Ding mache, das dieser dann seiner Maitresse schenkte: nicht mehr der Madame de Champolion, die hatte inzwischen ausgedient und war abgeschafft, sondern einer Frau von Rottenbach, seiner eigenen natürlichen Tochter übrigens, die ihm drei Söhne gebar, was nicht in den Schulbüchern steht, es hat ja auch mit dem Schirm nichts zu tun, jedenfalls nicht soweit man weiß. Der markgräfliche Schirm war allerdings nicht aus Abfall gemacht, sondern aus Gold, – für das hundert Landeskinder nach Batavia mußten; so weit geht die Liebe eines natürlichen Vaters! – und aus feinster Schweinehaut, aber noch nicht, wie man vor ein paar Dekaden in Deutschland Regenschirme herstellte, aus Menschenhaut, was übrigens auch nicht in den Schulbüchern steht.

Wie dem auch sei: nun wollte Hikkel hoch hinaus, es hielt ihn nicht mehr in Ansbach, wo er trotz alledem ein Schneiderlein geblieben war. Er zog nach Treuchtlingen, um sich hier, zunächst in aller Stille, einen, wenn auch bescheidenen, Adelstitel zuzulegen oder vielmehr zuzudichten und später irgendwo als Herr von Hickel, besser, als Rittmeister von Hickel in der Gesellschaft aufzutauchen, ohne zu bedenken, daß seine Gestalt dem Titel nicht entsprach, das wieder steht in den Schulbüchern. Es war sein Verderb: die Adligen merkten es sofort und hetzten die Hunde auf ihn, die Bürger, die den Adel nicht besudelt haben wollen – auch die Schulbücher wollen das nicht, – beschimpften und bewarfen ihn, er begann zu trinken, meist Fusel, vertrank seine letzten Pfennige, brach schließlich in Schnapsbrennereien ein, um sich zu versorgen, und endete in den fürstlich thurn- und taxisschen Branntweinkellereien zu Regensburg oder vielmehr in der Gasse davor, wo man ihn am 15. August 1769 – Napoleons Geburtstag: einer jener Zufälle, mit denen das Leben nicht spart oder nur dann spart, wenn er dem Betroffenen das Leben retten könnte – wo man ihn also unter einem Regenschirm liegend fand, trocken zwar, trotz Regen, knochentrocken, sandtrocken, aber tot.

Maxine! Diese Schläferin macht mir Angst. Sie schläft sich ein: ihre tägliche Übung. Eines Tages wird sie nicht mehr erwachen, bald hat sie es geschafft.

Ich lasse sie im Schlaf,

gehe hinüber und hinauf in mein Zimmer. Ich versuche den Wasserhahn. Es läuft lau und dünn, aber es läuft. Im Spiegel über dem Becken sehe ich aus wie überall und immer. Das beruhigt. Das enttäuscht.

CHI TOCCA MUORE!

Diese Eisenplatte, gut gegossen, die Buchstaben erhaben geprägt, – so etwas wird heute nicht mehr gemacht. Chi tocca muore: das ist kurz, präzis, unmißverständlich. Ich habe das Schild von einem Hochspannungsmast abgeschraubt und seine Rundung geradegehämmert, jetzt liegt es fest und schwer auf den Zetteln, auch auf den kleinen, auf den Fahrkarten, Billets, Miniaturnotizen.

Der Mast stand neben einem Friedhof im Veltlin, nahe einer Trattoria, wo ich gern mit Padre Camillo und Padre David grüne Tagliatelle aß. Ich saß zwischen zwei Freunden, von beiden wohlbeschützt vor Papst und Kardinälen, und gleichzeitig umgeben vom schwarzen Segen einer Kirche, die es nicht gibt, die hier hinter grünen Tagliatelle erst entworfen wurde, aber niemals entstehen wird; eines luftigen Gebäudes in Gott, voller Freiheit. Eine Religion wurde da begründet, bei Veltlinerwein, die sich im Vorschweben erschöpft, meine beiden Tischnachbarn ergaukelten sich und mir eine große Sache, die nach der Mahlzeit wieder zusammenbrach. Die Trattoria heißt ›La Corna‹, hier die Karte, und ich empfehle sie befreundeten Essern, sofern sie noch leben und gern grüne Tagliatelle essen, diese beiden Faktoren müssen allerdings zusammenkommen.

CHI TOCCA MUORE: Wer berührt, stirbt! Fertig! Kein Wort zuviel, ein klarer Satz. Es liegt darin konsequente unerbittliche Strenge, Gerechtigkeit ohne Selbstherrlichkeit. Ernster Hinweis, daß mit Hochspannung nicht zu spaßen ist, da sie weniger Gnade kennt als der Richter eines Mordes, der bekanntlich mit sich reden läßt; der Mast nicht. Chi tocca muore – und doch: ein leises Bedauern über den vorzeitigen Tod des voreilig Berührenden, der ihn freilich sich selbst zuzuschreiben hat, und den man nun, da er auf Warnung so wenig hören wollte wie der Suppenkaspar, gleich nebenan begraben wird; so bekommt der Fall auch wieder etwas Tröstliches oder zumindest etwas Versöhnliches: der Friedhof liegt schön, über der Adda. Der Mast, nicht als memento mori sondern als Werber für die wachsende Gemeinschaft der Entschlafenen, die da unten beisammenliegt und einen erwartet, der, vom elektrischen Schlag getroffen, zwischen sie fällt wie Ikarus. Vielleicht liegt da schon einer zwischen ihnen, der in der Warnung die Herausforderung sah, oder ein willkommenes Mittel, seinem Leben schleunigst ein Ende zu setzen, unter der Erde zu sein.

Ich hätte mir manchmal das Schild selbst gern umgehängt, nur hätte man es mir nicht geglaubt. Dann schon eher dem Nekrepp etwa. Oder dem Perchtl oder dem Stollfuß.

In Tirol, auf einem Friedhof, da stand, ungepflegt, auf einem verzierten geschmiedeten Eisenkreuz: Johann Kupfner, lediger Käser. Dieser Käser tat mir leid. Wäre er Metzger geworden, so wäre er wahrscheinlich nicht ledig geblieben: strotzend vor Muskelkraft hätte er sich die Rechte geangelt und sie aufs Kreuz gelegt, vielleicht gar auf der Fleischerbank, da wäre Fleisch auf Fleisch gekommen! Aber so ein Johann Kupfner eben, der bleibt dünn und bleich vor Magermilch, streicht mit seiner weißen Hand über Ferment und Lab, kostet von Quark und Molke und säuert sich schließlich selbst ein, er findet keine, die ihn auf dem Leib haben will, und so stirbt er unbetrauert und früh als lediger Käser, Friede mit ihm.

›Chi tocca mi uccide‹ – so hätte es Felber getragen oder Lüning, wenn es einer von denen war, den die Angst am Leben hielt. Oder war es keiner von denen, sondern Bloch? Auch der könnte es gewesen sein, Bloch, jetzt erscheint mir der, er taucht aus irgendeiner Vergangenheit hervor, Bloch, sein Bild, sein Name, aber keine andere Eigenschaft als

Furcht vor den Häschern, beim Schachspiel drehte er sich dauernd um, – ja, er war auch Schachspieler.

Wer immer es war, Bloch oder Gerber oder Felber oder Lüning: er nannte die beiden Verfolger seine Häscher.

Häscher: ihm gefiel das Wort, und mir gefiel es, es gefällt mir immer noch, obgleich es da heute natürlich schon anderes gibt, besseres, Bezeichnungen, die das Entsetzliche genauer treffen. Damals genügte es, war sogar in gewisser Weise gezielt: es sollte der Furcht den Stachel rauben, sie in jene Bereiche der kindlichen Angst ziehen, in denen man schließlich heimisch wird, und sollte allmählich auf diese Art die Lächerlichkeit ihrer Ursache bestätigen, einen Zustand herbeiführen, in dem man ohne Waffe auskäme: ein guter therapeutischer Plan, bei rechter Dosierung. Es ist ihm, Bloch oder Lüning, nicht gelungen: seine Furcht ließ sich nicht so leicht entwürdigen wie ihre Wurzel: das Unwesen der Häscher und der Henker, vor denen sie sich aufrichtete. Dennoch blieb es damals bei den Häschern, der Name taugte, sie waren es, seine Verfolger, und immer zwei, Globotschnik und Schmitt-Lindach, Stollfuß und Fötterle, heute natürlich avanciert, nicht mehr auf Streife sondern am Schreibtisch, das Resultat der Streifen anderer, jüngerer, auswertend.

Zuvor hatte ich Lüning geholfen, verschiedene Bezeichnungen an ihnen zu versuchen, doch wir hatten alles andere bald wieder verworfen. Eine Zeitlang nannten wir sie: die Fänger, so zur Probe. Aber es hielt nicht stand. Das Wort ruft Männer hervor, die auf Zehenspitzen unhörbar durch das hohe Korn hüpfen, um schlafende Hirtenknaben aus ihren Träumen und Verstecken zu angeln, und, während die Werbetrommel sich rührt, unter Saufen und Gelächter, Soldaten aus ihnen zu machen, die verkauft werden, das Geld ist für den Landesvater, für die Brillanten am Halsband der Lady Milford oder für den goldenen Griff am Regenschirm der Frau von Rottenbach; Fänger, es klingt nach spitzhütigen langfingrigen gelenkigen Halunken, die einen gerechten Mann in den Käfig locken, damit der Fürst ihn vor den Mauern aufhänge, als warnendes Beispiel an alle anderen Gerechten. Es klingt nach Hundefängern, Vogelstellern, Leimrutenbindern und ähnlichen, aber kaum nach den beiden legalen Fahndern, die hinter Gerber oder Lüning her waren, ausgerüstet mit der Zustimmung der Behörden, bedacht mit dem Behagen einer wachsenden Mehrheit, die sich nicht zu fürchten braucht, die den Schrecken gern billigt, weil er sie nicht trifft, und seiner Ausübung daher nur allzu willig ihre Zustimmung erteilt, denn Ordnung muß sein.

Häscher: das Wort holt Bilder hervor; selten freilich entsprechen die Bilder dem Bild, das Bloch sich machte. Es sind Bilder für Kinder, Bibelbilder; sie zeigen furchtbare Vorgänge aus der Zeit des Herodes, oder auch ein winterliches Dorf von Breughel, belebt nicht von Schlittschuhläufern oder handfesten Trinkern und ihren handlichen Weibern, sondern von finsteren Trossen berittener Lanzenstecher, von Verzweiflung, Frauenschreien, flehenden Gebärden der Vergeblichkeit über gehäuften Kinderleichen, Herodes hat diesmal holländische Schergen ausgeschickt, schließlich gibt es sie überall, die Säuglingswürger, Menschenmetzger, Kinderschänder; am liebsten gehen sie aber doch auf Erwachsene, da ist denn doch mehr Platz für die Angst.

Manchmal, an einem Platz, über den trockene Blätter wehten, die ein alter städtischer Gärtner ohne Hoffnung auf eine endgültige Lösung dieses Herbstproblems in einen Karren kehrte, da stand plötzlich Perchtl oder Kranzmeier vor einer Anschlagsäule, die leeren Hände auf dem Rücken gekreuzt, eine Zigarette steckte neben einem großen Siegelring. Er besah ein Plakat; der andere, Fricke, kam soeben aus dem Pissoir, die Hand noch am Hosenlatz wergelnd, befriedigt über das gestillte Bedürfnis und den wieder wohlverpackten Stiller, dessen Stattlichkeit er in Männergesellschaft gern rühmte – am liebsten sagte er, er habe einen großen Knüppel überm Sack – und in Damengesellschaft gern zwinkernd umschrieb. Fricke also trat hervor, die Augen schon auf der Suche nach einem Punkt, an dem er seine unterbrochene Pflichterfüllung wiederaufnehmen könnte, d. h. wahrscheinlich hatte er sie auch beim Pissen nicht unterbrochen, in öffentlichen Bedürfnisanstalten versteckt sich so mancher oder hinterläßt ein Zeichen – oder ein Paket. Der andere, Kranzmeier oder Fötterle, sah ihn nicht, fiel aber, sein Auge von dem Plakat lösend, wortlos in den Schritt des Befriedigten ein, und schweigend gingen beide weiter, die Hände leer auf dem Rücken, auf der Suche nach gestörter Ordnung. Gerber sahen sie nicht, es dämmerte, und er stand weitab von einem Licht, gelähmt.

Oder er sah sie, etwa durch das Schaufenster eines Ladens, innen kaufte er, außen sahen Globotschnik und Stollfuß auf ausgestellte Ware herab, einer deutete auf etwas, der andere machte eine Gebärde und sagte ein Wort, beide lachten, und Lünings Wunsch zu kaufen war erlahmt, er wollte nichts besitzen oder verschenken, was von den Häschern mit Kommentar belegt worden war, geschweige denn etwas, dessen Besitz sie in Erwägung zogen, er konnte sich nicht vorstellen, daß er ein Zigarettenetui hervorzöge und denken müßte: das gleiche hat Globotschnik. Aber irgend etwas mußte er ja mitnehmen, er mußte das Verschwinden der Beiden abwarten, und wenn er hinaustrat, spürte er ihre Gegenwart noch in der Luft vor dem Laden, auf seiner Zunge war der Geschmack von einem ekligen Staub, einer widerlichen Chemie, auch Leder, Käse oder anderem, ich weiß nicht mehr genau, was er sagte.

Ich schlug ihm vor, sie Sbirren zu nennen, doch diese Bezeichnung war ihm zu farbig, sie schien ihm eine Flucht in die Historie. Sbirren, auch das waren ja solche, die alle Griffe beherrschten, den kurzen Schlag ins Genick, der das Opfer manchmal für immer zum Verstummen brachte!, die Würgehand, die Daumenschraube, die frühe Form der Garotte, von der Inquisition erfunden und an den ersten Ketzern erfolgreich ausprobiert, heute in Spanien bis in die letzten Feinheiten entwickelt, man arbeitet noch daran; sie beherrschten überdies das Steuerrad der Streckfolter, den gerippten Dolch, und Knoten konnten sie in Hanf binden, besser als jeder Pfadfinder.

Da gehen sie, auch sie immer zu zweit, von Terror umwittert, in Schrecken gehüllt, Diener der absoluten Willkür und Gewalt des Kirchenstaates, maskiert und vermummt, Nachtgespenster, dunkelblaue Fledermäuse, nur flattern sie nicht, sie schreiten, oder, besser gesagt, sie wallen, in einem getragenen Marsch, das Metronom auf grave gestellt, den Dreispitz auf dem Kopf oder im Ellbogenwinkel. Bei jedem Schritt wirft sich am Knie der seidengefütterte Umhang auswärts: so geht es langsam, immer langsam vorwärts weiter, sie verbreiten Entsetzen meterweise, vor ihnen flieht der letzte späte Straßengänger ins Dunkel einer Nebengasse, die er sonst nicht betreten würde, allerdings hatten zu jener Zeit späte Straßengänger ohnehin kein gutes Gewissen: Bravi, von irgendeinem Prinzen gedungen, um einen anderen Prinzen umzubringen. Sbirren, subalterne Schurken, Häscher, unterstellt einem gehobenen Schurken mit Stil, einem Baron Scarpia oder einem gräflichen Präfekt, das Amt ist seit der Zeit Innozenz des Vierten kostbarstes Privileg seiner Familie, erst Pius der Zwölfte hat es der seinen zugeschanzt, die sich daran bereichert hat.

Der frühe Herr der Sbirren, der dinierte nicht selten mit dem Papst, bei Kerzenlicht, es gab Singvögel aus den päpstlichen Gärten in Castelgandolfo, in einer leichten Sauce, in umido; Beide, Papst und Präfekt waren Feinschmecker, seine Heiligkeit nahm gern eine Scheibe Polenta dazu und tunkte die trockenen Brocken in die Sauce, seine Heiligkeit pflegte gewisse bäuerliche Bräuche, in Parenthese, versteht sich, und nicht ohne selbst darauf hinzuweisen, ließ sich auch gern deswegen rühmen, allerdings pflegte sie – ich meine seine Heiligkeit – auch andere Bräuche, die sie lieber geheimhielt, nur der Geheimkämmerer kannte sie, und sein Schweigen brachte ihm manches Privileg und manches schöne Stück Land ein, vielleicht hat der Grund, auf dem Masante liegt, ihm gehört. Nun gut, auch Gerbers Häscher unterstanden ja in gewisser Weise einem Kirchenstaat, nicht direkt einem Purpurträger natürlich, wenn auch die Purpurträger zu jenen gehören, die mit den Häschern rechnen und sich auf die Ordnung verlassen, der sie entspringen und die sie verbreiten, denn sie wollen das Hohe hoch, das Niedere niedrig halten.

Wann komme ich zur Sache? Niemals natürlich, das sollte ich inzwischen gelernt haben. Niemals. Jedenfalls nicht in diesem Leben. Aber wann kommen denn die anderen zur Sache, und zu welcher?

In Masante hatte ich mir ein winziges Diktiergerät zugelegt, ein elektronisches Notizbuch, ein handliches hebelreiches Spielzeug. Es lag in der Nachttischschublade, unsichtbar, nur das Mikrofon griffbereit auf der Platte, nicht größer als ein dicker Füllfederhalter. Ich wollte jeden Einfall festhalten, der mir nachts beim Erwachen käme. Doch schon der Gedanke, daß es da läge, hat mich daran gehindert, einen Einfall aufkommen zu lassen, hat ihn schon von fern verjagt: das Ding wurde zum Hüter meiner einfallsfreien Nächte: dieser Registrator, immer bereit, mich anzuhören, gab mir die Sicherheit, daß es in mir stumm bleiben würde, solange er da für mich läge. Ein Dilemma: sollte ich das Ding dort lassen, um nachts, sicher vor Einfällen, meine Ruhe zu haben, oder sollte ich es wieder abstoßen, so daß ich nun wieder nichts hätte, um den Einfall festzuhalten, der sich wahrscheinlich in dem Augenblick näherte, in dem ich ihn nicht mehr festhalten könne. In der Tat wurde diese Überlegung zur einzigen, die ich nachts anstellte, sie nährte sich selbst, wurde zum Selbstzweck, ich machte sie mit dem Mikrofon in der Hand: hier zwischen den Notizen die Aufzeichnung, ein Selbstgespräch im Dunklen:

»Der Gedanke ist jetzt auf Gedeih und Verderb mit dem Medium verquickt, ja er entsteht erst anhand der registrierenden Präsenz dieses Dinges in der Schublade. Ein Erinnerungsapparat. Jetzt nehme ich das Ticken der Uhr auf. Wie wird es morgen klingen? Nach gestriger Zeit? Oder ist es schon nicht mehr gestern sondern heute? ›Tis now the very witching time of night.‹ – Nicht auf Hamlet ausweichen! Seine ›wahre Spükezeit der Nacht‹ macht mich zwar wach – doch wach wozu? Zum Diktat der Tatsache, daß ich wach bin. Was weiter? Nichts. Seit heute habe ich das Gerät. Eine Zäsur? Ein Vorzeichen? Vielleicht – wer weiß – sind diese Worte letzte Worte. Da stehen die Schuhe vor dem Bett, ich sehe sie nicht. Sind sie zum letzten Mal ausgezogen und abgestellt? Soll ich diese Worte wieder löschen, oder gäbe ihnen gerade das Löschen erst Bedeutung und Pathos? Gelöschte Worte! Ein Dilemma: gleichzeitig jämmerlich und schrecklich. Morgen wird es nur noch lächerlich sein.«

Soweit die Aufzeichnung. Der Bann war mit diesem Diktat gebrochen, doch erreicht war nichts. Das Gerät sank zwischen andere Gegenstände in Masante. Die nächtlichen Einfälle kamen wieder.

Hamlet. Der kam immer wieder, lange hat er mich nicht losgelassen. Den lege ich hiermit endgültig ab, ihn schicke ich in die Wüste.

Lange Perioden blieb er fern, tauchte gewöhnlich dann auf, wenn ich andere Modelle suchte, und verdrängte sie. Nachträglich stellte ich fest: ich hatte ihn erwartet, das Verschwinden der anderen war mir so willkommen wie der Auftritt des helfenden Verdrängers. Da stand er dann, lungerte herum, nahm Gegenstände auf, betrachtete sie wie Yoriks Schädel, legte sie wieder hin, nicht bei der

Sache sondern bei mir, er wartete auf meinen Entschluß, und plötzlich war er wieder entschwunden wie der Geist seines Vaters, kam dann wieder –

Hamlet, jung und dicklich, immer in Handschuhen, denn er scheut die Berührung, ein beträchtlicher Esser wie ich, ein virtuoser Schläfer, ein dürftiger Wacher. Er kann Tage verschlafen, es macht ihn nur müde, matt und schließlich leicht verwirrt, er verwechselt die Tage und die Tageszeiten: es bedarf keiner allzu großen Anstrengung, um Wahnsinn zu simulieren, er sieht in dieser Methode ein wirksames Mittel der Flucht. Nur unter den ungeordneten Verhältnissen an diesem üblen Hof kann er überhaupt existieren, auf seine eigene Unordnung angewiesen, hätte er längst kapituliert. Hat in seiner Studienzeit zu Paris – zwar ist es Laertes, der in Paris studiert, Hamlet in Wittenberg, das hätte ich geändert, Wittenberg gibt es nicht oder nur in Zusammenhang mit Luther – hat zu Paris andere Sitten und humanere Gestalten kennengelernt und von ihnen profitiert. Da für ihn alles unwirklich ist, gibt er Vermutungen als Tatsachen aus, verwirrt seine Mitwelt, wird auch für seine treuen Anhänger rätselvoll und unberechenbar; unter seinen Inventionen gibt es wilde Dinge, die sich plötzlich als Fakten entlarven, man weiß nicht, woran man ist mit ihm. Redend und überredend vereinsamt er. Zu Horatio etwa: »Ich ließ es mir im Vorbeigehen nicht nehmen, den Mann meiner Mutter zu berühren, unterm Handschuh. Ich wollte prüfen, ob er Materie sei. Er kam aus dem Bad, in Tücher gehüllt. Die Arme nackt. Ich drückte zwei Finger in seinen Oberarm. Er schrie auf. Es blieben zwei gerötete runde Höhlungen, widerlich, sage ich dir. Er ist Materie. Ich rief ihm zu: ›Einbeere, Hundspetersilie, gefleckter Schierling, Tollkirsche, Bilsenkraut! Wer hat dir das gemischt?‹ Er wurde weiß wie Schnee, selbst das Rot der beiden Höhlungen verschwand.« – Horatio weiß nicht, was er sagen soll, das furchtbare Geheimnis, der Mord, das Gift, sind ihm noch unbekannt, sein Freund Hamlet wird ihm unkenntlich.

Wehleidig, ein Hypochonder. Hatte er einen Blick hinter die Dinge? Was waren seine Dinge? The time is out of joint: mehr eine vage Ahnung als der Ausdruck einer bestimmten Sicht. Beweisen konnte er es nur an seinen Umständen, eben daran, daß dieser Onkel und seine Mutter den Vater vergiftet haben; zwar nicht schön, aber doch wohl – im Zusammenhang mit der bösen Zeit und dem Lauf der Welt – durchaus normal. Die Zeit ist niemals in den Fugen gewesen, Hamlet neigt zu Pathos.

Ein gewaltiger Nestbeschmutzer. Erzählt grimmige Geschichten von seinen Vorfahren:

sein Großvater zum Beispiel, ein gewaltiger Fresser und Säufer, habe einen Dieb, einen schmächtigen jämmerlichen Kerl, zum Tode verurteilt, habe ihn jedoch, einer plötzlichen Laune folgend, unter der Bedingung begnadigt, daß er bei der Henkersmahlzeit, die er, der König, gemeinsam mit ihm, dem Dieb, einnehmen wolle, ihn, den König, im Essen übertrumpfe. Der arme Sünder habe gefressen wie noch nie in seinem Leben, eben um sein Leben gefressen. Schweißgetränkt und zu Tode erregt habe er sich von dem lachenden König auftischen lassen, noch und noch –,

und jetzt meldet sich auch bei mir Hunger, angesichts dieser Mahlzeit. Ich will mir nicht auftischen lassen, ich brauche nur das rechte Gericht. Wer macht es mir? Maxine schläft. Das Kochen traue ich ihr auch im Wachen nicht zu, ich sehe sie nicht dosierend oder abschmeckend. Wo ist dieser Wirt? Alain, meine Hoffnung?

Nun gibt es zwei Lösungen: der Verurteilte schafft es, der König gibt als erster auf, begnadigt ihn und weidet sich daran, wie der arme Kerl an den Folgen der ungeheuerlichen ungewohnten Mahlzeit unter furchtbaren Krämpfen verendet. Oder der König gewinnt, und der Verurteilte wird, vollgefressen, so daß es oben nur so herausquillt, gehenkt. Wahrscheinlich wechselt Hamlet mit den Versionen der Geschichte ab, er legt eben keinen Wert auf die Wahrheit des Buchstabens sondern auf ihre Übertragung. Er weiß: man darf nicht bloß auftragen, man muß einreiben, daß es schmerzt, einhämmern, nur ist er zum Hämmern nicht fähig. Eine dritte Version – der Dieb verzichtet auf dieses ekelhafte Zeremoniell, bei dem er auf jeden Fall den Kürzeren ziehen muß – erzählt er nicht, er will dem armen Mann nicht mehr Größe zudichten als er selbst aufgebracht hätte.

Ein Hindernis unter vielen: die Namen. Schon der Name Hamlet ist falsch. Ein Rest Kindersprache haftet daran, da hat eine Amme nachgestammelt, was ein kleiner Prinz mit den Lippen zu formen versuchte. In Wirklichkeit hieß er wohl, wie sie damals und dort hießen, Valdemar. Und damit wäre er seines Wesens beraubt, nun geht es nicht mehr. Bei Saxo heißt er Amleth, das sieht aus, als sei das H verrutscht, klingt nach Chronik. Bei Shakespeare hat schon Hamlets Vater Hamlet geheißen. Das ist unglaubhaft. Er hieß Fengo. Es kann nicht zwei Gestalten geben, die einen solchen Namen tragen, auch nicht, wenn die eine nur von der anderen lebt. Vor Jesus hat es keinen Jesus gegeben, wo wären wir, wenn er, wie sein Ziehvater, Joseph geheißen hätte? Nein, nimmt man Hamlet den Namen, so bleibt wenig übrig. Er lebt von dem, was er nicht getan hat; sollte er noch nicht einmal den Namen getragen haben? Einer, der zum Beispiel Gorm heißt, ein rechter Wikingernachfahre, der hätte etwas zustande gebracht, so einer hätte ins Horn gestoßen wie Roland und wäre mächtig zu Felde gezogen, vor dem hätte Fortinbras gezittert. Aber Hamlet? Hätte er wenigstens in jener Nacht, da seine Mutter ihn rufen ließ, die Mutter vergewaltigt, so hätte man etwas in der Hand, ja, ich habe den Verdacht, daß es der Vergewaltigung gar nicht bedurft hätte, sie hätte ihn recht gern auf sich genommen, nur natürlich – natürlich? – nicht gerade wenn Polonius hinter dem Wandschirm steht, um zuzusehen. Oder doch? Vielleicht ließ sie sich gern zusehen. Daß Polonius ein Voyeur war, liegt auf der Hand. Hamlet nennt ihn einen Fischhändler: offensichtlich ein verachteter Beruf, obgleich damals wahrscheinlich noch ehrlich, die Fische waren noch eßbar. Den immerhin hat Hamlet erlegt, – a rat! – das wenigstens ist ihm zugute zu halten, – dead for a ducat, dead, – dabei ist es Zufall, daß er den Kerl mit einem blinden Stich mitten ins Herz trifft. Und doch ein großer Augenblick, denn diese Tat ist ein Wendepunkt, jetzt wächst er über sich hinaus, wird größer, verzichtet sogar darauf, dem Laertes die Umstände zu erklären, unter denen er dessen Vater getötet hat, will er ihn schonen? Vielleicht. Mildernde Umstände braucht er nicht mehr, er gießt den Rest seines Lebens in den Strom des allgemeinen Unheils. – Wie dem auch sei, die Geschichte, mit all ihren Unstimmigkeiten, ist besser erzählt, als ich es könnte. Ihr Unheld betritt mein Zimmer nicht mehr, ich nehme mit mir selbst vorlieb.

Ein Blick hinaus: es dämmert, und es ist klar zum abtasten. Klar und furchterregend, denn unter der Ruhe der Hügel und ihrer schrecklichen Risse scheint es sich zu bewegen,

plötzlich ist die Wüste belebt, bevölkert von unsichtbaren Leichenräubern, Skeletträubern, Totengräbern und Fledderern, sie haben sich versteckt, tief dort hinten unter den wachsenden Schatten in den Schluchten, hinter den Hügeln; ihr Atem steigt hinter den Hängen auf, Rauchsäulen, Wolken, ich spüre Blicke auf mich gerichtet, bin das Zentrum eines Strahlenkranzes von bösen Blicken, – wenn ich jetzt hineinrufen würde in die Wüste? – ein Laut wäre lächerlich und unerträglich, er würde sich ausbreiten, platzen und zerstieben, eine Wolke von Unheil, die jedes Echo zurückjagt oder unterdrückt, – was ist das plötzlich? – Hier bleibe ich nicht. Noch unerträglicher der Gedanke, daß mir etwas antworten könnte. Zwischen den Hügeln und aus den Spalten quillt es jetzt schweigend und herausfordernd auf mein Fenster zu, es wälzt sich vorwärts, aber was ist es? Die Farben verändern sich, aber welche Farben sind es? Und zu welchen Farben verändern sie sich?

Eine Anwandlung? Eine Anwandlung, – schönes Wort! – und sie geht schon vorbei. Eine Warnung immerhin! Ich soll mich nicht allzu weit hinauswagen. Ich erinnere mich: auf unheimlichen Wegen habe ich immer gepfiffen, das tun sie oft im Märchen, hier stimmt das Märchen. Nur war es bei mir umgekehrt: ich pfiff nicht, weil mir unheimlich war, vielmehr wurde es mir unheimlich, weil ich feststellte: ich pfeife.

Was geschieht hier mit den Kranken oder den Sterbenden? Ich habe die Frage schon auf der Zunge gehabt, habe sie aber wieder geschluckt, sie war noch verfrüht, auch bin ich noch nicht zu Wort gekommen. Sie wird sich in einem Gespräch ergeben. Beiläufig wäre sie am besten gestellt, so als komme sie ganz natürlich. Wie man nach der Toilette fragt, sofern man sie nicht selbst entdeckt. Nur fällt die Antwort nicht so kurz und befriedigend aus. Ihren Gegenstand entdeckt man nicht selbst. Man wird sagen, es werde von der meteorologischen Station dort drüben telefoniert, und wird mir, so fürchte ich, von dem letzten derartigen Fall berichten, von dem ich aber nicht hören will. – Die Frage drängt nicht, es gibt keine drängende Frage,

außer der: was mag es hier zu essen geben? Und wer bereitet es? Die Wirtin fällt aus, bleibt der Wirt. Alain: der Name sagt noch nichts darüber aus, ob sein Träger kochen kann. Es klingt als könne er es. Aber der Ort macht mir nicht den Eindruck, als sei er den Taflern günstig, die Nahrung kommt von weit her, und la dernière chance ist nicht la bonne auberge, oder etwa doch?

Gebrüder Umlaufft, Kraftfutterfabrik. An dieses Schild erinnere ich mich, ich fuhr mit der Bahn daran vorbei, es erschien kurz und drohend und wurde von einer Reihe stehender Güterwagen gelöscht, vom Widerhall meines vorbeifahrenden Zuges. Die Heimat aller Güterwagen ist bekanntlich Kassel, aber nun standen diese hier, wahrscheinlich um, hier sich entfächernd, frisches Kraftfutter der Gebrüder Umlaufft über Europa zu verteilen, das im metabolistischen Kreislauf, auf dem Umweg über das Rind, an uns alle gelangt. Alle lassen sich mit Kraftfutter füttern, das dieses Brüderpaar, mag es auch sonst so uneinig sein wie Kain und Abel, mit vereinter Energie erfolgreich und unerbittlich dem Vieh hinschiebt, auf daß es kraftspendend gefressen werde und sich in veränderter Form auf die Tische der Welt lege, wo man es ohne Frage nach Herkunft oder Zusammensetzung zu sich nimmt, im festen Glauben an den Wert der rechten Nahrung und im Vertrauen auf die Redlichkeit der Ernährer Umlaufft und anderer. Denn es geht immer noch um Erhaltung und Vermehrung, es geht ums Überleben, um die Kraftprobe angesichts unerahnter verdrängter Gefahren, um die Widerstandskraft, bis zur endgültigen Vernichtung durchzuhalten und zu leben, als bereite sich kein furchtbares Ende vor. Der Nährwert des Exkrements ist bereits entdeckt, sein Gift wird allerdings noch verschwiegen, denn es enthält wertvolle Stoffe, die wieder wertvolle Exkremente liefern; der sie ausscheidet ist dabei von sekundärer Bedeutung. Schon trinken die Raumfahrer ihren eigenen Urin, durch eine kleine Chemikalie schmackhaft gemacht, so wird der Kreislauf radikal verkürzt, der Stoff des Stoffwechsels braucht sein Gehäuse nicht mehr zu verlassen, der Mensch ernährt den Mensch, bald beginnt er, seine Zehen anzuknabbern und muß sich an seinem eigenen Atem erwärmen.

Nun gut, der Genuß des Essens ist ohnehin seit langem vorbei, man muß sich sein Material zusammensuchen. Der Schwund wird froh getarnt, Ersatz wird gepriesen und zelebriert, an künstlicher Nahrung bereichern sich die Reichen, an Backpulver, an Kaffee-Ersatz, an chemisch geblähtem Fleisch, das erst in der Pfanne wieder zusammensinkt, sein Gewicht erst verliert, wenn der Gewinn eingestrichen ist.

Ich sehe da ein anderes Schild vor mir, weiß aber nicht mehr, wo es war: Heinrich Herrenacker & Söhne, Gewürzgroßhandel. Das klang mir nicht mehr nach Spezereien sondern nach Gewalt. Wer weiß, welcherlei Stoff Herrenackers Gewürzmühlen mahlen, wenn eine andere Zeit es befiehlt und die Not es durch ihre Verkünder und Verwalter gebieten läßt! Welcherlei dunkle Quellen sich dann dem Vater Herrenacker erschließen! Hat er sich nicht schon einmal umgestellt? Und wenn er gestorben ist, so herrschen jetzt seine Söhne über den Handel: Heinrich junior, Erstgeborener, alter Herr einer alten Verbindung, Verfechter von Zucht-und-Ordnung, Durchgreifer, Schmetterlingssammler, Moseltrinker; und Karl Friedrich, Kirchenratsmitglied, der Junggesellenabende in seinem Jagdschlößchen, ehemals kurfürstlichem Besitz, mit selbsterfundenen Zoten würzt – die eine, die mit der Dame und dem Loch im Pelz, hat sogar Aufnahme in ein Herrenjournal gefunden –, und der für seine Freundin, ehemals Stewardess, eine Wohnung im Arabella-Park in München gemietet hat. Was mögen die drei vom Würzen verstehen oder verstanden haben!

Das Würzen war damals, bevor ich nach Masante zog, mein Gebiet, und als ich es aufgab, ließ es nach, leerten sich langsam die Gläser, stießen die Zähne meines früheren Gefolges auf faden Stoff, und die Zunge blieb unbelebt, der Mund sehnte sich vergebens nach einem krönenden Nachgeschmack. Vielleicht hat man nach mir gefragt.

Oft war ich selbst im Bann dieser Aromata, und hin und wieder hat es mich bei der Ernte schon überwältigt. Ich denke an jenen heißen feuchten Sommer, damals wurde der Gang durch den Garten zur Expedition in subtropisches Gelände. Es war das Jahr des Basilikum, und es kam, als hätte es eine Katastrophe zu verkünden; früher hätten die Chronisten es als böses Zeichen gedeutet, und eine Züchterin, von giftigen Nachbarinnen verraten, wäre als Hexe verbrannt worden, etwa von Homer B. Shrinkle, dem amerikanischen Presbyterianerpastor und Hexenjäger. Kaum gesät, stieß es eines Morgens als grüner Schimmer aus der Erde hervor, gegen Mittag wuchsen schon die Blätter, die Stengel schossen in der Nacht empor, um am nächsten Tag Blüte zu zeigen, am übernächsten wild zu wuchern, grün, saftig und bauschig gekräuselt und fleischig, die Blätter dick wie Knollen, ungeahntes Gewächs, der Geruch benebelnd wie ein Rausch. Es machte den Garten zu einer Wildnis, wucherte unter einer stehenden Duftwolke empor, die mich betäubend umwehte, wenn ich ans Schneiden ging. Den Kopf abgewandt, zog ich die Pflanzen in Büscheln heraus, um von diesem Boden loszukommen, und schon am nächsten Tag wuchs es neu auf der gerodeten Stelle, am übernächsten rupfte und mähte ich mich erneut durch das Gewächs, immer inmitten einer dampfenden Schwere, einer Nässe, die warm aus der Erde stieg. Sie bemächtigte sich meiner Haut, meiner Knochen, ließ meinen Kopf schmerzen, und beinah versank ich zwischen dem Gesträuch, aus dem, bei meinem Vorwärtsdringen, stets ein Schwarm Fliegen auseinanderstob, Fliegen der blauschillernden Sorte, Aristokraten unter dem Ungeziefer, Insekten, die man nicht jedes Jahr zu sehen bekommt, und nur im Basilikum und im Majoran, Salbei scheuen sie, Thymian tötet sie. Ich wurde zum Opfer meiner Zucht, schließlich säbelte ich mich wütend durch das Kraut und atmete den feindlichen Balsam ein, bis ich zuletzt, beinah ohnmächtig, den Beeten entstieg, beladen von Sträußen von Grün, wie ein bekränzter Totem, als sei ich selbst einem bösen Kult nachgegangen, der seine Anhänger anlockt, um sie zu vergiften. Körbe füllten sich mit diesem Kult, Speicherräume mit trocknenden Bündeln, und all das, um tausende von Gerichten zu würzen; um den Vollzug der Nahrungsaufnahme als Notwendigkeit zu verschleiern und ihn mit dem Gewand der Kunst zu umhüllen, – wo bleibt da Heinrich Herrenacker, wo bleiben da diese traurigen Söhne!

Der Gaumen wurde selten besungen, selten oder nie das Essen, dafür mehr die Beschaffung. Diese Elegien der Vorfreuden des Leibes! Um Jagd und Fischfang und Weinernte winden sich Religion und Poesie und Legende wie verstaubte Weinranken, noch heute finden sich Hymniker und Apologeten der eßbaren Natur, wie sie uns ausstirbt. Die Verdauung dagegen hat niemand beim Namen genannt außer Rabelais, dem Rhapsoden des Stuhlgangs und der blühenden Darmflora. Auch Käse besingt niemand, Käse stinkt und entzieht sich stinkend dem Ausdruck des Dichters, um sich volkstümlicherem Sprachschatz hinzugeben, da wird das Wort denn klangmalerisch-vorfreudig zwischen Gaumen und Kehle gepreßt: in Zürich sah ich einen Laden, darauf stand: Chäs-Stünzi. Mein eigener Name war mir niemals sehr wichtig, sonst wäre er mir öfters lästig geworden, – dennoch: so möchte ich um meiner selbst willen nicht gerufen werden: ein Schülerscherz; so heißt der Depp, der stinkt. Da, scheint mir, schneidet selbst das Chäs-Vreneli besser ab – auch sie ist ein Wahrzeichen und ein Warenzeichen des Käsehandels, – dieses treuherzige Gesicht, von einem blonden Zcpf umwickelt, so schaut sie von der Schachtel, in der Hand die Blume der Jungfernschaft, derer sie niemand beraubt: dieses Vreneli kann sicher sein, daß sich ihm niemand in unehrenhafter Absicht nähert, und auch in ehrenhafter wohl kaum jemand, denn diese Art der Unschuld ist angefault und riecht nach nichts anderem als Käse.

Andere Jahre: es gab Sommer, und sie waren die meisten, in denen kam Gröberes hoch, kräftigeres Kraut, mehr für alltäglichen Verbrauch Berechnetes, der nahrhaften Suppe, dem Eintopf am Weltspartag Zuträgliches, zum Beispiel Liebstöckl, – das klingt nach erotischer Herzhaftigkeit, vagantenhafter Minne, nach Knüppel-aus-dem-Sack und flugs, hastunichtgesehen, unter den Rock der Hausfrau; nach dem Ding des Metzergesellen oder des Müllers aus den Canterbury Tales; hat aber, obgleich es wie Bäume wächst und Büsche formt, mit alledem nichts zu tun, man nennt es auch Maggikraut. Es schoß empor und in die Breite, beherrschte bald den Garten und schreckte alles Edlere ab. Die duftenden Gewächse blieben dann klein, krochen schwarz und mickrig am Boden dahin, reckten da ein Blatt und dort eine Blüte in den Wind, um jäh im beginnenden Herbst zu verenden, schwarzrandig, verdorrt, vorzeitig modrig, von Vogelschnäbeln durchlöchert und zerfressen von glitschigem Gewürm, noch ehe das Jahr gefallen war.

Hier würden, wenn ich länger bliebe, die Jahreszeiten mir verwischen; eine wesentliche Orientierung wäre lahmgelegt. Schon deshalb muß ich bald zurück nach Masante: ich komme aus dem Rhythmus, der mich am Gehen hält. Aber es wird wohl Herbst darüber werden, Spätherbst,

da sehe ich mich aus dem Fenster sehen, und alles ist schon gegilbt, wenn nicht gefallen, der Baum vor dem Fenster ein Gestänge, und dahinter erscheinen die Umrisse der Stadt Urbino auf dem Hügel, das Haus des Einäugigen; es weht Blätter gegen die Scheiben, –

wer hat den Herbst erfunden, oder vielmehr: wer hat ihm den Stellenwert gegeben, den er jetzt hat? Verdammt soll er sein, der Erfinder dieser Ahnungen, dieser Störungen, die unsereins nicht mehr aus den Knochen bringt; sie sitzen unter der Haut und lassen sich durch einen Hauch von außen erwecken, ein Schauder rieselt über die Hülle, und schon wird die Haut rauh, und doch wird innen alles leicht, Allergie und Allegria zugleich, – was ist das?

Das, mein Lieber, ist der Tod, den uns ein lächerlicher Frühling später vergeblich wieder aus den Gliedern zu treiben sucht, so als erwache die Erde jemals wieder und ginge nicht ihrem Ende entgegen; als sei die mit Blüten und Abfall überdeckte Kruste etwas anderes als eine immer neue Schicht des Altersschorfes. Was da verfault, verrottet, vermodert, zersplittert, zerfieselt und sich auflöst, gleicht sich einander an, wird zu einer Masse, die sich über alles verteilt, und wenn die Lagen von Schnee darüber schmelzen, kommt es gut gemischt wieder hervor, ist alles eins geworden, die Märzsonne trocknet es, diese giftige Frühlingssonne, die tötet. April is not the cruellest month, Mr. Eliot: March is. Der Bauer, der seine Frau loswerden will, schickt sie im März zur Arbeit aufs Feld, die Klagen hört er nicht, sie überlebt es nicht lang, schon im Mai ist es vorbei mit ihr, die Ernte besorgt schon die nächste Frau, – das waren so die Sprüche der Region, in der ich früher wohnte, bevor ich Masante bezog.

Dort im Gebirge beginnt jetzt schon bald die Sterbezeit des Jahres. Gegen Ende des Sommers rafft es die alten Leute dahin, und sofort beginnen die Glocken zu läuten, –

läuten? Sie beginnen heillos, auf Teufel komm raus, zu bimmeln und rühren den Himmel auf, verscheuchen Geister, ersetzen Scheiterhaufen, eine dröhnende Inquisition, – mich erinnerten sie daran, daß jetzt die Zeit war, im Spinatbeet Schnekkengift zu streuen –, es wurden in der Tat dort früher Hexen verbrannt, die Akten der Prozesse liegen noch in einem verstaubten Zimmer im Gemeindeturm (frühes Fünfzehntes), eine Leiterlage darüber, im Gebälk, hängt die Brandglocke, auch für Überschwemmungen zu schwingen, aber die großen Glocken sind im Kirchturm (frühes Vierzehntes) über der Kirche (lombardische Gotik, schlecht). Die Kirche ist beim Dorf und bleibt dort, schon das war ein Grund, wegzuziehen, vier Glocken ertönen, vor allem wenn Maria es gebietet, in einer Skala vom Zirpen bis zum Dröhnen, das Echo der Mauern leitet den Ton stechend scharf ins Ohr, das Trommelfell vibriert, wirft Wellen durch den Körper hinab, dort wo nach Willen der Priester das Schuldgefühl sitzen soll, das der Gläubigen. Das der Ungläubigen wandert.

Schreckliche Nachmittage, Nachmittage der Angst und des stillen Terrors, er lag in der Luft, senkte und hob und senkte sich wieder, drückte jedesmal ein wenig heftiger, ohne sich eigentlich mitzuteilen, er ballte sich nicht, schwebte nur, während ich unter ihm saß, nichts Plötzliches erwartend, und einen Namen für ihn suchte, den ich nicht fand. Es war namenloser Schrecken. Ich habe den Namen auch nachträglich nicht gefunden, und jetzt suche ich nicht mehr, ich suche keine Namen mehr. Herbst, Jahreszeit der Verwundbarkeit, alles braucht nur den geringsten Anlaß um zu reißen. Später, in Masante, haben diese Nachmittage ihren Schrecken verloren, der Stachel wurde stumpfer, schliff sich ab, es blieb und bleibt nur noch die böse Stunde, mit ihr finde ich mich ab.

Mein Haus ist zwar nicht klein, Masante wäre nicht der Name eines kleinen Hauses, aber es ist nicht ehemaliger Besitz der Herren von Masante. Herrenhäuser sind anders in die Landschaft gebettet als meines, ihre Besitzer bewegen sich in einer anderen Verschalung, sie ruhen zwischen den Werten der Überlieferung aus und betonen den Anspruch, auch wenn sie ihn verschweigen. Sie stützen sich, das Whiskyglas in der Hand, mit dem Oberarm auf den Kaminsims, über dem ein Wappen hängt. Hin und wieder gehen sie in eine leichte Kniebeuge, um ihr Scrotum, das ins falsche Hosenbein geraten ist, wieder ins richtige fallen zu lassen; wenn keine Dame im Raum ist, helfen sie mit der Hand nach. Masante ist ein Bauernhaus, draußen wachsen allmählich unter wildem Gesträuch die Spuren schwerer Arbeit zu. Ein Bauernhaus wird es aber niemals wieder werden, nicht nach mir und nicht nach meinen Nachfolgern, wer immer sie seien, denn die Bauern sterben aus, zum Bedauern vor allem jener, die gern in Betrachtung ländlicher Fron schwelgen und sie als Inbegriff irdischer Stabilität im Einklang mit göttlichem Einverständnis betrachten, als da sind: Dorfpriester, Schulbuchautoren sowie alle Schwärmer für natürliche Nährböden, Genießer ewiger Zyklen und Verfechter sittlicher Wertordnung aus Beruf oder Neigung.

Hinunter und hinüber, – zum wievielten Mal über den Hof? Jetzt allerdings mit dem festen Ziel, etwas zum Essen zu ergattern. Es wäre zwar noch nicht Zeit, aber hier verwischen auch die Tageszeiten. Gemeinsame Mahlzeiten wird es nicht geben, denke ich, jeder paßt sie seinem Tageslauf an.

Ich höre die Maschine, sie ist fern. Da draußen ist einer, einsam mit seinem mechanischen Gefährten.

Da liegt Maxine auf dem Rücken. Verausgabt von Erinnerungen; tief in die Kissen eingedrückt. Sie ist schwer, ihr Schlaf ist tief, er hält sie fest und sicher. Ja, Maxine als Schläferin macht mir Angst, sie schläft sich ein. Diesmal wird sie erwachen, sie hat das Letzte noch nicht gemeistert. Allein im Raum mit einem Schläfer bin ich im dauernden Stadium des Verlassenwerdens; vor allem aber mit dieser Schläferin hier: ihr Raum stößt Gegenwart von sich, läßt sie abziehen, um draußen Vergangenes noch weiter in die Vergangenheit zu drängen, und in der Ferne entschwebt alles ins tiefe Plusquamperfekt, dorthin strebt auch Maxine. Allein mit mir begänne sie bald, schlafend, auch mein Leben aus mir zu saugen und es in die Vergangenheit mitzunehmen, sie hat eine Macht.

Und doch: wie sie da liegt –, im Schlaf scheint sie alle Unschuld wiederzugewinnen, der Schmerz, der sie im Wachen zusammenhält, kommt ihr im Schlaf abhanden. Ein Arm hängt auf den Boden herab, die Hand ist offen nach oben gekehrt, nicht im Geben, sondern als erwarte sie tief dort unten auf der Erde noch eine letzte milde Gabe oder auch Barmherzigkeit, wie man es nennt, – ja, ich glaube, so nennt man es: Barmherzigkeit.

Ein einsamer Dämmerschoppen, wahrhaftig!

Jetzt gilt es auszuhalten, zu warten. Da ist das Motorengeräusch draußen; ein Anhaltspunkt, fern genug, aber es bestätigt mir, daß ich nicht allein bin. Es kommt auch näher, glaube ich.

Zurück zur Theke. Mein Glas ist noch halbvoll: was hat mich vorhin veranlaßt, den

Raum plötzlich zu verlassen? War es Maxines Schlaf, den ich jetzt ertragen will?

Die Theke ist naß und leer. Maxines erstes Glas liegt zersplittert auf dem Holzpodest, das zweite im Raum verteilt, nur der silberne Löffel liegt auf dem matten Metall, verloren wie ein vom Unfall getroffenes Motorrad, dessen Fahrer man tot abtransportiert hat. Draußen muß es schon dunkel sein, hier drinnen beginnt es jetzt zu drücken, jetzt zieht es herüber aus den Schluchten da draußen und setzt sich hier fest, in den Winkeln und Ecken, es ordnet sich zu Alpdrücken, was wird die Nacht bringen? Die Schreibmaschine steht, der Hut hängt, zu den Regenschirmen ist ein neuer dazugekommen: wer ist da im Haus?

Wie wäre jetzt noch ein kurzer Gang draußen, während es sich hier für die Nacht rüstet? Eine Atempause, während sich hier drinnen Auftritte vorbereiten, es wird Zeit für neue Figuren. Oder ist es zu spät für einen Gang? Wind könnte heranstreichen, unhörbar, im Dunklen tückischer als im Hellen, plötzlich ertönt irgend etwas, eine Syrinx, die lockt, – fünf Schritte auf sie zu, und ich bin im Treibsand, werde eingehüllt, überweht, schon bin ich verschüttet und unauffindbar. Ein schlimmer Tod.

Der Tod ist nicht mehr, was er einmal war. Ich entsinne mich früherer Figurationen, vieler Möglichkeiten seiner Einzelauftritte: ein Schauspieler zwar, aber wirkungsvoll; wie immer er spielt, er hat den Trumpf in der Hand, das weiß er. Zum Beispiel gekleidet als Kardinal, in Purpur, mit einem Rubinring, in den ein winziger Knochensplitter des heiligen Aloysius eingelassen ist, ein Kunstwerk, so etwas kann natürlich nur der Vatikanjuwelier, der über einen wachsenden Vorrat an heiligen Splittern verfügt; ein goldenes Kreuz mit einer Halskette, größer natürlich als Nikis Schmuck, und am roten Birett eine kecke Feder, wie Mephisto, der Frau Marthe damit am Busen kitzelt, und schon hat er das Opfer im Griff, –

oder anders: als Zeremonienmeister mit einem Stab, den er dröhnend auf den Marmorboden stößt, sobald ein neuer Gast auftritt in der Gesellschaft der Gezeichneten. Wo wäre das etwa: zum Beispiel dort hinten im Seewinkel, im Schloß Halbthurn, halb verfallen und überwuchert, am Ende der Welt, wo auch keine rechte Sprache mehr gesprochen wird, manchmal trifft sich ein Rest hoher Gesellschaft zu einer Geisterparty und schnattert sich in hofmannsthalschem Österreichisch den letzten Klatsch zu, dann gehen sie wieder, es gehen aber weniger als gekommen sind.

Oder auch barmherzig, warum nicht? Als letzter Besucher eines Moribunden, willkommen, ein Erlöser, erwartet. Ja, so manchen Großen sieht man da schön in weiß, an ein erhöhtes Rükkenkissen gelehnt, auf seinem Totenlager liegen, letzte Worte diktierend, das obere Laken unter seinen abgezehrten Armen blendend hell und zurückgeschlagen, aber unter der Decke, da fault es, sein Körper löst sich flüssig und stinkend auf, –

nein, so ist er eben nicht mehr, der Tod,

vielmehr geht er mit der Zeit, er überwacht die Vollstrecker von weitem, läßt sie machen:

im neugegründeten Staat Diamantenküste, endlich unabhängig, läßt der Präsident, Oberst Ethos Mbagumbwe, es sich nicht nehmen, den Attentäter selbst hinzurichten, er setzt ihm die Pistole zwischen die Augen und drückt lachend ab, ein schwarzer Tod für Schwarze. Doch meistens ist dieserart Tod weiß, wie zum Beispiel der schöne Löffelbesitzer, Präsident Figueras' Hätschelkind, der den Aufrührer einhändig erledigt, er hat sich da einen Griff auf die Halsschlagader erarbeitet, einen schnellen Dreh, ein kleines Kunststück. Oder diese Söldner in weißen Hemdsärmeln, das Barett der Fallschirmjäger auf dem Kopf, die besorgen die Sache lachend, man sieht ihre weißen Zähne im gebräunten Gesicht, – der lachende Tod ist vielleicht der schlimmste, den gab es früher noch nicht.

Sollte ich doch noch hinaus, einen Augenblick nur? Bis zu meinem verlassenen Jeep, der an der windgeschützten Seite der dernière chance steht, – vielleicht muß ich etwas holen? Oder ihn nur begrüßen, den Freund, das verläßliche vertraute Requisit, widerstandsfähiger als sein Meister und Fahrer. Er sieht noch gut aus, überhaupt, mir gefällt diese eckige Maschine, eine Geburt der Vernunft, leider, fürchte ich, der martialischen Vernunft: das Böse gewollt, das Gute geschafft. Er gehorcht mir. Gewiß, ich kann nur bedienen, was mir da entgegenragt: diesen Knüppel, der löst den Vier-Rad-Antrieb aus – einen gewaltigen Antrieb! –, den Anlasser: ein Beruf. Sein Inneres kenne ich nicht, will es auch nicht kennen, den Luftfilter, den Vergaser –: auch das war einmal ein Beruf! Davon könnte Kranzmeier ein Lied singen, er tut es wohl auch. Stollfuß nicht, der hatte seine eigene Methode. –

Was ist da noch im Jeep? Ein paar Bücher, ziemlich willkürlich zusammengestellt, eine Art Handbibliothek, Anweisungen, handwerkliche Lebens- und Überlebenshilfe, manches vielleicht nicht völlig unnütz, obgleich es sich an andere wendet als mich, es zeigt Wege, auf denen der Wille herrscht. Ferner eine Reproduktion: das Bildnis der Simonetta Vespucci, ein Geschenk von Niki, an den Ecken ein wenig abgestoßen. Ein Klappbecher im Lederetui, ein Geschenk natürlich; es gibt Dinge, die ich mir niemals anschaffen würde, mögen sie auch nützlich sein. Ich finde sie oder bekomme sie geschenkt, obgleich unter Geschenken das Unnütze überwiegt. So mein Koffer mit seinen manipulierbaren Vorrichtungen, außen mit Lederriemen, die eine robuste Funktion andeuten, sie aber nicht definieren, daher nicht zulassen; innen seidengefüttert, gesäumt mit Schnallen, zwischen denen lange und kurze Flaschen mit Silberdeckeln, Flacons und Silberdosen stecken. Ich habe niemals gewußt, was ich da hineintun soll. Maxine soll sie haben für ihre Sammlung von Behältern, denn das genau sind sie: Behälter. Nur wird es nicht leicht sein, ihnen eine Geschichte anzudichten. – Eine Feldflasche: die werde ich vielleicht brauchen können. Ein Gang in der Wüste macht Durst, denke ich.

Ein Gang durch die Wüste: es ist da eine neue Dimension in mein Bewußtsein getreten, eine gefährliche Wachheit. Sie erlaubt mir, das Neue hier bis in seine kleinste Einzelheit aufzunehmen. Mehr sogar: Vergangenes im Licht einer neuen Sicht zu betrachten. Nur habe ich die Eigenschaft der Sicht noch nicht im Griff.

Eine seltsame neue Heimat ist das, diese zwei drei Häuser, die Türme, Masten, diese aus Resten zusammengesetzte Siedlung im Sand, dem Wind ausgesetzt, und nicht nur dem Wind. Aber es ist recht so, hier bleiben die Wünsche offen, es herrschen Vorstellungen, die besser sind als Befriedigung. Maxine mit ihrem Weihnachtsbaum und ihren Wäldern! Was täte sie mit ihrem Grün, wenn sie es hätte? Darunterliegen, stumm vor Unglück. Ich dagegen sehne mich bisher noch nicht nach Grünem zurück,

von hier aus stelle ich mir alle Grüns der Welt so vor, wie ich sie haben will, und darin gelagert so ein Frühstück im Freien, wie bei Manet etwa, ich reiche jemandem meinen Becher zum Füllen, aber der, auf ein nacktes Mädchen gestützt, liest Horaz vor, er skandiert den ›spöttisch klugen, nie bewegten Sinn‹.

In Masante habe ich dem Grün vor meinem Fenster schließlich doch ein wenig nachgeholfen, im Versuch, mir meinen Glauben an die therapeutische Wirkung der Farben zu erhalten. Ich kann da mit Erfahrung aufwarten. Freilich sind die Farben der Erinnerung immer besser als was man vor Augen hat. Dennoch, ich sehe gern auf dieses Grün, das ich geschaffen habe, mit Landsberger Gemenge; das besteht aus Weidelgras, Inkarnatklee und Winterwikken. Ich glaube, die Mischung entstammt der Erfahrung des James Booth, dem Begründer der Flottbeker Baumschule. Dieser Schule entstammt denn auch sein Sohn und Nachfolger John Booth. Er hat das Verdienst, die Douglasfichte in Deutschland eingeführt zu haben. Ob man ihm in Flottbek ein Denkmal gesetzt hat?

Das Motorengeräusch ist nah, das Fahrzeug fährt ums Haus und hält an der windgeschützten Seite, dort wo mein Jeep steht. Der Motor wird abgestellt. Ich werde erlöst. Schichtwechsel. Ob die Veränderung zum Besseren oder Schlechteren sein wird, steht doch dahin, bis jetzt ist hier Überraschung die Norm, ich bin auf vieles gefaßt, aber nicht auf alles. Jetzt nähern sich draußen Schritte im Sand. Ein helles Knirschen, fast wie im Schnee. Sie betreten den Hof, das Echo fängt sich unter den Arkaden. Eine Tür wird geöffnet, etwas wird abgelegt, die Tür geschlossen. Gewiß der Wirt. Jetzt ist er bei den Geräten, er nimmt etwas auf, kommt, und die Tür wird aufgestoßen: Alain. Er hat Schaufel und Besen in der Hand, wird aufkehren. Er hat gewußt, daß um diese Stunde Scherben liegen. Er nickt mir zu und macht Licht,

und die Szene verändert sich, der nächste Akt kann beginnen, die Figur, die den Faden aufzunehmen hat und das Geschehen in eine neue Richtung lenkt, ist aufgetreten. Peripetie. Wohl kaum Läuterung, doch vielleicht Erläuterung, ich bin ja Zuschauer.

Alain sagt nichts, er gibt sich noch nicht zu erkennen. Meine Gegenwart überrascht ihn so wenig wie Maxines Lage, er hat nichts anderes erwartet als einen einsamen Gast auf einem der Hocker und seine Frau betrunken auf einer Bank. Er beginnt, hinter der Theke zu fegen, mit einer gewissen Konzentration, als käme es auf die Genauigkeit der Verrichtungen an, tut es immer um diese Stunde, jeden Abend gibt es zerbrochenes Glas vom Boden zu kehren, ein paar Dinge neu aufzustellen, wie in einer Schießbude, eine provisorische Ordnung herzustellen, die bald wieder zerstört sein wird, tägliche Verrichtung. Er nimmt einen Schemel, hebt Maxines Beine darauf, legt ihr die hängende Hand über die Brust und fegt unter ihr, fegt den Raum, hebt neben mir den Aschenbecher Cinzano auf und beschämt mich, ich hätte ihn aufheben sollen, schon fühle ich mich in seiner Schuld. Ich werde darüber hinwegspielen, ich mache den ersten Zug: »Wie hält man es hier? Werden die Getränke sofort bezahlt, oder kommen sie auf die Rechnung?«

Alain, jetzt hinter der Theke, sieht mich an. Ich habe vorgegriffen. Ich betrachte mir das Gesicht: auch der hat bessere Jahre gekannt, ist gewiß nicht zum Wirt geboren. Vielleicht war für ihn die Wirtschaft – ich meine die Wirtschaft im wahren Sinne des Wortes und nicht im Slang des sogenannten Wirtschaftslebens – ein Ausweg des leichtesten Widerstandes und gilt ihm heute als Tarnung anderer Tätigkeiten. Welcher? – das wüßte ich gern genau. Jedenfalls, an diesem Weg hat er sich angesiedelt, ist hier heimisch geworden und kann ohne die Wirtschaft so wenig leben wie Maxine, sie sind nicht zu verpflanzen; wen die Wüste hat, behält sie. Geht er weg, wird ihm alles zur Wüste. In Maxine schwelt noch Auflehnung, flackert jeden Tag auf oder bricht aus. Bei Alain hat sich alles gelegt, er ist ruhig, er sucht nicht, forscht nicht. Ich interessiere ihn nicht, bin nicht sein Fall, er kennt viele, wahrscheinlich weiß er genug für sein Leben, und die Reste anderer Leben berühren ihn nicht. Nur kann ich meine Frage nicht mehr rückgängig machen, sie ist durch kein anderes Wort gelöscht, wohl oder übel bestehe ich auf Antwort.

Alain sagt: »Wie Sie wollen.« Seine Stimme ist sanft, jetzt sieht er mich an. »Wie Sie wollen. Nur: hier wird bezahlt, bevor man das Haus verläßt, und sei es auch nur für einen Spaziergang. Hier wird den Gästen nicht nachgeforscht, wenn sie fort sind. Wir suchen keinen. Ich brauche Ihnen nicht zu erklären, warum. Sie wissen es. Andere wußten es auch.« Und er setzt sich, diese Angelegenheit ist geklärt, Einigkeit ist vorausgesetzt.

Nun gut, mir soll es recht sein. Ich verstehe zwar nicht, was er meint und würde ihn gern bitten, mir diese Regel zu erläutern; vielleicht entgeht mir hier etwas, ich kenne mich noch nicht aus. Aber ich frage nicht. Warum nicht? Ich habe keine Lust darüber nachzudenken.

»Heute gehen Sie gewiß nicht mehr hinaus. Es wird dunkel, und Sie kennen sich nicht aus. Aber morgen vermutlich.«

Das ist eine Feststellung, keine Frage. Er bestimmt es, er schickt mich in die Wüste, um dort etwas Bereitliegendes aufzunehmen und endlich für mich anzuwenden, oder ihm von dem wilden Honig zu holen oder einfach in ein schweres, aber selbstgewähltes Exil zu gehen. Oder ist es nur die gewohnte Empfehlung des Wirtes, der seinen verehrten Gästen die beliebtesten Spaziergänge nahelegen will, den bequemsten Weg zur Jausenstation mit Aussicht? Das hätte aber nichts mit dem Begleichen der Rechnung zu tun. – Er soll mir lieber etwas zu essen machen! Ich habe Hunger, habe den Vorgeschmack von Gerichten im Mund, die ich gern essen würde, bin aber bereit, mit dem vorliebzunehmen, was es hier gibt. Das ist ein Angebot, Alain!

Noch nichts zu essen; Alain läßt sich mir gegenüber nieder und schenkt sich ein, mir auch. »Erwarten Sie keine allzu großen Überraschungen! Bevor Sie irgend etwas finden, haben Sie riesige Pfannen von Steppenstaub zu überqueren. Das ermüdet und macht Durst. Aber es lohnt sich. Dann nämlich kommen schöne Formationen, große Windtische. Schlagen Sie nur Ihr Zelt nicht darunter auf, da singt es die ganze Nacht, zweistimmig, dreistimmig, so genau höre ich das nicht, ich bin unmusikalisch. Pilzfelsen finden Sie dort draußen wie nirgends sonst. Die hat der Ostwind geschliffen, der ist der stärkste, er besiegt alle; auf den kann man sich verlassen, der trägt alles ab in Schwebeteilchen, er arbeitet wie ein Sandstrahlgebläse. Stellen Sie hier einen Holztisch hinaus, und ein paar Monate später haben Sie das Skelett von einem Tisch, einen Vierbeiner mit Rippen. Dem Wind ist es gleich, was er abträgt, Holz oder Stein oder Fleisch. Ich habe da ein paar Stücke von einem Windkrater ausgebrochen. Wenn Sie wollen, zeige ich sie Ihnen.«

»Sie wären an mir verloren. Ich verstehe nichts davon, ich kann Granit nicht von Basalt unterscheiden.« – Nein, mein Lieber, du könntest mir wahrscheinlich ganz andere Dinge zeigen und erklären, die du mir vorenthältst. Was transportierst du da in deinem Gefährt, was speicherst du hier?

»Gut geformt. Die Krusten wie Kristall. Das Innere angefressen. Es hat hier vor nicht allzu langer Zeit Termiten gegeben, vielleicht sogar noch zur Steinzeit. Jetzt lebt nichts mehr, alles ist erstarrt. Ich kann Ihnen Stücke von Löß zeigen, die sich in hundert Millionen Jahren nicht geändert haben. Von Gott hingestreut wie Salz in das fertige Gericht.«

»Das wäre schon eher etwas!« Vor hundert Millionen Jahren hingestreut, von Alains Gott. Streut der immer noch? Und was? »Lassen Sie sehen, Alain!«

»Heute habe ich übrigens einen menschlichen Schädel gefunden.«

»Zeigen Sie mir den auch?«

»Ich habe ihn nicht mitgenommen. Mit menschlichen Funden gebe ich mich nicht ab. Die Kappe war durchlöchert. Zuerst dachte ich, der hat sich erschossen oder ist erschossen worden. Möglich wäre es, da draußen geschieht ja so manches, was wir hier drinnen nicht hören oder sehen. Aber es war der

Wind. Der hat die Löcher in die Schädeldecke geblasen, er bohrt Knochen durch. Das erstaunt Sie? Mich nicht. Bedenken Sie: zweihundert Jahre hat der Wind gebraucht, um Löcher, fünfzehn Zentimeter tief in die Mauern des Heidelberger Schlosses zu blasen, das haben mir damals diese beiden Männer erzählt...«

»Welche beiden...?«

»... da ist es kein Wunder, daß so eine Knochenplatte in der Wüste bald durchlöchert ist. Die paar Millimeter, das dauert ein paar Wochen.«

Alain trinkt und überläßt mir seine Bilder zur Bewältigung. Die beiden Männer, wann waren die hier, und kommen sie wieder? Da sitzen sie und saufen und erzählen von Alt-Heidelberg, der feinen, dem großen Faß, dem Zwerg Perkeo, der für ein Geldstück irgendeine anzügliche Bewegung macht, Fötterle macht sie nach, nein, Schmitt-Lindach, der kennt Heidelberg besser, er hat dort studiert. Nun, gut, daß ich nicht Lüning bin oder Bloch.

Ja, ich erinnere mich an die Löcher in den Mauern, nur dachte ich, die hätte der wackere Graf Tilly hineingeschossen. Der hatte übrigens auch seinen Gott, einen wallonischen; oder einen bayerischen, wie Perchtl. Ich sehe die Ruine mit ihren toten schwarzen Fenstern. Daß die noch steht! Oder steht sie nicht mehr? Venedig habe ich stehen lassen, lasse ich das Heidelberger Schloß einstürzen, viel wäre damit nicht verloren. Ich sage: »Das Heidelberger Schloß ist eingestürzt.«

»Sehen Sie? Das war Korrosion durch Wind. Genau wie hier. Es bläst die Hügel weg und verkittet die Talkessel, so bildet sich Nagelfluh. Ich kann Ihnen da auch Fanglomerate zeigen...«

»Herr Wirt...« Ja, diese Anrede gefällt mir, es ist, als säßen wir in einem alten Gasthaus, und anstatt Maxine hier unten, schliefe droben Minna von Barnhelm. »Herr Wirt: ich kann Kieselsinter nicht von Kalktuff unterscheiden. Ich bin kein Geologe.« – Und du übrigens auch nicht, Herr Wirt, du auch nicht. Ich weiß nicht immer, wen ich vor mir habe, aber ich weiß meistens, wen ich nicht vor mir habe.

»Nachts leuchtet der Glimmersand hier um das Haus. Von Ihrem Fenster können Sie den Boden leuchten sehen, Ihr Zimmer geht doch nach Süden...«

und plötzlich sieht er mich an, als wolle er prüfen, ob er nicht alle seine Erklärungen bisher ins Leere abgegeben habe. »Was bringt Sie eigentlich hierher?«

Geist der Erfindung, steh mir bei! Ich habe mich hier zu behaupten. »Hierher? Natürlich der Wind.« Und schon sehe ich mich in diesem Wind, der Täler bohrt und Glimmersand erscheinen läßt, Pilzfelsen schafft, Windtische deckt, Körper abträgt, ich sehe mich am Rand der Welt, wo sein Wirken erst beginnt, an dem ich von jetzt ab teilhabe, solange es mir beliebt. Ich weiß auch, was da gesungen hat, zweistimmig oder dreistimmig, das war ein Skelett, dem der Sturm über die Rippen zieht, ein Dreiklang, Dissonanz, ein Vorhalt, der die Auflösung im Schlußakkord nicht findet. »Man hat mir diesen Ort für guten Wind empfohlen. Ich habe da nämlich ein Ding konstruiert, ein Instrument, eine vom Wind betriebene Orgel, eine Windorgel, sozusagen. Sie ist transportabel, kann also im Freien gespielt werden, das heißt – natürlich, sie muß sogar im Freien gespielt werden, es ist ja eine Windorgel, vom Strom unabhängig ––« Maxine macht das besser, ihr kommt es leichter, aber sie ist auch in Übung, und es treibt sie etwas anderes, – aber es geht, es geht, ich kenne das, ich bin noch nicht recht in Fahrt. Ich habe in Gesellschaft immer viel geredet, nicht nur um das Entsetzen zu überspielen, sondern auch aus Angst, mein Gegenüber könne anfangen zu sprechen und würde Furchtbares sagen: Angst vor dem Zuhörenmüssen. Weiter, nur weiter: »Meine Orgel braucht also keinen Strom, der Wind verfängt sich in ihrem Gebälg, saugt sich ein und wird nutzbar gemacht, er strömt in die Pfeifen, das heißt, er wird von Windstärke betrieben, damit bestimmt er auch Höhe und Tonart.« Jetzt geht es, das Instrument überzeugt mich selbst, ich höre es, eine Wind-Toccata, einen Choral, – doch jetzt denke ich auch: das gibt es gewiß schon. Das meiste, das ich erfinde, erfinde ich zu spät. »Bedenken Sie: drei Manuale, acht Register im Spiel des Windes, achtzig Töne, das heißt einundachtzig, der Wind bringt seine eigene Stimme mit, davon verspreche ich mir ein unerhörtes Konzert...«

Alain ist nicht beeindruckt. Er ist eben, wie er selbst sagt, unmusikalisch. Er sagt: »Übrigens gibt es auch geologische Orgeln, im Königsdorfer Filz zum Beispiel, das muß in Bayern liegen, der eine von den Beiden kam aus der Gegend.« – Das wäre Kranzmeier. – »Und an den Zungenfurchen der Gletscher. Das gibt es natürlich hier nicht, dazu brauchen Sie eine Toteislandschaft, Flechtenflora. Flora haben wir hier nicht.«

Ich brauche keine Flora, ich beginne zu glauben, was ich sage, allmählich wird es wahr: »Natürlich wird niemand da sein, das Konzert zu hören, aber davon wird ja die Musik nicht schlechter, eher besser. Keiner hustet oder raschelt mit dem Programm. Der Transport wird schwierig sein, fürchte ich, vor allem die feineren Register sind empfindlich, Salizet, Nasat, Pansbordun, das paßt hierher, die Trockenheit löst den Ton und läßt ihn schwingen. Vox humana weniger, die ist ein kälteres Klima gewöhnt, die dürfte auch wohl in der Wüste noch niemals erklungen sein, was meinen Sie?« – Alain meint nichts. – »Die Orgel ist übrigens aus Glas. Ich habe das verwirklicht, was Pachelbel vorgeschwebt hat, oder war es Buxtehude? Ich weiß nicht, wer von den beiden, Sie wahrscheinlich auch nicht. Die Pfeifen habe ich noch selbst verpackt. Sie werden dieser Tage ankommen.«

»Donnerstag. Transporte kommen donnerstags, auch Post, manchmal auch Gäste. Die fahren den frischen Fährten nach. Und Lebensmittel.«

»Bedeutet das, daß es montags nichts zu essen gibt?« Ich hätte gern gefragt, was das Transportfahrzeug von hier mitnimmt, aber der Hunger dominiert.

Alain steht auf. »Ich mache uns etwas zu essen.« Er geht zur Tür. »In einer Viertelstunde ist es soweit.«

Ich frage nicht, was es gibt, Alain hat seinen eigenen Plan. Was immer ich in einer Viertelstunde bekomme: es ist unabänderlich. Nur eines noch: »Diese beiden Männer, – waren es die, von denen Maxine einen Weihnachtsbaum mitgebracht bekam?«

Alain bleibt an der Tür stehen, er hat die Frage nicht erwartet. »Der Weihnachtsbaum?« Er stellt sein Gedächtnis ein. »Nein, das waren irgendwelche Inspekteure, damals wurde hier nach

Öl gebohrt, oder es wurde nach irgendwelchen alten Mauern gegraben, es war im Winter, ja, natürlich, es muß um Weihnachten gewesen sein. Den Baum hatten sie auf dem Jeep. Sie lachten viel. Es waren wohl Amerikaner, zwei Amerikaner. Einer hieß Butch, wenn ich mich recht erinnere.« – Er wartet einen Augenblick. Fällt ihm dazu noch etwas ein? Nein. Mir auch nicht. Er geht hinaus.

Zwei amerikanische Inspekteure. Felbers Häscher, das waren immer zwei, die lachten auch.

»Look over there, Butch, there's one of them.«

»O.K., – let's bump him off! Anyone in sight?«

»No one.«

»O.K. then. Here goes...«

Was die Häscher alles nicht waren: an ihnen haftete weder Farbe noch die Poesie des Entsetzens, noch auch die ehrbare Trokkenheit überzeugter Pflichterfüllung. So waren es denn auch keine gemessenen Emissäre, die ihm, Bloch oder Gerber, mit gezogenem Zylinder, eine Botschaft vorlasen, bevor sie ihm auf Ehrenwort erlaubten, hinaufzugehen, ein wenig Besitz einzupacken oder zu ordnen, den Satz in einem aufgeschlagenen Buch zu Ende zu lesen, – etwa: ›Es war nicht Mitternacht. Es regnete nicht.‹ – eine kurze letzte Verfügung zu treffen, eine letzte Zigarette zu rauchen, und ihn dann, als sei sein Einverständnis stillschweigend vorausgesetzt, wenn er soweit ist, abführen, an einen verschwiegenen Ort, so daß er niemals mehr gesehen würde, weder lebend noch tot.

Sie sind auch kein Armeeklüngel, geschlagen und verhärmt, in den Resten schweißstinkender Uniform, seit der letzten und endgültigen Niederlage an ihren schmutzigen Leib geklebt und nicht mehr gelüftet; keine abgefeimte Mannschaft blinder Hasser, die ihn, Bloch, mit Fußtritten und Ledergürtelhieben durch ausgestorbene Straßen treibt, um ihn auf einer windigen Brücke laufen zu lassen, so daß sein letzter Blick einer abbruchreifen Brandmauer gilt, er nimmt die flatternden Reste eines Plakates zur Kenntnis, auf dem PERSIL steht oder vielmehr stand, jetzt steht darauf PERS, und eine klappernde Dachrinne, aus der schmutziges Schneewasser läuft; es geht ein Winterwind, er bläst in Stößen, während man Bloch von hinten niederschießt, ihn in den Kanal wirft, wo sich sein Blut mit dem eisigen Abwasser mischt. Erst nach Tagen und Nächten zieht man ihn – er ist unkenntlich geworden, – an einer anderen Brücke aus dem Wasser, während es schneit: Weihnachten steht vor der Tür, Leute tragen Weihnachtsbäume, zu Weihnachten – so munkelt man unter Nachbarn, aber genaueres weiß niemand – zu Weihnachten hat man wieder ein paar von den Kerlen abgeknallt. Das zur Zufriedenheit aller und zum Schutz der Bevölkerung, ja, es sind unruhige Zeiten, Krisenzeiten, hoffentlich kommt es nicht noch schlimmer. – Das also nicht: sie sind vorbei, die Krisenzeiten, alles ist eingerichtet, das Bild ist veraltet.

All dieses also nicht. Dennoch, sie waren real, Gerbers Häscher, Motschmann und Fötterle, sie entstammten nicht seiner Fantasie und entstammen nicht der Literatur. Es sind nicht Kafkas fette und bleiche Abgesandte, die ihr Opfer nicht ansprechen. Gerbers Beide geben sich siegreich zu erkennen, sie belehren gern und machen dem Belehrten gleichzeitig klar, daß es zur Aufnahme oder Verarbeitung der Belehrung zu spät sei, die Frist der Bewährung sei lange abgelaufen, die Gnade verwirkt; es sei denn wohl doch ein wenig später als er, Gerber oder Lüning, denke; es wehe ein anderer Wind. Doch darüber solle er sich keine Sorgen machen, früher oder später wäre er ihnen, Motschmann oder Fricke, ohnehin unter die Finger gekommen, und nun sei es eben ein wenig früher, daran sei er letzten Endes selbst Schuld, denn wozu sei er denn überhaupt noch da, wie? Ob er ihnen das vielleicht mal eben erklären könne? Gerber konnte es nicht, denn sie hatten recht. Wozu?

Einer von ihnen, Schmitt-Lindach oder Fricke, sieht Lüning sogar freundlich an, beinah ein wenig traurig, oder, besser, bedauernd: als hätte er ihm gern eine Chance gegeben, ob verdient oder unverdient, das sei zunächst einmal dahingestellt. Er, Fricke, persönlich hege freilich nicht den geringsten Zweifel, daß eine nähere Untersuchung des Falles, wie sie ja nun früher oder später stattfinden werde, leider jede Chance, die er, Stollfuß oder Fötterle, ihm, Lüning oder Felber, gegeben hätte, als unverdient erscheinen lassen werde, aber bitte, gewiß, er könne sich täuschen, er sei schließlich auch nur ein Mensch. Felber hat immer gesagt, es sei feige, Felber sieht Fötterle an, als bezweifle er nicht, daß Fötterle ein Mensch sei, und habe es niemals bezweifeln wollen, und stellte zu seiner Beschämung fest, daß er das tut, um sich eine letzte Chance zu erschwindeln. Wie dem auch sei, so meint der Blick des Häschers, jetzt müsse Gerber eben die Folgen seines Noch-hier-seins auf sich nehmen, die nun allerdings – das gibt der Blick Schmitt-Lindachs offen und ehrlich zu – eher unangenehm sein dürften. Unter uns gesagt, so der Blick, und er wird dabei fast vertraulich, er verrät ein Amtsgeheimnis, – unter uns gesagt: ich möchte nicht in deiner Haut stecken, und, in der Tat, ich fürchte, du wirst auch bald nicht mehr darin stecken, Bloch, dafür ist an anderer Stelle bereits gesorgt, das hat mit uns beiden nichts mehr zu tun, wir beide, Kranzmeier und ich, sind unschuldig. Sieh uns an! Sehen wir nicht unschuldig aus? Wie? Was können wir dazu, daß es euch gibt? In der Tat, die Beiden sehen fast zu unschuldig aus, einer von ihnen, das ist wohl der Kranzmeier, macht so ein Geschau, beinah wie das Chäs-Vreneli.

Schmitt-Lindach, Giselher, Dr. phil. – diesen Namen gebrauche ich wohl zu Unrecht. Er ist kein Durchgreifer, sondern ein Intellektueller, der den Mythos des zwanzigsten Jahrhunderts und die Grundlagen des neunzehnten früh erfaßt hat. Sein leidhaft konkaver Brustkasten ließ den Eintritt in eine Elitetruppe nicht zu, eine Sturmabteilung verschmähte er, so blieb ihm nur reiner Geist. Nach dem Zusammenbruch seiner Zeit kam eine Ära, die ihn zunächst nicht brauchen konnte. Er verbrachte Jahre zwischen den Stühlen, beschloß Konversion, war schon bei der Dogmenlehre, als man frühere Farbe wieder bekennen durfte. Er bekannte sie. Promotion über: ›Die völkische Erneuerung im Schrifttum unserer Zeit‹. Lieblingskomponist: Beethoven. Lieblingsmaler: Dürer. Lieblingsgetränk: so ein süffiger Rheinpfälzer. Hat als junger Mensch selbst Gedichte veröffentlicht, stark erotischer Natur, gewagt, aber sublimiert. Körperlichsachlich wird er nur ein einziges Mal, da nennt er den Penis einen umlaubten Zauberstab. Das Gedicht ist einem gewissen H. v. S. gewidmet, der hieß Holger von Schnittger. Ich frage mich nur: hat der das gewollt? Schmitt-Lindach ist also kein Häscher. Er baut an neuen ethischen Grundlagen, verstärkt durch alte ewige, er reist, um Spender für sein Werk zu gewinnen. Viele Große greifen in die Tasche, um der Verwahrlosung entgegenzutreten, die Schmitt-Lindach gut zu schildern weiß, er ist eben doch noch Dichter. Möchte sogar wieder einen Abend eigener Werke geben, aber es fehlt seinen Auftraggebern der Sinn für indirekte Werbung: noch nicht, noch nicht wieder. Das enttäuscht. Dennoch webt er an neuer Ordnung, der Ordnung der Häscher, deren einen oder anderen er kennt. Zum Beispiel verbindet ihn mit Stollfuß die Liebe zur Natur, mit Motschmann das durch und durch Musische. Mit Perchtl oder Kranzmeier weiß er wenig anzufangen, die Kerle sind ihm zu vulgär. Selbstverständlich prächtig auf ihre Art und nötig, um den Griff auszuüben, den er selbst niemals beherrscht hat oder hat beherrschen wollen, daher hat er, wie er betont, niemals Uniform getragen: den Brustkasten erwähnt er nicht, den hat er verdrängt. Nein nein, diese Leute sind schon in Ordnung, sagt er, die schaffen was weg.

Maxine bewegt sich, sie ist im Prozeß des Erwachens, um den ich sie nicht beneide, ich beneide sie freilich auch sonst nicht. Das Erwachen, der schlechteste Zeitpunkt des Tages: Maxine hat ihn mehrmals zu absolvieren.

Mir genügte das kleine Erwachen am Nachmittag und das große am Morgen: erwachend versuchte ich mich unauffällig in die Bahn des täglichen Lebens zu schieben, manchmal gelang es, oft jedoch stellte ich fest, daß ich im Schlaf entgleist sein mußte, daß ich nun neben mir hergleiten würde, solange es mir nicht gelänge, wahrscheinlich in einem späteren Schlaf, mich wieder in meine Geleise zu schieben. Später also würde ich eine Teilstrecke neben mir zurückgelegt haben; doch das war keine Lösung für den Augenblick: jetzt jedenfalls glitt ich neben mir her, zwar durch die Entgleisung bestürzt und verwirrt, dafür aber ohne das Gepäck, ohne den Ballast, den ich auf der Hauptstrecke mit mir geführt hätte: ich trug meinen Körper nicht, den trug der andere, der ich bis zum Schlaf gewesen war und vielleicht nach einem späteren Schlaf wieder sein würde. Dennoch: so gelöst von diesem anderen war ich eben doch nicht, daß ich mich gänzlich von ihm hätte trennen können, sein Geleis lief eng neben dem meinen her, ja, es schien sich stellenweise zu verhaken, da waren

Weichen, Kreuzungen, Signale, aber immer glitt es wieder weiter, die Irritation wurde zu schwerer Unruhe, in der ein Tag verging.

Ein leichter Morgenwind. Ich hörte ihn nicht, sah nur den Schatten des Kirschbaumes auf der Tüllgardine vor dem offenen Fenster sich bewegen; der schwerere Vorhang außen bewegte sich beiderseits in einer Gegenbewegung, einem anderen leichteren Rhythmus, kontrapunktisch. Das sind die Rätsel atmosphärischer Strömung, dachte ich als der, der ich jetzt war, aber nicht als der auf dem Geleis neben mir, der war ausgeschaltet, trug den Ballast. Wind, Baum und Vorhang wehten und ahnten nicht, was geschehen war, sie dienten mir, wie sie allen dienen, auch den Mördern. Da lag ich schwerelos und außer mir, in einer trügenden Helle, einer Leichtigkeit, die das Grauen verbirgt, Wind, Baum und Vorhang, die waren für sich da, nicht für mich, ich war ihnen gleichgültig wie Gut und Böse.

Alain hantiert. Ich höre ihn an der anderen Seite des Hofes, dort muß die Küche sein, oder was man hier so nennt: gewiß kein offener rußgeschwärzter Kamin, kein kupfernes Gerät an den Wänden, wie im Goethehaus in Frankfurt. Was wird er bringen?

Ja, Essen war, wo immer ich mich aufhielt, eine bange Frage. Sie hat mich überall begleitet, meist kleinlaut und in ergebener Bescheidung gestellt, die Hoffnung dennoch halbwach im Hintergrund, öfter betrogen als erfüllt. Manchmal, selten genug, wurde der Verzicht voreilig beschlossen, immer in der Hoffnung, daß er betrogen würde: ein vorgegebenes Wissen, daß hier oder dort nicht viel zu erwarten sei, bestärkte die Einsicht der Vergeblichkeit. Ein Feinschmecker bin ich niemals gewesen, habe es nicht sein wollen: kein Anhänger des Seltenen, Erlesenen, sondern des rechten Rohmaterials, zur rechten Zeit geerntet oder – gebe ich es zu! – geschlachtet, mit den rechten Kräutern gewürzt und gegessen am liebsten unter Freunden, Brüdern in gusto, die nichts herunterbringen, was Herkunft oder Grundsubstanz verdeckt. Schon zwei verschiedene Geschmacke – ich wüßte den Plural nicht, – habe ich nicht auseinanderhalten können: die Krönung einer reifen Pampelmuse durch Krebsfleisch hat mir den Gaumen beleidigt und das System meiner Geschmacksnerven durcheinandergebracht: auf welche der beiden Stimmen in meinem Mund sollte ich hören? Wer sind sie, die Erfinder jener Verbindungen, deren einer Bestandteil nicht genügt, bei dem es ein rechts und ein links, ein oben und ein unten gibt?

Oreste.

Auch seine Karte sollte noch oben unter meinen Karten liegen. Mehr als den Vornamen braucht es nicht, sein Restaurant ist die Krone von Modena, sonst hat Modena nur eine Militärakademie wie St. Pölten, falls es dort nicht nur eine Kadettenanstalt ist. Oreste fragt, während er das Tranchiermesser schleift, einmal rechts, einmal links, ob man das linke oder das rechte Bein des Huhnes haben möchte: das eine hat das Huhn im Schlaf gehoben, auf dem anderen hat es gestanden, das eine ist zart, das andere kräftig: ein Stich ins Fleisch überredet den Esser, der erste Bissen überzeugt. Oreste, der Restaurateur unter den Orestes meiner Bekanntschaft: ob sich die Mütter der Bedeutung dieses Namens bewußt sind, frage ich mich, oder vielmehr frage ich die Mütter. Hat keine befürchtet, durch die Hand ihres Sohnes zu fallen? Wie in so vielen Namen verdrängt der Wohlklang den Ursprung und die düstere Bedeutung. Nur Kain heißt niemand.

Arnsfeld, einen ehemals gewaltigen Tafler, überlebenden Freund meines Vaters, der in meine Generation hineinhing, erbte ich als Ruine und besuchte ihn hin und wieder auf einer Reise. Ob er noch lebt, weiß ich nicht; bei meinem letzten Besuch warf er kaum noch einen Schatten. Er wurde betreut von einer strengen Gouvernante, einer Gestalt, die man ein ›Schicksal‹ nennt, dressiert zur Behandlung von Unmündigen. Alles schien ihm zu groß geworden, seine Kleider, seine Räume, er bewegte sich in ihnen wie einer, der die Dame nicht findet, die er zu einem letzten Walzer aufgefordert hat. Er trug einen zerschlissenen Morgenrock, in dem er über die Teppiche schlurfte, ein Gerippe; setzte sich immer auf einen anderen Sessel, und wer zu Besuch kam, mußte ihm folgen und einen Stuhl aus der jeweiligen Nähe heranziehen. Ich las ihm aus Kochbüchern vor, Filetbeefsteak à la Dauphinoise, Tournedo Rossini, er hörte zu, den Blick aufwärts gerichtet, dorthin, wo die Vergangenheit entschwebt war, in der er diese Gerichte täglich gegessen hatte. Er hörte schlecht, ich las laut, und er flüsterte seine Kommentare, tonlos, eine Art Lippengebet. Hin und wieder unterbrach er, um Verbesserungen anzubringen, oder er rief den Namen eines Restaurants, wo er das betreffende Gericht in unvergleichlicher Zubereitung gegessen hatte, rief, wie man eine ferne Geliebte ruft: Lapérouse! La Reine Pédauque! Papagallo! Gerichte mit Sauce Béarnaise, die hörte er am liebsten, ich mußte sie mehrmals lesen. Ich tat es nicht gern, ich habe sie nie gemocht oder gar gemacht. Seine, notgedrungen zum Platonischen gewandelte, Eßlust hatte wohl auch niemals das Element des Dämonischen in sich gehabt: er war niemals ein Des Esseintes gewesen, und schon erst recht kein gargantuanischer Fresser. Auch kein sinnlich metaphysischer Durchdringer wie mein Freund Beppino, der den Geschmack einer Tomate von den Liparischen Inseln so zu beschreiben weiß, daß man ihren Geschmack auf der Zunge spürt. Er war eben immer nur ein Gourmet gewesen, und von dem war nur noch die Lust des Greises geblieben, der über Soupçons und kleinen Prisen kicherte.

Er schlich durch die Wohnung, stellte fest, daß die Gouvernante abwesend war und schickte mich aus, um ein Kilo Kalbsnieren zu kaufen. Ich tat es, obgleich ich wußte, daß er draufgehen würde, wenn er auch nur die Hälfte äße, vor allem in der Zubereitung, die er mir in einem Monolog – wahrscheinlich seiner besten Nummer – geschildert hatte. Als ich zurückkehrte, standen die Kochplatten in Flammen, und ein glühendes Sengen kroch ihm den Morgenrock empor. Ich löschte ihn und den Herd, blieb dann bei ihm, um zu überspielen, in verlegener Konversation, die Nieren wurden nicht mehr erwähnt: diese Frustration war ein weiterer geistiger Schritt auf sein Grab zu. Die Gouvernante kam zurück, um ihn, vielleicht zum letzten Mal, gesundzupflegen. Ich versuchte, die Schuld auf mich zu nehmen, aber sie glaubte mir nicht, der Ausbruch war nicht der erste seiner Art gewesen, vielleicht der letzte. Ich verabschiedete mich von ihm, drückte der Gouvernante die Nieren in die Hand, und ging. Ein unbefriedigender Abschied: ein sinnloses Leben um ein paar Wochen verlängert.

Jetzt kommt Alain über den Hof; eine kurze, sich steigernde Spannung; er stößt mit dem Fuß die Tür auf, trägt ein Tablett, darauf zwei Schüsseln mit Brei und Brot. Ich erkenne den Brei, man nennt ihn Hummus, ich habe ihn schon oft gegessen. Auf dem Weg hierher hat man ihn mir mit zunehmender Häufigkeit serviert: ein archaisches Gericht des Morgenlandes, und viele seiner Bewohner essen es täglich, haben in ihm ihre endgültige Nahrung gefunden; wie jene Musiker, die keine Melodie mehr spielen, weil sie ihren Ton gefunden haben. Ein gutes Gericht, willkommen. Anderes hätte ich mit mehr Angst und Argwohn begrüßt, als dieses anspruchslose Mus aus Erbsen, nicht den unseren, sondern aus großen bitteren Erbsen, die am Wüstenrand wachsen, gekocht, gemahlen und mit Zitrone getränkt, mit Knoblauch besteckt, eine hellgrüne Masse; sie zieht sich kreisförmig den Tellerrand entlang wie ein Gebirge, so daß in der Tellermitte eine Mulde entsteht, ein Krater, darin schwimmt auf einem kleinen See von Olivenöl eine dünne Schicht von Paprika und gewiegte Petersilie wie Blätter in einem Teich, eine Landschaft. Das Brot, ein dünner doppelschichtiger Fladen, wird abgerissen, und der Brei damit aufgestippt, Messer und Gabel sind überflüssig. Ich reiße einen Brocken Brot ab, koste das Öl, den Brei und bin zufrieden, ein Teil meiner Vorstellung, wie es hier ein paar Wochen auszuhalten sei, – lange will ich nicht bleiben, – ist beruhigt, ein Hindernis genommen, oder vielmehr: es war kein Hindernis dort, wo ich es vermutete.

Alain schenkt mir Arrac ein, wir essen und trinken wie zwei müde Arbeiter, die sich bereits alles gesagt haben, dabei haben wir uns noch nichts gesagt. Ich frage: »Kommt hier abends niemand?« »Montags nicht viele«, sagt Alain und zieht sich mit der freien Hand einen kleinen Schreibblock heran, dann ruft er leise Maxine, als rufe er eine Schlafwandlerin, die zwar während des Wandelns nicht geweckt werden dürfe, die man jedoch vor einer drohenden Gefahr zu retten habe, einem Absturz vom Dach. Maxine seufzt, sie ist im Erwachen aber noch nicht wach.

»Das dauert nicht lang, es ist ihr erster Schlaf. Sie kommt noch einmal hoch für eine Stunde oder auch länger. Dann ist es vorbei bis in die frühen Morgenstunden. Zwischen vier und fünf schleicht sie manchmal durchs Haus. Verriegeln Sie die Tür, wenn Sie Ruhe haben wollen, sonst kommt sie zu Ihnen ins Bett. Sie wird ihre Geschichte aus Ihnen heraussaugen, falls Sie eine haben, die eignet sie sich an. Hier waren schon einige wie Sie, die haben ihre Tür nicht verriegelt, die wollten gern ihre Geschichte loswerden, bevor sie weggingen, denen hat es gutgetan. Ich habe manchen in die Wüste laufen sehen, der ging wie auf eine Wanderung, von der man abends zurückkehrt, ohne Ballast, den trägt jetzt Maxine, aber sie will es nicht anders. Sie ist ein Vampir, was Geschichten betrifft, sie nährt sich davon und behält alles. Sie ist voller anderer Leute Leben. Von mir hat sie das nicht. Ich behalte wenig, war auch kein guter Beichtvater, ich habe das Sündenregister vergessen, noch während es mir aufgezählt wurde. Das heißt, ich habe wohl auch nicht recht zugehört: was man da erfährt, zählt nicht viel. Das wirklich Böse flüstert ja nicht: pater peccavi.«

»Ich verstehe nicht.« Deutlicher, Herr Wirt! Beispiele brauche ich nicht, das nicht; aber Zusammenhänge, ein Bild!

»Aber bei Maxine, da bleibt alles hängen. Dafür haben die Leute ihr allen Besitz gelassen, letzte Erinnerungen. Sie sehen hier ja so einiges, was sich angehäuft hat. Weil sie in alle Geschichten flieht, fliehen die Leute zu ihr. Was hier so steht, das hat alles mehrere Geschichten, Maxine schöpft unermeßlich.«

»Und Sie auch.«

»Sie trägt alles für alle. Sie lebt davon. Aber nicht mehr lange. Es geht zu Ende mit ihr. Mit mir auch.« Er sieht in sein Glas, ist von dem Anblick befriedigt und trinkt einen Schluck. »Ich selbst finde zwei Schicksale schon viel, aber sie nicht. Ihr hätten zwei niemals genügt, sie braucht alle, die sie haben kann. Aus denen setzt sie sich zusammen.«

Ich zeige Alain die beiseite gelegte Fotografie. »Wer ist das, die schöne Dame?«

Alain sieht nicht hin. »Was weiß ich? Das Bild ist aus Maxines Sammlung. Wahrscheinlich die Geliebte des Exkönigs von Bulgarien oder Rumänien, genau weiß man es nicht. Sie hieß wohl Wladigeroff oder Lupescu, jedenfalls war es ein Name dieser Art. Sie ist dem König ins Exil gefolgt, hat sich dann in einen jungen Architekten verliebt, aber der liebte Frauen nicht. Er hieß Lyonel, glaube ich. Er hat schöne Möbel entworfen, solche Leute lieben ja das Schöne außer schönen Frauen. Vor allem hatte er sich auf schöne Beichtstühle verlegt, die waren sehr gesucht. Der Kardinal von Montauban, auch der liebte das Schöne, hat viele bestellt, er beschenkte folgsame Diözesen damit. Wenn das Beichtkind niederkniete, ging mit einem kurzen Glockenspiel der Vorhang vor dem Beichtfenster hoch, und man war am Ohr des Beichtigers. Für den war, in der

Mitteltür eingelassen, eine kleine Bar, aus der er sich zwischen den Sünden bediente. Maxine lernte Lyonel kennen, als sie beichten wollte, ich glaube, das war in Apt. Er hatte das Häuschen soeben aufgestellt und saß selbst darin, um die Arbeit der Tischler zu prüfen oder über Möglichkeiten der Weiterentwicklung nachzudenken, und plötzlich geht unter Glockenspiel die Klappe hoch, und bevor er sich versieht, hört er da Maxines Sünden. Die gefielen ihm, sie waren immer recht ansehnlich; im Sinne der Kirche waren sie beispielhaft. Er wurde neugierig, holte sie in das Häuschen, bewirtete sie aus der Bar, und Maxine weihte ihn in Verfahren ein, die er bisher verschmäht hatte. Es war das erste Mal, daß er eine Frau berührte, aber es spricht sich ja auch bei seinesgleichen herum, wie man die Sache macht. Maxine sagt, es sei nicht übel gewesen, wenn auch eng, über die Grundstufe seien sie nicht hinausgekommen, aber das genügt ja für das erste Mal, vor allem im Beichtstuhl. Sie hat am nächsten Tag nochmals zu beichten versucht, inzwischen war ja eine saftige Sünde hinzugekommen. Diesmal saß ein wirklicher Priester darin, der wollte, daß sie zu ihm hereinkäme und ihm die letzte Sünde vormache, er könne sich sonst keinen rechten Begriff davon machen und das Maß der Buße nicht errechnen. Dazu hatte Maxine keine Lust, er war ihr zu alt und zu häßlich. Maxine war damals noch jung und sehr schön. Später ging sie dann woanders beichten, in einer weniger folgsamen Diözese, die hatte einen gewöhnlichen harten Beichtstuhl, aber darin saß ein Franziskanerpater, der ihr gefiel. Dem hat sie alles vorgespielt.«

»Ist das wahr?«

»Wahr – wahr! – Es ist eben eine von Maxines Geschichten. Verbürgt – wenn Sie das meinen – ist nur der Franziskaner. Und für den war es damals nur allzu wahr!«

»Woher wissen Sie das?«

»Ich war der Franziskaner.«

»Und haben Sie ihr Absolution erteilt?«

Alain sieht mich an. »Hätten Sie es nicht getan?«

»Ich? Von Herzen! Ich weiß allerdings nicht, ob man Absolution von Herzen erteilen kann.«

»Es ist nicht üblich. Aber in diesem Fall – –« Er spricht nicht weiter. Ich denke, ich brauche mein Verständnis nicht auszudrücken, diese Prüfung dürfte ich bestanden haben. Meine böse Stunde ist vorbei.

Maxine hat sich, kontrapunktisch zu dem Bericht ihrer Handlungen, wieder in den Schlaf geflüchtet, sie liegt ihm hingegeben, atmet schwer und tief, sie träumt.

Alain betrachtet eine andere Fotografie. »Die Ähnlichkeiten sind erst im Lauf der Zeit entstanden. Maxine gleicht sich an die Bilder an, sie tut alles bis zum Ende, bis es wirklich nicht mehr weitergeht, ja, bis zu ihrem Ende. Diese hier, die könnte sehr wohl Maxines Mutter sein, und das Kind Maxine. Vielleicht ist sie es, vielleicht nicht. Diese war, glaube ich, Sängerin. Maxine hat selbst einmal zu singen versucht, so wie sie vieles versucht hat, vor allem aber Musik, sie liebt Musik, ich nicht. Jemand, der hier war, sagte, dies sei seine Frau gewesen, ein späterer sagte, es wäre seine Mutter. Dann wäre der Erste der Sohn des Zweiten gewesen. Möglich ist es. Hier ist alles möglich, das werden Sie feststellen. Wer hier nicht schon anders als die meisten ist, der wird hier anders. Der letzte Gast war eigentlich schon zu alt für Meona, er hat sich dann in der Wüste verloren. Er hätte auch in seinem Haus warten können, aber er hatte wohl keines mehr. Ein Pole, glaube ich. Den Beruf weiß ich nicht, Maxine weiß es, das heißt, sie weiß mehrere Geschichten, man kann bei ihr wählen.« Er ruft sie leise. »Maxine!«

»Wecken Sie sie nicht!«

»Sie ist wach.« – Und sie ist in der Tat wach.– »Sie werden sehen: wenn sie sich erinnern soll, ist sie sofort bei der Sache.« Er ruft zu ihr hinüber: »Wie hieß er noch, dieser Pole, der vor ein paar Wochen hier war und in die Wüste ging?«

Maxine wälzt sich zur Seite, dann richtet sie sich auf und sieht Alain an. Ihre Augen sind vom Schlaf klein, aber sie weiten sich in der Anstrengung des Erinnerns. Sie streicht eine Haarsträhne aus dem Gesicht, tastet mit den Füßen nach den Schuhen und schlüpft hinein. Der habe wohl Paderewsky geheißen, sagt sie; ihre Stimme ist matt vom Erwachen, aber dann kommt sie zu sich, das Register leuchtet auf, Paderewsky wird verworfen. »Nein – nein, das war ein anderer. Er hieß Malkuczynsky. Jan de Malkuczynsky oder so ähnlich. Genau weiß ich es nicht mehr, aber es ist ja nicht so wichtig.« Sie steht auf, wankt auf die Theke zu, von der Flasche angezogen, dem festen Ziel, ihrem einzigen. Sie zieht sich hinter die Theke, steht jetzt neben Alain, nimmt ein Glas. Sie sieht mich an, als habe sie mich noch nicht gesehen und müsse mit mir von vorn beginnen. Ich betrachte mir mein Wirtepaar: ein eigentümliches Gespann steht da vor mir, zwischen dem Trinkgeschirr, verdoppelt durch die Spiegel hinter den Regalen.

»Was wolltest Du wissen?« fragt Maxine. Es ist ihr klar, daß ein Appell an ihr Erinnerungsvermögen nur als Vorwand herhält, sie wachzukriegen.

»Ist etwas gekommen, während ich draußen war?« fragt Alain; eine jener halblauten Fragen, die ihren Zweck verfehlen: der, dem sie nicht gelten, der die gedämpfte Stimme überhören soll, horcht auf, weil er hofft, daß sich ihm etwas Unbekanntes erschließe.

»Nichts«, sagt Maxine, und Alain schüttelt den Kopf wie über eine falsche Antwort. Durch die Ruhe der dernière chance zieht sich, für den Gast spürbar aber nicht greifbar, eine Störung.

»Wieviele Arrac?« fragt Alain und deutet mit dem Kinn kurz auf mich, jetzt ist er plötzlich ein rauher Wirt, und ich bin ein Routinegast, der zu taxieren ist. Er hätte mich selbst fragen können, meine Auskunft wäre verläßlicher gewesen. Aber vielleicht hat man hier schlechte Erfahrungen mit den Antworten der Gäste gemacht. Sie müssen bezahlen, bevor sie den Fuß vor die Tür setzen. Obgleich die Zechpreller hier ja alle auffindbar blieben, es sei denn, sie verschwänden in der Wüste, wie der Pole, dessen Geschichte noch aussteht. Dann bliebe ihre Habe als Pfand, die Bilder, die Gegenstände, doch mit denen kann der Wirt seine Rechnung nicht bezahlen.

»Zwei«, sagt Maxine, und ich weiß nicht, ob ich sie korrigieren soll, denn es sind wohl, rechne ich die unabgemessene Zuteilung zusammen, mindestens drei gewesen, wenn nicht mehr. Aber es soll nicht an mir sein, Maxines Art der Rechnung bloßzustellen. Ich bitte um einen weiteren Arrac, es kommt wohl jetzt nicht mehr darauf an, in jedem Fall ist mein Verzehr hier nur ein Tropfen, verglichen mit Maxines unüberblickbarem Bedarf, bisher teilen die Liter sich zwischen dem Wirtepaar auf. Maxine stippt ein Stück Brot in Alains Brei, ißt es, dann schenkt sie sich ein, die Menge vor der Zäsur ihres Schlafes ist absorbiert. Alain schreibt schweigend. Eine Rechnung? Ich kann das System an meiner Seite nicht erkennen, es sind Worte, keine Zahlen. Ein Code?

Maxine sagt: »Nein, Jan hieß er nicht. Jan war ein anderer, der wurde zerrissen und fetzenweise in die Donau geworfen, oder ist es der Rhein, ich kenne mich in dieser Gegend nicht aus. Henryk hieß unserer, jetzt erinnere ich mich, Henryk de Malkuczynsky, er war Pianist. Er sagte, er hätte meist As-Dur-Preluden gespielt, er war ein As-Dur-Spezialist, das hat das Publikum am liebsten, und man muß dabei den Kopf langsam hin und herbewegen, so als sage man: nein – nein, zu schön für diese Welt. Er hat es mir vorgemacht. Er spielte sie schon mit fünf Jahren als Wunderkind in Samthöschen und Spitzenkragen, ich habe da eine Fotografie von ihm…«

»Wo? Zeigen Sie her!«

»... und er spielte sie mit fünfzehn in den Konzertsälen der ganzen Welt, und als er fünfzig war, spielte er sie immer noch, aber nicht mehr so gut und nicht mehr so gern und nicht mehr so schnell, wie man es mag, er ließ nach ...« Sie setzt ab, Sie horcht. Ein Prélude?

Er ließ nach. Du, Maxine läßt nach. Hier ist kein nennenswertes Schicksal, ich meine, jeder hat sein Handwerk zu erledigen, As-Dur-Préluden, das ist noch eines der leichtesten. Vor deinem Schlaf, da waren sie besser, deine Gestalten, deine schönen Mütter sehe ich, du selbst bist besser. Alternde Artisten, alternde Virtuosen, wie platzende Blasen erscheinen sie in den Sälen der Welt, in Hallen und Künstlerzimmern sitzen sie und sacken zusammen, – gewiß, diesen Henryk sehe ich vor mir, doch ohne Mitleid: applaudiert von alten Abonnentinnen, zwischen Topfpflanzen in Tonhallen und Concertgebouws unter Büsten von Schumann und Mendelssohn, sehe ihn im Frack sitzen, den Blick voller Sehnsucht ins Weite, der Lauf läuft nicht mehr recht, aber das schadet nichts, niemand merkt es, es ist Malkuczynsky, der da spielt, man schuldet ihm Verehrung, er ist noch der alte, er verneigt sich, er lächelt müde und traurig, als wolle er sagen: ach, Ihr Guten, was wißt denn Ihr, ob ich meiner wahren Sendung wirklich gerecht werde! – Nein, Maxine, den baue ich dir besser!

Maxine horcht, und auch Alain hat den Kopf gehoben und horcht. Sie hören etwas, sind plötzlich draußen, in einem von mir und für mich noch nicht erschlossenem Gebiet. Ich bin allein zurückgelassen. Was ist da draußen?

Ich höre nur, daß sich ein Wind erhoben hat, er singt,

und jetzt höre auch ich Fremdes, Niegehörtes. Jetzt diese Höhle verlassen, ihre Geborgenheit, und hinausspringen ins Freie. Unter den Winden sein, die hier ihr Spiel haben, ich wäre selbst im Spiel. Eine Feder im Wehen, flatternd einer Gewalt preisgegeben. Es wächst an, sirrt, pfeift mehrstimmig ums Haus. Ich bin in einem vorgestoßenen Lager, in das der unberechenbare Rand der Erde gefährlich einzubrechen droht. Nach vorn fliehen? Ich wage es nicht, und ich denke – ich denke es immer bei Naturgefahren, unter den heftigen Gewittern von Masante – was bis jetzt nicht von den Wettern zerstört oder vernichtet ist, übergeht mich, meine Behausungen halten noch ein wenig stand und verkommen allmählich, hoffentlich unmerklich, so daß ich das Ende nicht mehr erlebe. Dieser Wind hier ist nicht der erste, dauernd weht es hier, oft gewiß stärker, manches mag er abgetragen haben, aber er hat bisher noch nichts zu Fall gebracht. Und doch geschieht etwas, das diese Beiden dazu bringt, hinauszuhorchen und zu fürchten. Vielleicht der Bote eines unerwarteten Schrecknisses? Kündigt etwas Unabänderliches sich an? Oder nur Gefahr für irgend jemanden da draußen, dessen Ware hier erwartet wird?

Der Wind wird schwächer, macht Pausen. Ein paar letzte Stöße, Ansätze, Nachzügler, und schon ist er vorbei, hat uns übergangen. Maxine und Alain wenden die Köpfe ab, sehen einander an, erwarten Bestätigung voneinander, daß der Schrecken nicht eingetroffen sei, – nur mich überzeugen sie nicht mehr so recht, da war etwas im Spiel, ein Einsatz. Ich kenne das: oft geht Ereignissen ein Luftzug voraus, in dem sie Gewicht und Bedeutung ankündigen. Manchmal aber ziehen sie auch einen Luftschwall hinter sich her, der alles ihnen Angehörige wieder mit sich wegträgt. Beispiele? Weiß ich im Augenblick nicht. Aber ich täusche mich nicht.

Und alles ist wie zuvor. Das Zwischenspiel vorbei. Nachträglich erscheint es mir, es sei für mich inszeniert gewesen: eine kurze Pantomime, die mit ihrer Untermalung beginnt, dann stummer Dialog, der jedem neuen Gast vorgeführt wird. Gleichzeitig greifen wir drei zu unseren Gläsern.

Maxine hat den Faden verloren, ich bin dran. »Er ließ nach, sagen Sie. Wir alle lassen nach. Sie auch, Maxine. Aber Malkuczynsky, der spielte wütend weiter, immer lauter, immer kräftiger, härter, um sich selbst zu übertönen. Und schließlich hielten die Konzertflügel seinem Anschlag nicht mehr stand, die Fugen krachten; eines Abends brach eine schwarze Taste, und eine Saite riß. Doch er spielte weiter, noch heftiger, furioso, jetzt war ihm alles gleich. Es rissen noch zwei Saiten, es entstanden kleine Löcher in den Préluden, durch die hörte er das Murmeln des Publikums, aber er dachte nur: jetzt nicht aufhören, weitermachen, lauter, fester, sicherer, gezielt, auch das geht vorbei, alles geht vorbei, in einer Stunde sitze ich woanders, was immer jetzt geschehe. Dann lockerten sich weitere Tasten, begannen zu klappern, eine zersplitterte, sprang ab, und dann hörte man nichts mehr außer reißenden Saiten, splitternden Tasten und knackendem Holz, und darunter das Lachen und die Rufe des Publikums, und natürlich das Schnaufen des Spielers, denn sein Spiel wurde ein athletischer Akt, er arbeitete schwer, um den Flügel möglichst bald zu zertrümmern. Er schaffte es. Als er aufstand, quollen die Gedärme aus dem Instrument, die Klaviatur war nur noch eine einzige zerbrochene Tonleiter, herzzerreißend, und der Flügel selbst ein waidwund geschossenes dreibeiniges Tier im Verrecken. Er selbst war naß vor Schweiß, und das Publikum hingerissen. Das war etwas Neues. Von diesem Abend an trat er als Klavierzertrümmerer auf. Er ließ den Flügel schon vor seinem Auftritt ein wenig lockern, um sich nicht schon am Anfang verausgaben zu müssen, spielte zuerst Sanftes, Leichtes, hauchte ein paar Mazurken hin, wurde beschwingter im Rhythmus der Walzer, dann bei den As-Dur-Sachen begann es zu knacken, die Fugen lösten sich, die Saiten wurden lasch, lockerten sich, und die Polonaisen brachten alles zu Fall. Wenn er aufstand, hinterließ er eine Masse Holz, in der man kaum noch den Flügel erkannte. Das ging ein paar Monate gut, dann ließen die Kräfte nach, auch waren seine Einnahmen geschmälert: jeden Abend brachte er ein Instrument zur Strecke. Er gab immer weniger Abende, mußte sich schließlich zurückziehen, ließ sich treiben, begann zu trinken, trennte sich von seiner Familie, ging fort, kam hierher, und eines Tages kehrte er aus der Wüste nicht mehr zurück. War es nicht so?«

Maxine sagt: »So war es nicht. Er wurde nicht lauter sondern leiser, später spielte er nur noch auf einer Wachstuchklaviatur, die Töne hörte nur noch er, er wußte nicht, woher sie kamen. Ein paar letzte Anhänger reisten mit ihm, aber es wurden weniger, sie bekamen es satt, nichts zu hören, und dann ...«

»Maxine hat bessere Geschichten«, sagt Alain, »und wahrere. Ihre ist eine Ausflucht. Auch Sie gebrauchen zur Ausflucht Musik ...«

»Maxine hat die Musik ins Spiel gebracht.«

»... die ganze Musik ist ja nur eine Ausflucht«, sagt Alain, »und nicht nur die. Sie werden dem Mann nicht gerecht, es stand um einiges schlimmer, denke ich. Wahrscheinlich wurde er verfolgt, das weiß ich nicht, ich frage nicht, Maxine fragt. Jedenfalls wurde er nicht mehr gebraucht. Wir alle werden nicht mehr gebraucht, außer Maxine, die wird zumindest von denen gebraucht, die nicht mehr gebraucht werden, während wir nur voneinander sagen: Aha, das ist auch so einer. Ich weiß nicht, ob Sie jemals gebraucht wurden, Sie sehen nicht so aus, aber man weiß ja nie. Dieser Mann hatte zumindest eine Methode gefunden, es zu zeigen, darin ist Ihre Geschichte richtig. Maxine erzählt besser, weil sie selbst in den Geschichten vorkommt, und wenn sie gut sind, kommen wir alle darin vor. Gerade dieser Pole ist mir noch lange nachgegangen. Manche geben auf, und es scheint nicht mehr als eine Laune zu sein. Aber der war anders, der wußte, was er wollte, nämlich nichts mehr. Er muß mehr gewesen sein als bloß ein Pianist. Klavierzertrümmerer, Zerstörer, das ist schon besser, aber nicht gut genug. Ich erinnere mich, er hatte einen zerrissenen Strohhut auf und ein zerrissenes Hemd an, und er sang, als er wegging – –«

Dieses Weggehen! Alle gehen hier immer weg, fahren nicht ab oder zurück, sie gehen weg: wohin? Ich werde schließlich auch weggehen, ich gehe zurück, nach Masante. Doch Alain und Maxine denken – ich sehe, wie sie es denken –: wer freiwillig hierherkommt, den zieht es auch weiter hinaus. Dies hier ist etwas Halbes, nicht Leben und nicht Tod, am Rand von Beidem, zu Beidem ist es nur ein Schritt; hier ist eine Grenze wie eine Wasserscheide.

Maxine sieht mich an: »Sie haben auch eine Geschichte ...«

»Eine Geschichte hat jeder«, – aber es ist nicht wahr. Motschmann und Stollfuß und Fricke haben keine.

»Nur Ihre Geschichte ist nicht so gut wie die der anderen, es ist nur eine halbe Geschichte.«

»Mag sein. Ich habe nicht darüber nachgedacht.« – Das ist nicht wahr. – »Das heißt, vielleicht habe ich darüber nachgedacht, aber ich habe das Resultat des Nachdenkens vergessen. Vielleicht ist sie sogar der Ihren ähnlich, es kommt darauf an, wie man sie sieht. Sie ist anderer Leute Geschichte, vielleicht ist sie sogar anderer Völker Geschichte, aber das ist nicht wichtig. Wichtig ist nur, daß ich weder aus meiner Geschichte noch aus der anderer Leute lernen kann, daher kann ich auch niemandem helfen.«

Alain schreibt, Maxine hört nicht zu. Sie sagt: »Sehr möglich, daß Sie auch gelitten haben. Aber aufgelehnt haben Sie sich nicht.«

»Nein. Ich habe niemals siebenunddreißig Katzen gehalten, wo nur zehn erlaubt waren.«

»Sie haben ganz gern gelitten, das sehe ich Ihnen an. Sie haben es sich leicht gemacht, Sie haben verzichtet. Sie sind immer ausgewichen und haben anderen Ihren Platz überlassen. Das hat seine zwei Seiten. Manchmal erhalten die anderen den Lohn, manchmal aber auch den Schlag, der Ihnen gilt. Ich kenne solche, – ich kannte einen, ich habe vergessen wie er hieß, den wollte man erschießen, aber der Schuß hat einen anderen getroffen, der hinter ihm ging, und er hat sich nicht umgedreht, sonst hätte der nächste Schuß ihn getroffen.«

Das ist ungerecht, Maxine! Zwar bin ich nicht hier, um ausgerechnet von dir Gerechtigkeit zu erwarten, schon gar nicht in deinem Stadium, aber um deiner selbst willen lege ich dir nah, den Gegenstand deiner Angriffe zuerst nüchtern zu prüfen, sofern du jemals nüchtern bist! – Plötzlich bin ich müde, – hat Maxines Anschuldigung mich müde gemacht?

Ich trinke aus, ich werde später wiederkommen, vielleicht finden sich dann, trotz Montag, ein paar andere, auf die Maxine zielen kann, soweit sie nicht schon getroffen sind.

Zum ersten Mal mache ich Licht. Es ist trüb, Eine alte Birne, in der die Spirale eines Lichtfadens zittert. Ich werde um eine hellere oder um eine zweite Lampe bitten müssen. Das Fenster ist dunkel, die Wüste für heute erloschen, besser so.

Was gibt der Kalender her? Immer wieder Maria. Hier, der 22. August zum Beispiel gilt ihrem unbefleckten Herzen. Wer hatte da Einsicht in ihr Herz? Was noch? Mariä Namen, ihre sieben Schmerzen – eigentlich wenig! – Empfängnis, Lichtmeß, Mariä Schnee, Verkündigung, Maria Königin. Die all das ernsthaft begehen, dürften wohl selbst ziemlich unbefleckt sein, ich meine im Sinne der Kirche, nicht im Sinne der Menschlichkeit, da gehen die Sichten auseinander. Das unbefleckte Herz Mariä, eine Ablenkung, eine dürftige Modifikation für alle jene, die an der Jungfrauengeburt ersticken, es dürfte da ja wohl einige geben, wenn sie es auch nicht laut sagen. Ich selbst bin gern bereit, dieses Herz in Kauf zu nehmen, warum nicht? Maria ist für mich eine Frau ohne Eigenschaften, auch ohne schlechte, versteht sich;

nichts gegen sie. Daß sie Christus geboren hat, ist nicht ihr Verdienst, sondern dessen, der sie befruchtet hat, von welcher Welt er auch sei, von dieser oder von der anderen, Gott oder Tischler oder ein unbekannter Vorgänger, – das fällt wohl ins Gebiet der Mariologie, sie wird als Wissenschaft ausgegeben und als solche gelehrt. Nur eben, daß auch sie nicht das Geringste über ihren Gegenstand auszusagen weiß: Maria: Heilige oder Schlampe oder heilige Schlampe? Wunder oder Luder oder wunderbares Luder? Keine dieser Möglichkeiten baut sie auf oder trägt sie ab. Der Stein, den sie in meinem Brett hat, unerheblich, und doch unauffällig sich behauptend, wäre freilich gewichtiger ohne Heiligenschein: ich sehe sie bescheiden, ergeben, wissend aber wortlos, die Hände im Schoß, nicht über der Brust gekreuzt wie in all den gemalten Verkündigungen, und erst recht nicht verklärt, wie auf diesen bemalten Skulpturen, die um nichts wahrhaftiger sind als jene bunten Marien aus Wachs oder Marzipan, die da bei finsteren Prozessionen herumgetragen werden, wie Trophäen eines heidnischen Sieges.

Da lobe ich mir die Zunft der Metzger von Padua. Angetan in prächtigem Ornat, der sie als Fleischer von Gottes Gnaden zu erkennen gibt, tragen sie am 5. Juli den Unterkiefer des heiligen Antonius durch die Straßen, eine echte Reliquie, Knochenbau verbürgt, das graugelbe Gebiß ist als echt erkenntlich, das hat gemahlen und gekaut. Wohlgemerkt: nicht jenes Antonius, der in die Wüste ging, um sich dort, – vielleicht war es hier in der Nähe? – unbeobachtet allerlei Versuchungen auszusetzen, über deren Natur so wenig bekannt ist wie über das Maß, bis zu welchem er ihnen widerstanden hat, sondern des großen Büßers, der eigentlich Fernando Martini hieß und den Fischen predigte, so daß sie seitdem auf ewig verstummt sind.

Simon. Den gibt es da zweimal auf dem Kalender, ich kenne beide nicht. Der, den ich kenne, genügt mir, das ist der Säulenheilige Simeon, dort in Syrien, vor wenigen Tagen erst bin ich an ihm vorbeigefahren, durch jene Gegend, in der das Stylitenwesen geblüht, wo auch dieser unholde Asket das seine getrieben hat, diese Primadonna der Selbstkasteiung, der sich mit sechzehn Jahren einen Ledergürtel anlegte, innen mit Nägeln beschlagen, um sagen zu können: seht wie ich blute! In der Tat, er blutete, es war zu erwarten; doch die es sahen, begannen zu beten, das sind die Rätsel der Gläubigkeit. Mit siebzehn Jahren ließ er sich bis zum Kinn in die Erde eingraben und blieb drei Wochen lang eingegraben, um sagen zu können: seht wie ich leide! In der Tat, er litt. Und wie er sein Leiden genoß! Zur Fastenzeit ließ er sich im Keller seines Kloster einmauern; jetzt allerdings wurde sein Eifer den anderen Mönchen unheimlich, und ich denke, daß er auch Gott langweilig wurde, daß Er sich abwandte, es gibt jedenfalls kein Zeichen dafür, daß Er gesagt hätte: dies ist mein Mann; geschweige denn: dies ist mein Sohn. Das hat er freilich bei Jesus auch nicht gesagt, obgleich alle so tun, als hätte Er es gesagt. In Wirklichkeit nämlich behagt Ihm derlei Unfug nicht, Sein Herz gehört den Zufriedenen, den Wohlhabenden – Krieg den Hütten, Friede den Palästen! – das dürfte bewiesen sein.

Die Mönche schoben dem Simeon nacheinander sechs Laib Brot ins Verlies, doch als er am Ostermontag ausgemergelt ans Tageslicht trat, lagen die Brote unberührt im Keller. Wie schwer er hatte arbeiten müssen, um die Ratten zu vertreiben, die ihn um den Beweis seiner Standhaftigkeit gebracht hätten, ist nicht überliefert. Meiner Meinung nach hätte er, als Mann Gottes, der niederen Kreatur die Nahrung überlassen sollen, auf die Gefahr hin, daß er keinen Beweis seiner Kasteiung gehabt hätte; daß nur Gott und er gewußt hätten, welche Qualen er erduldet habe: der Heiligkeit, die man erst belegen muß, fehlt es an Heiligkeit. Wie auch immer: ein ekelhafter Triumph.

Es sprach sich herum, man verwechselte diese Darbietungen mit Frömmigkeit, bald kamen Pilger, zogen Zuschauer nach, und im Jahr 423 waren es so viele, daß Simeon sich der Menge entziehen mußte, um seine Akrobatik unbehindert betreiben zu können. Unbehindert, doch nicht ungesehen, versteht sich, denn ohne die Teilnahme des Publikums ist solches Treiben sinnlos, – ich meine zwecklos: sinnlos ist es auf jeden Fall. Auf einem Hügel ließ er sich von Mäzenen eine drei Meter hohe Säule bauen. Auf ihr blieb er kurz, sie gewährte ihm nicht die Entrückung, die er zu brauchen vorgab. Ein Jahr später errichtete man ihm eine neunzehn Meter hohe Säule, und das, was ich auf meiner Reise vor mir hatte, war ihr Stumpf. Unter dem Beifall der Gläubigen erklomm er sie mit Hilfe von Seilen,

und auf dieser Säule blieb er neunundzwanzig Jahre lang. Er ließ sich ein niedriges Gitter errichten, damit er bei seinen Kniefällen nicht herunterfalle, ließ sich in Ketten legen, den Hals mit einem eisernen Ring umschließen. Was er an Nahrung zu sich nahm, wurde an einem Seil hinaufbefördert. In dieser Lage waren nicht nur seine religiösen Übungen, sondern auch seine körperlichen Verrichtungen der öffentlichen Schau preisgegeben. Das erstere entsprach seiner Absicht, das letztere nahm er in Kauf.

In der Tat drängte sich mir die profane Frage auf – sie läßt sich leicht erraten, und gewiß bin ich nicht der erste, der sie stellt, – wie er wohl seine Notdurft verrichtet haben mag. Diese Frage behandelt weder Kirchengeschichte noch Heiligenlegende. Was Körperlichkeit betrifft, werden Peinlichkeiten ausgespart und Wunder vorausgesetzt. Doch wer oberhalb der Region des Glaubens noch ein wenig nachdenkt, was freilich seine Verwalter nicht gern sehen, hätte vielleicht solche Fragen gern geklärt; die schönste Lösung wäre, daß die Heiligsten der Heiligen keinen Stoffwechsel kennen; damit erst gewänne die Geschichte jene letzte Größe, zu der sie ohne die Lösung der Fragen des Allzu-Irdischen nicht emporwachsen kann. Denn hier hätte Gott tatkräftig eingegriffen: indem er ihm unheilige Körperfunktion ersparte. Gewiß: er nahm kaum etwas zu sich. Und doch, ein wenig muß es wohl gewesen sein, das unter ihm hinauswollte. Ich stelle mir vor, daß dieser Heilige, unter dem Schutz der Nacht, seinen entblößten Hintern unter das Geländer streckte und aus seinem dürren Darm ein paar trockene Brocken fallen ließ, die noch vor Tageshelle von dem allerletzten demütigsten Laienbruder heimlich entfernt wurden. Der war vielleicht ein wahrer Büßer, straffällig geworden und zu irdischer Fron verdammt. Denn ich möchte nicht denken, daß die schlaueren Brüder diesen Stoff als wunderwirksame Reliquie verkauft haben, die Schlakke als Materie, die einen heiligen Körper durchwandert hat und daher Seelen heile und heilige.

Wie dem auch sei: den Gläubigen des Tages darf nicht gezeigt werden, was auf die Körperlichkeit des Heiligen hinweist, vielleicht sagt man ihnen, er esse und trinke nicht; und nur die allerniedrigsten, armseligsten, schweigenden oder stummen Laienbrüder und Schwestern in ihren verschossenen zerschlissenen Kutten wissen es,

sie sind wohl die wahren Heiligen: nicht der greise Kardinal in seinem Purpur, sondern der Laienbruder, der ihn entblößt, den zerfallenden Körper wäscht und ihn damit bei Würde hält; nicht der Papst, sondern die Nonne, die das Nachtgeschirr unter dem sterbenden Papst hervorzieht: an diese denkt niemand. Sie sind namenlos, sprachlos, und wenn sie erlöschen, nennt sie niemand mehr.

Dort droben also vegetierte Simeon und verrichtete seine Bedürfnisse, geistig, geistlich und körperlich. In seiner Höhe wähnte er sich nah bei Gott und sah sich, zunehmend, als Sein Vermittler: kein Wunder, denn dort droben lösten sich die Maßstäbe auf; da ihn in der Luft weder Kenntnis noch Erkenntnis berührten, umwehten ihn auch keine Zweifel an seiner Sendung. Hier denn ergötzte er sich nicht nur an seiner asketischen Übung, sondern hielt sich für den Überblicker der Welt: ihre Weite machte ihn maßlos. Unten standen Männer, stand Vieh; Frauen hatte er aus seinem Gesichtskreis verbannt, seine Mutter verjagt. Hier wetterte er über die Köpfe der Gläubigen hinweg und hinaus in die Weite, wo die Wellen seines Zornes Patriarchen, Fürsten, Könige und den Kaiser erreichten. Es ging gegen die Ungläubigen, die Andersgläubigen und selbstverständlich gegen die Juden, Simeon dort droben brachte es fertig, daß man ihnen die Stätten ihrer Gebete nahm; Synagogen wurden verbrannt, Unschuldige verfolgt, –

ja, mancher Häscher könnte sich auf diesen Simeon berufen, aber lasse ich das jetzt. Ich bin müde.

– zu leicht gemacht, sagt Maxine. Das bleibt hängen. Vielleicht hat sie recht. Besser zu leicht als ein falsches Gewicht oder ein künstliches, –

ich sehe mich durch einen Park gehen. Da sitzen zwei auf einer Bank und sehen in die Gegend, sie tragen Regenmäntel. Jetzt, denke ich, jetzt gebe ich Gerber eine Lektion. Ich gehe auf die Beiden zu und sage: ›Ich bin der, den Sie suchen.‹ – Sie sehen mich an, sehen einander an, einer sagt: ›Wir suchen keinen bestimmten.‹ – ›Eben der bin ich‹, sage ich, ›kein bestimmter‹. Nichts geschieht. Ich gehe weiter. Sie kommen nicht hinter mir her, wahrscheinlich sehen sie mir noch nicht einmal nach. Kein bestimmter, zu nichts bestimmt.

So weit so gut. Ich wende mich ein zweites Mal um und sehe von weitem: da geht einer vorbei, das ist Felber. Die Beiden stehen langsam auf und treten ihm entgegen. Felber greift in die Tasche, Kranzmeier fällt ihm in den Arm, kurzes Handgemenge, Fricke faßt den anderen Arm, so daß Felber plötzlich links von ihm steht, links von Felber ist Motschmann, und die drei gehen, Felber in der Mitte, in der anderen Richtung davon, der Park ist leer. Vielleicht war auch Felber kein bestimmter, aber jetzt ist er zu etwas bestimmt.

Was liegt da noch alles unter
CHI TOCCA MUORE:

Dr. Ewald Winführ-Morelli. Vergessen, wer das war. Klingt nach Herausgeber einer Zeitschrift, die sich mit Sprache befaßt. Hat inzwischen den lang erwarteten Ruf an eine Universität erhalten, wird Prof. Dr. E. Winführ, jetzt kann er den Namen seiner italienischen Frau fallenlassen. Ordinarius für Tautologie, erhält sein eigenes Institut, gilt als begnadeter Pleonast. Abgelegt.

Klaus Hinrich Buttjes, Bootsvermietung. Den sehe ich noch. Aus einem handfest gestrickten schwarzen Rollkragen ragt ein eckiger bleicher Kopf mit kurzgeschorenem Haar, weißblond; auf ihm sitzt, schief und fesch, eine schwarze Schiffermütze mit Schild, unter dem der Blick hinausgleitet auf das Watt. Ich sehe ihn sonntags in einer singenden Runde, jeder sucht beim Nachbarn die Bestätigung des eigenen Mutes, kämpferische Töne anzustimmen, da wird das fernblickende Auge feucht und fröhlich. Klaus Hinrich ist ein ganzer Kerl, aus *einem* Guß, ich wage nicht zu denken, aus was für einem, weiß auch nicht mehr, wo er stand, breitbeinig, die Hände in den Hüften, in der Pose des gutmütigen Angreifers, als wolle er sagen: Na? Wie wärs? Wahrscheinlich Brunsbüttelkoog oder St. Michaelsdonn, vielleicht aber auch in einem jener Doppelorte, die sich in den Bahnhof teilen, so daß man bei der Ankunft nicht weiß, wo man ist. So schaffen sie sich ein Alibi, verwischen Spuren. Stets gerüstet, den Punkt eines Mordes oder einer Festnahme unkenntlich zu machen, Opfer und Zeugen zu verwirren. Langwedel-Eystrup, Ennepetal-Milspe, Dreileben-Drakenstedt, – mögen diese Zwillinge auch durch einen Fluß getrennt sein, ist der eine Teil, notwendigerweise, schöner als der andere, die Ufer bleiben auswechselbar, rechts und links, mischen sich bei der Protokollaufnahme leicht wie Karten in der Hand eines Taschenspielers; –

wo wäre es dann gewesen, daß Lüning zusammengeschlagen wurde, seine Zähne verlor, eine innere Verletzung davongetragen hätte; oder daß Perchtl in Motschmanns Auftrag die Hand auf Blochs Schulter gelegt und gesagt hätte: na endlich! Blexen oder Bassum, Immensee oder Arpke oder – fröhlicher – Traben oder Trarbach? Los von diesen Postkarten.

Oder Castrop-Rauxel? Auf einer Bahnfahrt zwischen Schwerte und Castrop-Rauxel – andere kennen den Ort unter dem Namen Wanne-Eickel – die Fahrkarte ist wohl noch irgendwo unter den Zetteln – sah ich an einer rußigen Mauer vor einem Gewirr von Schloten, gekreuzten und verqueren Rohrleitungen und Schrott, Schrott, überall Schrott, in großen weißen Lettern die Formel: JOH. CHRST. PRAESENT WWE sich hinziehen, und ich sah die WWE vor mir, anders als Emil Pasqualis Witwe, nicht über dem Gewinkel der Blutgasse. Nicht behaglich und breit, in selbsterhaltendem brutalem Genuß des häuslichen Alltags wie Witwe Bolte. Auch nicht kulinarisch weise unter Spitzen hervorblickend wie Veuve Clicquot, die genießerisch abgeklärt auf ihrem Thronsessel sitzt, eine alte Herzogin, das Auge auf eine Flasche ihres Lebenswerkes gerichtet; sondern unter ihrem schwarzen Witwenschleier gierig zupackend nach einem Aktienpaket, den sehnigen Hals, über den ein bleckendes Gebiß ragt, das keinen, auch nicht den verhärmtesten Kontoristen, aus den Zähnen laßt, den ihr seliger Gemahl seinerzeit aus einem beflissenen Stift geformt und dessen Beflissenheit sich längst gerächt hat; keinen dieser Angestellten, die dem verstorbenen Praesent, wie sie meint, alles, aber auch alles zu verdanken haben und es nun bis an ihr Lebensende in kleinen und großen Akten der Loyalität der Witwe abtragen müssen. Selbst so gut wie kinderlos – den einzigen Sohn hat sie enterbt, er wollte ihrem Geiz an den Kragen, – setzt sie Pfähle einer stählernen Strenge zwischen die alternde Belegschaft und behält die Zügel straff in dieser Hand aus Haut und Knochen,

da wurde das Bild der Witwe wieder abgeschnitten durch eine Reihe von Güterwagen, die schon so manchen Einblick abgeschnitten hat, und als sie aufhörte, war wieder Donnerstag, mein liebster Tag, ein Tag voll Kohlendunst, an dem es nicht hell wurde. Aber es tat wohl, ich atmete auf, obgleich man in dieser Gegend nicht viel Gutes einatmet.

Wie aber, wenn diese Witwe Praesent, im Gegenteil, auf das Ableben ihres tyrannischen Gemahls gewartet hätte, um der unterdrückten Belegschaft Rechte einzuräumen, die eine gewaltige Reform einleiten sollten, Beginn einer Herrschaft der Gerechtigkeit? Wie, wenn ich mich irrte, wenn Karl Adolph Starck den Szygmunt Weiszbrodt nicht getötet, sondern vor Kabastas Griff gerettet hätte? Wenn die Haushaltslehrerin Hedwig Klotze mit der ihr eigenen Sparsamkeit zurückgelegt hätte, um Geld unter die Armen der Armenhausgassen der Welt zu verteilen? Wo wäre ich dann mit meinen Namen? Sind sie tatsächlich anderes als Kennzeichen, Nummern?

Es liegen da unter CHI TOCCA MUORE auch Fahrkarten, die mich durch bessere Luft geführt haben als die von Castrop oder Eickel. Hier ist sie, die Karte, die ich gesucht habe: Bever – Carolina und zurück; eine Fahrt durch Tannen und Lärchen, die nicht zustande kam: die Lawine Madlaina kam in diesem Jahr früher als erwartet. Wäre sie nur wenige Minuten später gekommen, so hätte sie mich im Zug erwischt. Jedenfalls versperrte sie die Strecke auf halbem Weg. Ich hatte mir die Haltestelle ansehen wollen und die Leere in den zwei Holzbaracken, in denen früher Holzfäller gewohnt hatten, um den Berghang kahlzuschlagen. Vor allem den Punkt, den sie nach ihrer Köchin genannt hatten, dem einzigen weiblichen Wesen in dieser Männergesellschaft, Carolina, kein Maskottchen gewiß, und keine Marketenderin, sondern eine währschafte Mutterfigur, ich sah die Göttin Gaia, deren Name über den Rodungen schwebte, eine Urmutter am Kochtopf, im Kochtopf ein göttliches Gericht.

Jetzt werde ich die Fahrt wohl nicht mehr machen, diese Region ist mir entschwunden, diese Bahnstrecken zwischen Hängen voller Weihnachtsbäume dort wo sie hingehören. Dieser Bahnhof von Bever mit seiner Bedürfnisanstalt, auch Abort genannt, die Schranke westlich davon, vor der ich oft mit dem Auto gewartet habe, um dem Rangierspiel zuzusehen, das sich da in der winterlichen Stille des Bahnhofs vollzog.

Täglich verkehrten zwei Güterzüge, die Holz aus St. Ignaz und Bimsstein aus Vuorn über Bever weitertransportierten. Hier in Bever gabelte sich die Bahn. Eine fuhr nach Spinas, die andere nach Anger, in Carolina hielt der Zug auf Verlangen. Ferner verkehrte täglich ein Personenzug, der Fahrgäste zwischen St. Ignaz, Vuorn, Bever, Spinas, Anger und auf Verlangen Carolina, hin und herbeförderte. Die Schranke war, wenn ich kam, meist geschlossen, und ich sah den Zug aus dem Schnee kommen, ein kurioses

Phantom, das mehr Kraft vortäuscht, als es zu bieten hat. Ich ließ mich gern von ihm aufhalten.

Neun Jahre zog sich durch die Akten der Gemeinde Bever der Plan einer Unterführung, doch dazu kam es nicht, man wurde sich über den Ort nicht einig. Die Konservativen wollten sie dort haben, wo die Bedürfnisanstalt stand, um sie auf diese Weise loszuwerden, sie witterten in ihr irgendeine Verderbnis der Moral, was sie nicht aussprachen, um die bisher Harmlosen nicht auf unbekannte Gefahren hinzuweisen; es hatte sich sogar ein geheimer Tugendbund zusammengeschlossen, der sich zur Aufgabe machte, die unanständigen Zeichnungen, deren Märtyrer das anspruchslose Häuschen immer wieder wurde, zu entfernen. Die Fortschrittlichen dagegen wollten auf die Anstalt nicht verzichten, nicht etwa weil sie ihrer öfter bedurft hätten als die Konservativen – im Gegenteil: die Konservativen waren in der Mehrheit, und letzten Endes war ja die Anstalt den Fahrgästen zugeeignet, – nein, für die Fortschrittlichen war die Anstalt Gegenstand freimütiger Fortschrittlichkeit, eine existentielle Grundstufe der Aufklärung gewissermaßen. Sie meinten, dieses bescheidene Häuschen gehöre nun einmal zum Bahnhof, und sie hatten recht: aus denselben Latten gebaut, im gleichen Grau gestrichen, war es ein legitimer Ableger,

Mutter und Kind; allerdings war die Entfernung doch so groß, als schäme sich die Mutter des allzu menschlichen Kindes. Die Anstalt fiel nicht, die Unterführung wurde nicht gebaut, der Faden, der sich durch die Akten zog, hat sich bei einem Sachbearbeiter verknotet oder ist auf dem Weg zu einer höheren Instanz zerrissen, die höchste Instanz hat nie von dem Fall erfahren, und vor der allerhöchsten Instanz sind Konservative und Fortschrittliche gleich, sie kennt auch keine menschlichen Bedürfnisse.

Der Personenzug aus St. Ignaz über Vuorn traf um halb zwölf in Bever ein, Verspätung eingerechnet. Wenn ich, an der Schranke stehend, nach Westen in Richtung Vuorn blickte, in den Nebel und in den Schnee, dann wunderte mich, daß von dort überhaupt etwas eintreffe, vor allem, daß Personen dorther kämen, erschien mir so seltsam wie daß sie nach Anger oder Spinas wollten oder hier ausstiegen. Kein Laut zwischen den Geleisen, nur der Bahnhofsvorsteher beschäftigt, es ist seine Stunde, von der er sich den Rest des Tages erholt, außer der Stunde am späten Nachmittag, wenn sich die Züge aus Spinas und Anger hier treffen, um wieder eins zu werden.

Auf Bahnsteig zwei steht ein Mann mit einem Gewehr: kein Gunman, ein einsamer Jäger. Er liest einen Brief, faltet ihn dann zusammen. Östlich des Bahnhofs atmet ruhig eine alte Lokomotive. Der Vorsteher knöpft sich die Jacke zu, der Mann mit dem Gewehr entfaltet den Brief nochmals, er hat die Bedeutung irgendeines Satzes noch nicht recht erfaßt. Von Westen fließt der Zug aus St. Ignaz über Vuorn heran, entledigt sich der Berghänge seitlich, fährt sich frei, der Jäger faltet den Brief endgültig zusammen, hat ihn verstanden, der Vorsteher blickt dem Zug entgegen, ein zweiter Eisenbahner tritt auf den Plan und geht, ohne sich umzusehen, nach Westen, vorbei an der Schranke, an mir, zur Weiche.

Der Zug aus St. Ignaz über Vuorn fährt ein. Er verrät die Absicht, seine Verspätung nicht aufzuholen, er bietet dem Verstreichen der Zeit den Trotz einer zwar machtlosen, aber furchtlosen Instanz; fünf Fahrelemente: Lokomotive – American Type von 1911 mit Doppelkessel –, Postwagen, zwei Personenwagen, Güterwagen; die Personenwagen zweiter Klasse, Raucher und Nichtraucher, dazu ein einziges Erster-Klasse-Abteil, weder Raucher noch Nichtraucher, auf dieser Ebene einigt man sich gütlich. Der Güterwagen kommt aus Vuorn: Bimsstein. Der Zug hält an, zwei Türen öffnen sich, es steigen aus:

Erstens: ein sechzehnjähriges Mädchen mit Zöpfen und einer Notentasche, in der ein Heft Noten von Muzio Clementi sind, begabter Nachwuchs einer vielköpfigen Bauernfamilie aus St. Ignaz, das, auf dringendes Anraten ihrer Lehrerin, in Bever, bei der einzigen Klavierlehrerin der Region, Unterricht nimmt. Vielleicht wird sie es weit bringen, wahrscheinlich aber wird sie Nachfolgerin der Klavierlehrerin, um später andere Mädchen aus St. Ignaz oder Vuorn zu unterrichten, unter denen vielleicht eines Tages eine sein wird, die es weit bringt.

Zweitens: ein einarmiger Mann mit einer gestrickten Wollmütze. Unter dem Armstumpf trägt er ein verschnürtes Paket. Er ist unrasiert. Seine Augen liegen nah beieinander, er sieht aus, als habe er einmal Verschwörer werden wollen, habe es aber nur bis zum Lustmörder gebracht. Aussehen, Haltung, Paket verheißen Ungutes. Er geht auf die Bedürfnisanstalt zu, als sei er einzig mit dem Vorhaben ausgestiegen, sie zu nutzen, und verschwindet schnell in ihr, vielleicht hat er ein schlechtes Gewissen, dieses Streitobjekt aufzusuchen, vielleicht ist er ein konservativer Lustmörder, –

wenn jetzt Fricke in dem Häuschen wäre? Doch dann stände ja Perchtl oder Kranzmeier davor. –

Der Jäger mit dem Brief steigt ein. Bahnhofsvorsteher und zweiter Mann treten in Aktion: nach Anger fährt nur ein Personenwagen. Landwirtschaftliches haben sie dort selbst, Bimsstein brauchen sie nicht, Post erhalten sie nicht. Da nun dieser Personenwagen – der ohne das Erster-Klasse-Abteil – nicht der letzte Wagen des Zuges ist, bildet der nach Spinas fahrende Teil bis hierher kein zusammenhängendes Ganzes, denn dazu hätte man schon vorher die beiden Personenwagen trennen müssen, um den Güterwagen dazwischenzuschieben, so daß der nach Spinas fahrende Teil, um einen Wagen gekürzt, hier abfahren könnte. Da jedoch der Güterwagen mit Bimsstein erst später, in Vuorn, angehängt wurde, wo es kein Rangiergeleis sondern nur ein Abstellgeleis gibt, kann man dort den Güterwagen nicht einfügen, sondern muß ihn anhängen. So muß denn der Zug nach Spinas hier sein vorletztes Element, den Fremdkörper, loswerden, damit dieser nach Anger fahre. In diesen Wagen nach Anger steigt jetzt der Jäger. Daß er bis eben noch in dem Brief las, deutet darauf hin, daß er von der Entbehrung weiß: dort hinten in Anger ohne Post auskommen zu müssen. Wahrscheinlich wird er, während der 19 Kilometer Fahrt, den Brief noch mehrmals lesen, vielleicht in wachsender Unruhe, falls ein Jäger Unruhe verspürt.

Der Zug hat sich abgekühlt, fährt an, zurück nach Westen in Richtung Vuorn, über die Schranke, über die Weiche hinaus. Hier tritt der zweite Mann, der Weichensteller, zwischen den ersten und den zweiten Personenwagen, trennt sie mit einem kurzen Griff, springt wieder heraus, geht zur Weiche, verstellt den Hebel, worauf der Zug, um den zweiten Personenwagen und den Güterwagen verkürzt, wieder in Richtung Bahnhof fährt, wo der Vorsteher mit der roten Mütze zwischen Postwagen und Personenwagen springt und den verkürzten Zug noch einmal zertrennt und sich auf das Trittbrett des Postwagens stellt. Im Personenwagen sitzt der Jäger mit dem Brief, er sieht aus dem Fenster, während die Lokomotive, nur noch mit dem Postwagen und dem Vorsteher daran in östlicher Richtung über die Weiche jenseits des Bahnhofs fährt. Indessen kommt der Einarmige aus der Bedürfnisanstalt, er knöpft sich nicht die Hose zu wie Fricke, sondern die Weste, als habe er soeben den Stift wieder eingesteckt, mit dem er eine unanständige Zeichnung an die Wand geschmiert hat. Das Paket hat er nicht mehr, vielleicht ist er in der Absicht hierhergefahren, um sich in der Einsamkeit der Bedürfnisanstalt seines furchtbaren Inhalts zu entledigen. Währenddessen stellt der Weichensteller die westliche Weiche um, entfernt sich die Klavierschülerin zielsicher und gelehrig auf der verschneiten Straße, bleibt die Lokomotive mit dem Postwagen östlich der östlichen Weiche stehen, springt der Vorsteher vom Postwagen, stellt die Weiche um auf Gleis eins, stopft sich der Weichensteller im Westen eine Pfeife, besteigt der Vorsteher wieder das Trittbrett des Postwagens und fährt mit dem Zug, der jetzt rückwärts auf Gleis eins wieder in den Bahnhof gleitet, springt auf dem Bahnsteig ab, während sein Zug nun westlich wieder mir entgegen über den Bahnhof hinausfährt, um, des ersten Personenwagens ledig, den zweiten Personenwagen und den Güterwagen abzuholen. Der Vorsteher steht auf Bahnsteig eins, das Mädchen mit der Notentasche geht die weiße Straße hinab, der Einarmige zündet sich umständlich eine Zigarette an, wie nach getaner Arbeit, – jetzt ist der Moment der alten Lokomotive gekommen: sie fährt von ihrem Abstellgleis auf den Personenwagen nach Anger zu, in dem der Jäger sitzt und hinaussieht, vielleicht wird er dort hinten in Anger lange Briefe schreiben, sofern ein Jäger Briefe schreibt, – und während der Vorsteher die alte Lokomotive mit dem einen Personenwagen koppelt, koppelt westlich der westlichen Weiche der Weichensteller die große Lokomotive und den Personenwagen nach Spinas an den zweiten Personenwagen und den Güterwagen, springt auf und fährt mit dem reduzierten aber kompletten Zug wieder nach Osten in den Bahnhof ein; der Einarmige, seines Zieles noch nicht sicher, entfernt sich auf der Straße, er sieht das Mädchen mit den Noten, vielleicht bringt es ihn auf eine furchtbare Idee; der Zug nach Spinas steht auf

Gleis eins, der Vorsteher betritt das Bahnhofsgebäude, um die Abfahrten vorzubereiten, der Weichensteller springt aus dem Zug nach Anger auf den Bahnsteig, er zieht an seiner Pfeife, die beiden Lokomotiven stehen nun beinah nebeneinander, die Führer an den Fenstern wechseln ein par Worte, bevor sie auseinanderfahren. Der Vorsteher kommt aus dem Gebäude, trifft sich mit dem Weichensteller, der Einarmige geht die Straße hinab, dorthin wo das Mädchen mit den Noten soeben um eine Ecke geht und seiner Sicht entschwindet, er geht schneller; der Vorsteher drückt einen großen Hebel herab, der Weichensteller ruft dem Lokomotivführer nach Spinas etwas zu, der antwortet ein Wort, geht ans andere Fenster und ruft dem Lokomotivführer nach Anger etwas zu, der nickt, das Mädchen ist verschwunden, der Einarmige schon weit, die Schranke noch geschlossen, das Paket liegt unentdeckt in der Bedürfnisanstalt, vielleicht wird es für seinen Entdecker eine Quelle ewigen Schreckens sein, oder es ist Sprengstoff, und die Anstalt fliegt bald in die Luft. Jetzt dreht der Vorsteher an einem Rad, die Schranke hebt sich, aber ich habe keine Eile, ich sehe auf die beiden Züge, der eine klein, der andere winzig, kaum ein Zug; der Vorsteher hebt die Signalscheibe, der Kopf des Lokomotivführers nach Spinas verschwindet vom Fenster, der Zug fährt ab, der Einarmige biegt weit hinten um die

Ecke, holt vielleicht das Mädchen ein, wie weit wohnt die Klavierlehrerin? Der Zug nach Spinas fährt in den Schnee, einem Flußbett entlang, nun fährt auch der Zug nach Anger ab, der Jäger sieht nicht mehr aus dem Fenster, vielleicht holt er den Brief hervor, das Mädchen hat inzwischen entweder die Klavierlehrerin erreicht oder wird von dem Einarmigen in eine dunkle Scheune gezerrt, der Zug nach Spinas ist schon fern, der nach Anger verschwindet in einem engen Seitental, der Weichensteller klopft seine Pfeife aus, der Vorsteher legt die Signalscheibe ab und drückt einen Hebel, und beide verschwinden im Bahnhof, ich fahre über die Geleise, wo die Unterführung geplant war, der Lustmörder geht entweder die Straße entlang oder er verspürt Lust und mordet, das Mädchen schreit unter seinem Griff oder seiner Last oder spielt der Klavierlehrerin eine As-Dur-Tonleiter vor, die Züge sind verschwunden, Vorstand und Weichensteller ruhen sich aus, die Chance des Mädchens liegt in der Einarmigkeit des Lustmörders, ich fahre die Straße weiter, der Bahnhof entschwindet, ich sehe nur noch Schnee und Tannen, dort hinten liegt der Wald von Tamangúr.

Gerber oder Gelbert? Jetzt bin ich nicht mehr sicher, denn auch Gelbert ist der Name eines Mitschülers, der es zu nicht viel bringt, andrerseits wieder nicht der Name eines Mitschülers, der mit einer Waffe herumläuft, d. h. vielleicht doch, aber nicht weil er sich in Gefahr glaubt, sondern um auf Spatzen zu schießen.

Der Name des Indianer-Ausrotters jedenfalls ist Figueras, General Porfirio Figueras. Seinen Adjutanten, seine rechte Hand, den schönen Löffelbesitzer wüßte ich nicht zu nennen. Der Innenminister ist Oberst Corrado Senfft, dessen Familie aus dem Badischen stammt, aus Eggern bei Mosbach. Er wird wahrscheinlich der Nachfolger des Generals. Gesegnet werden die Handlungen von Kardinal Carillo, einem militanten Gegner der Liturgie-Reform und anderer Reformen, etc.

Ja, Motschmann, oder vielleicht auch Mutschmann, Wilhelm mit Vornamen, bedauert heute manchmal, hinter dem Schreibtisch zu sitzen. Der Außendienst damals hielt ihn frisch, er pflegte dem Opfer offen entgegenzutreten, rundheraus ein Sieger auf der ganzen Linie, sozusagen. In seinen hellen Augen spiegelte sich jene Zukunft, für die er bereitwillig die Verantwortung übernahm und noch übernimmt, die Sicht war zuversichtlich, er hatte da und hat da – in seinen Worten – irgendwie ein gutes Gefühl. Er lächelt viel, lächelt auch Gerber oder Gelbert oder Felber an, während der andere der beiden Häscher, Stollfuß oder Fötterle, auf Gerbers oder Gelberts Ausweis wartet; das Lächeln des Siegers, der jedoch seinen Sieg nicht auszuspielen gedenkt, da er sich von ganz allein ausspielen wird. Motschmann weiß: auch dieser Fang wird sich bezahlt machen, und zwar eher als es dem Besiegten, den sein Gesicht anstrahlt, lieb ist. Motschmann spricht nicht, jedenfalls nicht mit seinem Opfer, es ist ihm denn doch, gelinde gesagt, ein wenig zu gering. Aber da steht er und sieht es an, als erwarte er von ihm freudige Teilnahme an seiner Zuversicht, die nun einmal unerschütterlich ist und bleibt. Er steht da und kontrolliert den anderen, jüngeren, Fricke etwa oder Fötterle, und findet, daß der – er ist neu im Dienst und soll sein Nachfolger werden – seine Sache gut macht. Wieder die Frage: ob der Herr vielleicht mal so gut sein wolle, ihm den Ausweis zu zeigen. Er fragt beiläufig, beinah ein wenig gelangweilt, als sei er dieser Frage überdrüssig, er habe sie in dieser Stunde nun schon an mehrere Gestalten wie Felber richten müssen und müsse sie ohne Zweifel auch noch an andere solche Typen richten, man werde dieser Brüder ja kaum noch Herr, man trete auf sie, zertrete sie beinah, was ja, weiß Gott, kein Schaden sei, aber der Ordnung halber gehe das leider nicht, es verwirre die Listen.

Motschmann steht und lächelt, zeigt gute Zähne, aber daneben eben diesen Goldzahn, – d. h. er lächelt nicht, er grinst. Er weiß, daß man dieser Brüder sehr bald Herr werden wird. Auch der jeweils andere, Kranzmeier oder Fricke, weiß es, er tut nur, als wisse er es nicht, er spielt Verzicht, das ist sein Spaß, er spielt Unterlegenheit und bringt damit den anderen manchmal zum Lachen. Sein Blick führt während der Frage an seinem Opfer vorbei, als seien dort hinten schon wieder andere dieser Brüder, die noch unbehelligt ihr Wesen trieben, die er aber nun, wohl oder übel, laufen lassen müsse, wenn Gerber oder Lüning oder Bloch sich nicht endlich entschließen würden, ein bißchen plötzlich zu sein, wie Fricke es gern nennt. Der andere, eben Motschmann oder Stollfuß, steht indessen unbewegt, er sieht sich das Opfer in Ruhe an: ein Sieger sieht aus der Sphäre der Sieger hinab auf den Besiegten. Glücklich sieht er aus, es macht ihm Vergnügen, die Exemplare, die er sammelt, zunächst einmal aus der Nähe zu betrachten, bevor er sie weitergibt. Übrigens lernt man auch aus ihrem Anblick. Kranzmeier indessen wartet auf Blochs Ausweis, er seufzt über die Pflicht, die ihm gebietet, sich mit derlei abzugeben, und läßt Motschmann an dem Seufzer teilhaben, seufzt für ihn mit: dieser Kerl hier sei eben doch nur Ungeziefer, während dort drüben Riesenschädlinge herumkriechen und sich ihm kriechend zu entziehen suchen, und hier stehe er und warte auf Felbers guten Willen.

Auf dem Weg hierher war ich den Beiden nah.

Nachts in Saloniki, in einer Straße, einer langen Reihe verschlossener Türen, herabgelassener Rolläden und entblößter Obststände leuchtete einsam und vergessen das Schaufenster eines Porzellangeschäftes, darin ein Gedränge von Bäuchen, Armen, Hälsen, Henkeln, Schüsseln, und alles durch blendende Reflexe vervielfacht. Manches war umgestoßen und zerschlagen und lag in Scherben verstreut, und durch die Scherben führte ein Rennpfad von bröseligen Splittern und Staub, und darauf, vorn vor der Scheibe, die Schnauze beinah am Glas, als habe sie noch vor dem Verrecken einen rasenden Tanz aufgeführt, eine tote Ratte;

dem Schaufenster zugekehrt liegt sie auf dem Bauch, wie zu einem letzten tollen Sprung geduckt, die roten Perlaugen weit geöffnet: sie spiegeln das erstarrende Entsetzen vor irgendeinem Anblick, der selbst das Herz einer Ratte stillstehen läßt. Welcher Anblick? Und welcher Art war der Augenblick, in dem es stillstand? Wie lange vorbei? Die Straße ist leer, ich sehe nichts Lebendes, höre nichts, nichts verklingt.

Vielleicht hat diese Ratte vor wenigen Augenblicken noch gelebt? Ich sehe sie, wie sie da rast, über all dieser Pracht minderer Wahl, ein peitschender Schwanz mit einem zitternd atmenden bauchigen Pelz davor, besessen von heller Verzweiflung in dieser blendenden Hölle, da schafft sie sich Gassen zwischen diesen Terrinen und Vasen und Tassen, wie ein wahnwitziges Spielzeug, das sich in einem Labyrinth bewegt, in dem es zeigen soll, wie es springen kann. Nur ist die Ratte kein Spielzeug, sondern ein Säugetier und ein Nagetier, als verachtetes Wesen bekannt und so ehrlos, daß man über seinem Ruf als Inbegriff der Bosheit – a rat! dead for a ducat! –, als Trägerin von Seuche und Pest, die dürftige Statur eines verlorenen Lebewesens vergißt, dem auf der Welt kein anderer Platz zukommt als das Loch, aus dem die Plagen quellen.

Es ist lang nach Mitternacht, die Straße ist seit langem verlassen. Vor einer halben Stunde noch hätte ich hier die Ratte lebend gesehen, hätte ihre Geräusche gehört, das Kratzen und Wischen und Quietschen, wenn sie an der Scheibe hinaufspringt und wieder abrutscht,

aber ich hätte auch andere Geräusche gehört: Schritte. Noch sind sie fern, doch sie nähern sich, sie kommen von weit die Straße herauf, nicht eilig, aber auch nicht müßig, es sind zwei Paar Schritte, in lockerem Gleichschritt, der Ruhe verrät und die Sicherheit, daß sich den Schreitenden das Ziel, wo immer es zeitweilig sei, nicht entziehen werde. Eine Patrouille zweier Schreckensmänner, die, noch untätig, nur allzu bereit sind, jederzeit tätig zu werden, auch nachts, vor allem nachts, wenn die Häuser blind sind, die Zeugen schlafen. Das sind sie, die Häscher, die Beiden, jetzt sind sie schon nah. Die Häuserreihen steigern den Klang, es ist, als nähere sich ein Trupp, aber es sind nur zwei, immer zwei, sagte Bloch, Stollfuß und Motschmann, oder Fricke und Globotschnik. Diese Schritte sprechen, sie sagen: alles was von unserer Hand zu beseitigen ist, wird beseitigt, es läuft uns früher oder später in diese Hände, ganz von allein, ihr kommt uns alle entgegen, müßt uns entgegenkommen, ihr seid unter Zwang, wir ziehen euch an, auch hier in Saloniki, auch was sich unter Griechen verbirgt, auch in der Nacht. Gegen uns sind keine Grenzen gerichtet, gegen uns ist kein Kraut gewachsen.

Im Fenster rast die Ratte, als spüre sie unter dem Elend ihrer Gefangenschaft die anschwellende Gegenwart von etwas Entsetzlichem. Jetzt kommen sie. Auf jedem Tritt liegt Gewicht, ein apokalyptischer Marsch in kleinster Besetzung, nur zwei, Stollfuß und Globotschnik, mehr als zwei braucht es nicht. Sie gehen auf Ledersohlen, nicht auf

Nagelstiefeln, sie erobern nicht; nicht auf Gummisohlen, sie schleichen auch nicht, sie schreiten in einem stinkenden Dunstkreis von Unantastbarkeit, dem ehernen Recht, zu gehen, wo sie gehen. So nähern sie sich jetzt dem Schaufenster, ihre Schatten werden hinter ihnen kürzer und klarer, verschieben sich seitlich, setzen zum Bogen an um das Fenster, jetzt stehen die Beiden davor, ihre Schatten sind kurz und scharf und schwarz,

jetzt sehen sie ins Fenster, auf das Porzellan, jetzt sehen sie auf die Ratte,

und die Ratte, zum Sprung gegen die Scheibe geduckt, sieht die beiden Männer, Globotschnik und Perchtl, so wie auch Lüning sie von der Innenseite eines Ladens gesehen hat, sieht die Blicke aus den vier Augen auf sich gerichtet, und ihr Herz setzt aus.

Die Häscher lösen sich von dem Schaufenster, fallen sofort wieder in ihren Gleichschritt, die Hände hinter sich gekreuzt und leer, nichts darinnen; der Schatten überholt sie seitlich, wird länger, schwächer, verschwindet schließlich, noch kurz hinter ihnen hergezogen, in der Dunkelheit. Die Häscher entfernen sich, die Schritte verhallen, ihr Dunst zerstiebt, allmählich wird die Luft wieder rein,

doch jetzt rieche ich ihre Spur, ahne noch diesen Gleichschritt, höre ihn, wie er in andere

Straßen abbiegt, und wieder in andere, irgendwo gehen sie noch, in der Stadt, fern und nah,

und da liegt die Ratte, verreckt, zwischen gelblichweißer Ware, zwischen Splittern und Bröseln und Staub, erlöst von ihrem Elend durch zwei Mörder.

Saloniki: einer der Orte, an denen der Schrecken lang nicht in Erscheinung trat, allem Geschehen entrückt, noch lange konnte man sich dort wohl fühlen und beinah sicher. Von Norden her vergessen, von Süden durch einen sterbenden Hafen mäßig belebt, von Osten wehte ein Hauch von Gewürz heran, aus Samos oder Smyrna vielleicht, im Westen sah man an günstigen Tagen den Olymp und sieht ihn noch, sein Glanz ist zwar verblichen, wird aber, neben anderem Göttlichen, von den Machthabern Griechenlands als ewiges Guthaben geführt, auf dessen Zinsen sie sich verlassen. Saloniki dämmerte dahin, nur die Möwen vermehrten sich noch, die Lotsendampfer rosteten, die Fischerboote, die Netze und Taue faulten, wenige Rufe über den Hafenmolen, in den Bäkkerläden verstaubten die Brote,

das ist lang her, ich war dort mit Niki, sie betrat die Kirchen, wollte Ikonen bestimmen, ich versuchte sie zu überreden, diese farbigen Plättchen nicht als Kunst sondern als Devotionalien zu betrachten. Sie sagte, meine Sicht sei unhistorisch und absurd, und ich sagte: hoffentlich! Die Kirchen waren winzig. Anstatt Ikonen fanden wir die Wände vollbehängt mit Beinen und Armen und Augen aus gestanztem Blech. Votivgaben, sagte Niki, Kuchenformen, sagte ich und prüfte, ob sie ihr goldenes Kreuz berühre, sie tat es nicht. Hier und dort eine Beterin, sie kniete schwarz verhüllt unter einem Öllicht, und von hinten sah ich, daß sie nicht für sich betete, sondern für ihren Sohn oder ein anderes Sorgenkind, das auf Abwegen ging, entweder aus eigenem Antrieb oder befohlen von irgendeiner weltlichen Macht, der es nicht entgehen konnte, oder schon Opfer der Häscher.

In Saloniki, da standen damals auf einem Platz sechs Fotografen nebeneinander, dunkel gekleidet wie Bestatter, sechs Kameras mit schwarzem Tuch behängt, und daneben hingen, gleichsam Meisterbriefe, verblichene und gegilbte Bilder von Kirchgängern, Kommunikanten, Gruppen lachender Soldaten, denen wahrscheinlich bald nach dem Festhalten dieser Erinnerung das Lachen für immer vergangen ist, Soldaten mit ihren Liebsten, – aber jetzt war niemand mehr da, der sich fotografieren lassen wollte, vielleicht meinten alle schon, es sei besser, kein Abbild entstehen zu lassen. Dafür ließen Niki und ich uns fotografieren, wir gingen von einem zum anderen, nacheinander krochen sie unter das Schwarze Tuch, während wir stillhielten, bedienten im Dunkel blind ihre Apparatur, nahmen die Kappe von der Linse, schwenkten sie und setzten sie wieder auf und verneigten sich vor uns, der Zauber war zuende. Hier liegen sechs vergilbte Bilder von Niki, unter CHI TOCCA MUORE. Mich selbst habe ich von ihrer Seite geschnitten, ich sah aus, wie für einen Ausweis festgehalten und erkannt von Perchtl oder Fötterle.

Fötterle, meinte Lüning, sei eher stark, gedrungen, trage übrigens einen großen goldenen Siegelring; er könne das Opfer, das er anspringe, leicht unter seinem Gewicht erdrücken. Globotschnik sei ein wenig hagerer, scharf, alert, älter als der andere, doch immer noch beweglich,

auch er hat inzwischen den aktiven Dienst hinter sich und sitzt schon längst am Schreibtisch, vielleicht war sein letzter Außendienst die Nacht der Ratte in Saloniki, er wollte sich, bevor er sich hinter den Schreibtisch setze, ein wenig Griechenland nicht nehmen lassen, hatte viel davon gehört, ein älterer Gönner im Amt, Vorgänger an diesem Schreibtisch, hatte hier im Krieg schöne Monate verbracht, auch hier in Saloniki mit der kleinen wie-hieß-sie-noch – diese griechischen Namen! – deren Bruder er hat erschießen müssen, ja, er könne dem jüngeren Globotschnik manches erzählen, vielleicht ergebe sich mal die Gelegenheit. Globotschnik und Kranzmeier, meinte Bloch, das sei wahrscheinlich die schlimmste Kombination, mir selbst scheint das Paar Fricke-Stollfuß beinah schlimmer, beide unverkennbar, der Nakken verrät sie von hinten, die gelblichen Regenmäntel mit Gürtel und Schnallen, weiche Filzhüte, vom Trachtenhut abgeleitet, mit Kordel anstatt Band, manchmal steckt sogar eine Feder daran, vor allem bei Perchtl, der manchmal auch eine Zigarre raucht, der hat so etwas Gemütliches.

Ich bin müde und muß bald daran denken, wie ich diese erste Nacht hier in den Griff bekomme. Ich habe über meine Nächte niemals so verfügen können wie andere, die in der Lage sind, dem Schlaf zu befehlen, er war mir niemals ein gehorsamer Diener, ich konnte mich niemals von ihm betreuen lassen, vielmehr hat er mir befohlen, wenn es ihm paßte. Er blieb distanziert, auch später, als es schon weniger zu verschlafen gab,

als ich versuchte, die mir verbleibenden Jahre zu schätzen, sie nach Tagen und Nächten abzumessen und den Plan einer endgültigen Flucht schließlich verwarf. Er war der Mühe nicht mehr wert – so wie es sich nach einem bestimmten Alter nicht mehr lohnt, neue Sprachen zu erlernen oder sich in eine Zahnbehandlung zu begeben, wenn man den Keim der tödlichen Krankheit schon in sich spürt. Büchner wollte sich lieber eine Kugel durch den Kopf schießen, als sich einen Zahn ziehen zu lassen: weniger schmerzhaft. Vor dem Ende hatte ich niemals Angst, nur vor den Begleiterscheinungen. Eine Zeitlang rieb ich mich in Sucht und Suche nach möglichen Zielen auf, eines war im Norden und hieß Tynset, das Ypsilon hatte es mir angetan, dann war auch das vorbei, und ich wählte Masante. Dort schlief ich immer schlechter, die Flucht in den Schlaf mißlang, der Schrecken hatte die Gewalt über mich eingebüßt, ich war schon frei oder beinah frei. Es war allerdings ein Verlust. Ich wollte auch in Zukunft nicht auf den Schlaf verzichten, diesen einzigartigen Zeitvertreib.

Diese Schlafhilfen,

die Tabletten, die Kapseln, Dragees, und die rechten Dosierungen! Nicht zuviel von dem einen, so daß ich mich nicht der Möglichkeit beraube, später auch von dem anderen, stärkeren zu nehmen, falls das schwächere nicht wirke. Das Jonglieren, Sparen, Einteilen, Kombinieren, das eine hebt die Wirkung des anderen auf, darf sich auf keinen Fall mit dem anderen überschneiden, immer auf die Uhr sehen: darf ich jetzt schon ...?

es handelte sich um Hemmer oder Zügler oder psychovegetative Harmonanten, hier wird, hochtrabend und sanft, mit Lebensgefühlen operiert; sie sollten gegen diverse Befinden wirken, auch, wie da stand, gegen Unlust, womit natürlich nicht gemeint war, daß sie Lust erzeugten, da gibt es anderes. Gewiß, man warnte mich, diese Mittel seien persönlichkeitsverändernd. Ich sagte: hoffentlich, und wartete auf die Veränderung. Vielleicht ist sie längst eingetreten: hier wäre niemand, der sie bestätigen könnte. Vielleicht bin ich ein anderer als ich gewesen bin, und all dies wäre nicht wahr?

Night starvation:

schwindlig, taumelnd dem Bett entsteigend, hinunter in die Küche, auf der Suche vor allem nach Süßem, denn um diese Stunde ist, wie ich mir habe sagen lassen, der Zuckerspiegel auf seinem Tiefstand, was immer das bedeuten mag: ich sehe da einen dickflüssigen Tümpel von Syrup innen, der so gesunken ist, daß die innere Flora zum Vorschein kommt wie Baumgruppen nach einer Überschwemmung. An den Kühlschrank also, oder an den Honig wie Pu der Bär, und löffelweise aus dem Glas geholt; auch anderes, Himbeermarmeladen, Stoff, den ich bei Tag nicht anrühre, nur jetzt, da mein kontrollierender Verstand nicht mit mir aufgestanden ist, sondern, als einziger meiner Bestandteile, oben im Bett schlummert.

Japanische Mandarinen, die hatten es mir angetan, dieses Aroma, unaufdringlich angenehm, ich habe es jetzt auf der Zunge, – aber auch Schwereres, Büchsen mit Ananas, Torten oder andere süße Reste von Mitgebrachtem, am Tag verachtet, waren nachts vor meinem ungebändigten Hunger nicht sicher. Ich verschlang, ohne jegliche Kritik an mir, gegen alle Gesetze leiblicher Vernunft verstoßend, alles; so daß alle Schuld auf mich selbst zurückfalle; die Stunden des Erlebens und die des Erkennens sind leider streng getrennt; wäre es nicht so, so wäre ich ein anderer. Die Welt wäre eine andere.

In einer anderen Welt, einer weniger bevölkerten, in einer vergangenen Zeit, hätte es mir sogar gefallen, ein Nichtschläfer zu sein. Kein Bedürfnis, dem Entsetzlichen zu entfliehen, seine Möglichkeiten noch ungeahnt, außer von jenen, die es schon damals verbreiteten, oder denen, die es zu erleiden hatten, – aber hätte ich jemals von denen erfahren? Nein. Das Gewissen war auf das eigene Handeln eingestellt, weder beschwert noch beschwerbar, verantwortlich nur meinem Gott oder dem moralischen Gesetz da drinnen, damals wäre es vielleicht dasselbe gewesen. Man forschte keinen Spuren nach,

Bettler und Krüppel der Gasse, das waren leichte Prüfungen, und schon die Türkei, die war weit dort hinten.

Gewiß hätten zur Schlaflosigkeit auch die Mittel gehört, die Spannen des nächtlichen Wachens zu füllen, eine dunkle Kammer hätte es kaum getan. Ich wäre nicht so weit gegangen, wie König Ludwig der Zweite von Bayern, der um ein Uhr nachts Richard Wagner und die gesamte Münchener Hofoper wecken ließ, um Lohengrin auf sich niedergehen zu lassen, mit Mannen und Frauen und Eichen und Linden und Schilden und Schwan und allem. Einzig Frau Schrader-Dumont hatte königlichen Dispens, sie durfte eine Stunde länger schlafen: als Ortrud (Radbods des Friesenfürsten Sproß) hatte sie im ersten Akt nur zwei Zeilen:

»Ich baue fest auf seine Kraft,
Die, wo er kämpft, ihm Sieg verschafft.«

Zum Wohl einer großen Sängerin war der König bereit, auf diese zwei Zeilen zu verzichten, wer wäre es nicht. Wagner war wütend, doch er fand sich ab, fand sogar anschließend Besänftigung in Frau Schraders Bett: in den frühen Morgenstunden sind die Sinne zwar stumpfer, aber nicht nach Lohengrin. Die Biografen verzeichnen diese Affaire übrigens nicht, Hofrat Schrader und seine Erben haben sich das Verschweigen etwas kosten lassen.

Das also nicht. Eher eine Nacht in der Haut und im Haus dieses Kayserling zu Dresden. Der war einer der schlechtesten Schläfer seiner Zeit, außer natürlich der unbekannten Zahl jener, die man nicht schlafen ließ. Da liegt er, der Freiherr, auf Damast. Die Kanäle der freundlichen Gedanken sind verstopft, Melancholie, Hypochondrie. Kein Schlaf. Im Vorzimmer der Kammerdiener Georg, auf den Wandel seines Gebieters eingestellt, ergeben in das Schicksal ewig gestörter Nächte. Kayserling richtet sich im Bett auf, greift zur Glocke und klingelt,

und schon setzt sich jenes Triebwerk in Bewegung, das zu Nachtmusik führt. Georg fährt auf, renkt seine Gliedmaßen ein, und während drinnen Kayserling seine Füße in Pantoffel schiebt, geht er in den nächsten Raum, weckt dort den Diener Hans, der steht auf, einen Fluch auf den Lippen, und während Georg zurückkehrt, um sein Jabot anzuziehen, Johann Theophil Goldberg noch schläft, der Freiherr sich gähnend des Meißener Nachtgeschirrs zu einer Entleerung der Blase bedient, ist der Hans auf dem Weg in die hinteren schattigen Kammern, um dort Goldberg zu wecken. Georg tritt ins Schlafzimmer, der Freiherr hat das Nachtgeschirr abgestellt, nun schlüpft er mit Hilfe Georgs, der gleichzeitig mit der Fußspitze das Geschirr unters Bett schiebt, in seinen Morgenrock, während der Hans dem Goldberg eine Kerze entzündet, der Diener dem Diener. Georg vorn füllt ein kleines Waschbecken, Goldberg hinten schlüpft in seine Kleider, Hans ist auf dem Weg in den Musiksalon. Georg hält dem Freiherrn das Waschbecken, der Freiherr spült Gesicht und Hände, Goldberg zieht sein Jabot an, bürstet die Ärmel mit den Händen, während Hans im Musiksalon den Sessel zurechtrückt, Kerzen entzündet. Im Schlafzimmer reicht Georg dem Freiherrn das Handtuch, ein Nachtwächter nähert sich dem Palast, Goldberg kommt mit seiner Kerze aus den Gedärmen des Palastes, Kayserling trocknet sich die Hände ab, Hans öffnet ein hohes Fenster des Salons, den Goldberg jetzt durch eine Tapetentür betritt. Kayserling, der, gefolgt von Georg mit einem Licht, auf dem Weg in den Salon ist, liebt beim Anhören von Musik einen Hauch milder Nachtluft, die Goldberg, der soeben das Cembalo öffnet, schlecht verträgt, seine Lunge ist angegriffen, er wird nicht lange leben. Der Nachtwächter ist nah, er sieht Licht im Salon und den fortschreitenden Lichtschein durch die Flucht der Räume, die der Freiherr im Schlafrock durchschreitet, Goldberg stellt die Kerze auf das Instrument, Noten braucht er nicht, Hans wartet an der Tür, Georg überholt jetzt den Freiherrn, um ihm die Tür zu öffnen, Goldberg bleibt neben dem Cembalo stehen, Georg öffnet die Tür von außen, der Freiherr tritt ein, Hans und Goldberg verneigen sich tief und schweigend, die Kerzen flackern im leichten Durchzug, Kayserling winkt Goldberg mit der Hand zu, als gebe er ihm einen Streichereinsatz con sordini, der Nachtwächter bleibt nicht stehen, er weiß, jetzt kommt da Musik, Brandgefahr besteht nicht, da drinnen gibt es Diener, Hans schiebt dem Freiherrn den Sessel unters Gesäß, Kayserling setzt sich, Georg schiebt ihm ein Kissen hinter den Rücken, Hans legt ihm eine Fußbank unter die Füße, Georg eine Decke über die Knie, Goldberg setzt sich, der Nachtwächter geht weiter, Musik ist ungefährlich, Hans und Georg gehen rückwärts zur Tür, Kayserling lehnt sich zurück, zum Genuß bereit, Goldberg sieht auf die Tastatur, die Diener verlassen den Raum, Kayserling schließt die Augen, die Tür schließt sich, Hörer und Spieler sind allein, Geber und Nehmer, aufeinander angewiesen, der Nachtwächter draußen ist verschwunden.

Goldbergs Hände liegen auf dem Manual, als wolle er ihre Spannweite prüfen: nein, sie sind noch nicht kleiner geworden. Es weht durchs Fenster, das Licht der Kerzen bewegt sich, Schatten flackern an der Wand, Kayserling nickt, und während Hans, angezogen, sich wieder hinlegt, Georg das

Nachtgeschirr leert und das Bett ordnet, der Nachtwächter durch andere Straßen geht, spielt Goldberg das Thema und die dreißig Variationen, die Johann Sebastian Bach für ihn geschrieben hat, und die den Namen Goldberg bewahrt haben und für eine Zeitspanne bewahren werden, die man noch vor kurzem ›Ewigkeit‹ genannt hat und vielleicht fälschlich immer noch so nennt, wenn sie wohl auch ihren Wert als Donnerwort verloren hat. Goldberg spielt spielend, die Kraft, die er nicht mehr hat, braucht er nicht, es ist kein Klavier, das er da zu bedienen hat, sondern ein Instrument, in das nichts hineingelegt werden kann, als was in den Noten steht, auf Ausdruck der Gefühle kein Echo wirft, Leidenschaft kühlt und auf Wucht oder Weichheit nicht antwortet,

für ihn gebaut von einem Mann, der Silbermann hieß. Bach hat Silbermann und Goldberg geschätzt, die übrigens, wohlgemerkt, Christen waren: Juden bauten damals keine Instrumente, noch spielten sie darauf, sie hatten andere Sorgen. Die Sorgen haben sie heute noch, es sei denn, sie verwalten Banken oder handeln mit Diamanten, aber Instrumente spielen sie doch, und ich bin nicht sicher, ob Bach sie geschätzt hat.

Kayserling hält die Augen geschlossen, er bettet sich in Musik, er kennt jede Prim und jede Non, hat sich die kanonischen Bindungen erläutern lassen, er ist gebildet. Genuß muß erklärbar sein, meint er, sagt es auch oft, er ist ein Mann von Kultur. Hier und dort summt er mit, diese Chaconne zum Beispiel, eine herrliche Stelle. Bei der zweiten Toccata überläuft es ihn, die Schönheit macht ihn frösteln, oft läßt er sie sogar zweimal spielen, diese TOCCATA. So erklärbar der Genuß auch sei, hier öffnet sich ihm ein Gefühl, das er am ehesten als Sehnsucht nach nichts Bestimmtem beschreiben würde, wenn er es beschreiben müßte, aber er muß nicht, muß überhaupt nichts, er hat keine Pflichten oder Rechenschaften, nur Rechte. Bei der fünfundzwanzigsten Variation – Goldberg nimmt sie sehr langsam – schläft er manchmal ein, erwacht dann aber beim Quodlibet, Goldberg nimmt es laut, hier hat Bach für ihn einen Gassenhauer veredelt, das spielt er aus.

Noch ist Goldberg beim Canone alla Quinta. Hin und wieder öffnet Kayserling die Augen, um seinem Kammermusiker bei der Arbeit zuzusehen, aber der ist nicht bei der Arbeit, spielen strengt ihn weniger an als nicht spielen, er spürt auch den Luftzug nicht, der ihm schadet. Er sollte sich schonen, oder vielmehr: er sollte sich schonen lassen. Aber wer sollte ihn schonen? Kayserling, der schont nur sich selbst. Wozu? Für welche Aufgabe? Wer sollte diese Frage stellen?

Die Toccata beginnt, eine Welle von Seligkeit steigt in Kayserling auf und legt sich wieder, die Toccata ist zu kurz, die sollte länger sein, meint Kayserling, schon kündet das Ritardando die Schlußfermate an; Goldberg sieht zu Kayserling hinüber, der ruft da capo, und Goldberg spielt sie noch einmal, nicht gern, denn jeder Teil eines Ganzen hat sein abgewogenes Verhältnis zu diesem Ganzen, das weiß der Musiker, das weiß ich und sollte mich danach richten, das spürt der Freiherr nicht, der es sich, obschon ein Mann von Kultur, nicht nehmen läßt, auch über Länge und Kürze der Musik zu gebieten. Es folgt die fünfundzwanzigste Variation. Heute schläft Kayserling dabei ein, Goldberg spielt für sich selbst weiter. Er spielt die Fantasia: manchmal weckt das Staccato der Achtelakkorde hier den Freiherrn schon auf, dann ist er beim Quodlibet wach und tut, als habe er nicht geschlafen, er weiß nicht, daß Goldberg weiß, daß er geschlafen hat. Heute erwacht der Freiherr nicht, Goldberg ist seinen Herrn für kurze Zeit los, er spielt die Wiederholung des Themas, er könnte jetzt weiterspielen, müde ist er nicht, doch vielleicht wäre der Freiherr beim Erwachen ungehalten über die Freiheit. Er kommt zum Ende. Seine Hände bleiben eine Sekunde lang auf der Fermate liegen, dann hebt er sie behutsam, als koste ihn das eine leichte Überwindung. Er steht auf, schließt den Deckel, nimmt die Kerze, geht durch die Tapetentür ab, wie ein Geheimsekretär, dem nachts etwas anvertraut wurde, was der Tag nicht hören darf. Verneigen braucht er sich nicht, der Freiherr schläft.

Eine gute Nacht! Ich wäre nicht eingeschlafen, hätte die Toccata nicht zweimal spielen lassen, hätte ungern in den Nachttopf gepinkelt, hätte mein Licht allein ins Musikzimmer getragen und hätte aus Rücksicht auf meinen Kammermusiker das Fenster nicht öffnen lassen. Aber das Spielen in der Nacht, das hätte ich ihm nicht erspart, wir hätten als Partner Spannen nächtlicher Zeit gemeinsam ausgefüllt, von der weder er noch ich hätten sagen können, daß sie verloren wäre.

Orsino: »That strain again! It had a dying fall, – –«

Alle diese Anfänge, – d. h. vielleicht sind sie auch alle ein Ende. Ich entschuldige sie nicht, verteidige sie nicht, sage nicht, daß sie einen Wert hätten, und nun da sie, zunehmend, einer nach dem anderen, verworfen werden, verlieren sie ihre Bedeutung auch für mich, sie erlischt im Versuch des Weiterspinnens, verliert sich wie ein Pfad im wehenden Sand. Masante ist Schuld daran! Das heißt, ich selbst bin schuld daran, weil ich Masante haben wollte, wo sich alles Aufzeichenbare allmählich von selbst abgelegt hat wie Satz im Wein, den man wegschüttet. Mit dem Bösen ist auch das Gute gegangen, mit dem Schmerz die Bilder, – gewiß: ein wenig später, sie haben sich ein wenig länger gehalten, – sind sie mir nicht vorhin noch hier erschienen? Jetzt aber werden sie undeutlich und entschwinden.

Was rede ich da vor mir her, was schwingt da mit, was verschweige ich? Was sollen die herausgegriffenen Beispiele, was versuche ich anhand ihrer zu retten? Eine Niederschrift anfertigen, die Nachkommen an mich erinnert? Ich habe keine. Und wozu erinnert bleiben?

Wohl dem Anaximander! Er hat nur einen einzigen Satz gesagt, der steht. Gewiß, er hatte das Glück, ihn aus einer weithin unerkannten Welt greifen zu können. Die Meine ist erkannt und ausgebeutet. Sie gibt keinen guten Satz mehr her. Den Punkt setzen, den Schlußstrich ziehen, meine Zeit ist vorbei. In Zukunft wird nicht mehr gesungen: es gibt keine Tonarten mehr zur Wahl. Nur noch eine. Nein, zwei: Befehl und Schrei. Wer nicht befiehlt oder schreit, ist verstummt. Zeugenschaft geben? Für wen? Wovon? Von Gleichgültigkeit, Dulden, Versagen, Ohnmacht? Lieber ein Ende; der Pfahl im Fleisch ist besser als die muntere Salmonelle, nur eben, er schmerzt. Ich war ›zu nichts bestimmt‹, zum Kämpfer schon gar nicht. Gern wäre ich einer von denen gewesen, die fahneschwingend über Barrikaden springen, ein Befreier unter Befreiern. Aber wer sind die, wer waren sie? Ein Mythos, ein schönes Märchen. Ein großes Ziel verkünden, – ja, doch wo hätte es seine Verbreiter überlebt, wo hält es sich und überwindet seine Beschmutzer und Zerstörer? Die falschen Ordnungen sind eingesessen, eingesengt; wer sagt, daß sie ausrottbar seien, der irrt. Der kennt sie nicht, die Häscher, die Sbirren, Schergen, agentes in rebus und ihre Herren.

»... denn sie müssen Buße zahlen und für ihre Ungerechtigkeit gerichtet werden, gemäß der Ordnung der Zeit.« Wohl dem Anaximander! Und wohl der Ordnung seiner Zeit.

Masante, – so heißt das Haus, in dem ich, wenn es nicht einstürzt, und wenn Gerbers Häscher mich nicht holen, bis zum Ende zu bleiben gedenke. Masante. Genauer Cal Masante. Nicht ich habe es so genannt. So hieß es vor mir, und so wird es nach mir heißen, wenn es mich überlebt. Damit will ich weder sagen, daß ich noch sehr lange zu leben gedenke, noch daß Masante baufällig wäre, Masante ist stabil. Doch man muß ja, zunehmend, mit jenen

Dingen rechnen, die man früher ›höhere Gewalt‹ nannte, da sie sich menschlichen Wünschen und Verlangen entzogen und sich dem Zugriff von unten versagten. Das hat sich bekanntlich geändert, ›unten‹ und ›oben‹ gibt es nicht mehr, die ehemals unnahbare Feindin des Menschen, unter dem Sammelnamen ›Natur‹ bekannt und ehedem weithin beliebt, ist nahbar geworden. Sie gibt sich her, läßt sich betasten, erweichen und verändern, das Unding: es macht mit, spielt das Spiel, das kein Spiel ist. Vereinte Kräfte, an denen ich nicht schuld zu sein begehre, haben es geschafft, ihre Aufzählung erspare ich mir, sie sind bekannt.

Bald werden auch die Jahreszeiten manipulierbar sein, das Jahr seiner Zyklen entblößt und damit der Mythen und ihrer rätselvollen Darstellungen, meiner Lieblingsrätsel:

Was zum Beispiel bedeuten die Zeichen der Monate im Palazzo Schifanoia? Diese immer bewegliche Metamorphose des Jahres, in der jeder Monat im Zeichen eines Zeichens steht. Neben den Widdern schweben die Jungfrauen über sinkenden Sonnen, eine Rundsicht schneller Vergänglichkeit, nach der man sich vielleicht einmal richtete: an Wintertagen wärmte sich der Herzog von Ferrara an der gelben Sonne, die unter einer himmlischen Frauengestalt sinkt, von ihr hinabgedrückt auf den Horizont, was bedeutet das?

Diese Rätsel der Gemälde, wunderbar und niemals zu lösen! Das Bildnis der Simonetta Vespucci, unter dem ich Niki ansprach, und dessen Geschichte ich unter dem Bild für Niki erfand. Niki – nur noch anhand der Gegenstände gemeinsamer Erfahrung wage ich, mir den Namen vorzusprechen. Simonetta ist ein solcher Gegenstand: ein rätselhaftes Bild.

Simonetta, sagte ich, habe ihren Vater geliebt, den Kardinal Vespucci, der mit seinem Lautenspiel dem alternden Papst schlaflose Nächte verkürzte, wie Goldberg dem Kayserling. Zwölf Jahre lang habe sie ihn geliebt, bis er an einem Jagdunfall starb, sein Falke biß ihn durch den Handschuh in den Finger, Blutvergiftung, quälender Tod, den Handschuh mit dem Loch sieht man noch heute in den Vatikanischen Sammlungen. Einem gesegneten Augenblick dieser Sünde entsprang übrigens der einzige Sohn, Amerigo Vespucci, dem Amerika seinen seltsamen Namen verdankt,

weshalb denn auch die ›Töchter der Amerikanischen Revolution‹ immer wieder gegen ihn protestieren, gegen die daran haftende Blutschande;

sie wollen ihn ändern, verschiedene Vorschläge wurden dem Kongreß eingereicht, zum Beispiel ›Shrinkland‹, nach Homer B. Shrinkle, des Presbyterianerpastors, der verkündete, Amerika sei von Gott gegründet, und im Jahr 1854 eigenhändig die letzte Hexe verbrannte, – sie wurde zur Hexe erkoren, weil in ihrem Garten im Dezember ein Vergißmeinnicht blühte, – und der ein mitreißender Prediger gewesen sein soll, zumindest riß er Amerikaner mit und alte Amerikanerinnen, solche, wie man sie heute in Florenz sieht.

Amerigo habe, so erzählte ich Niki, den Kardinal nicht gekannt, der sein Vater und sein Großvater war, vor Gott sozusagen, nicht vor dem Gesetz. Aber als Piero di Cosimo das Bild malte, war der Sohn noch nicht geboren, man sieht der Simonetta an, daß sie noch nicht Mutter ist: sie steht, des schlimmen Wunsches vielleicht schon schuldig, nicht aber seiner Ausübung, und blickt in eine Weite, in der sich vielleicht die Möglichkeiten schon drohend abheben, sie sieht einem noch unbegreiflichen Element entgegen, vielleicht ihrer eigenen Ungeheuerlichkeit, oder der ihres Vaters, der auf sie zukommenden Blutschande und ihrem Vollzieher, dem väterlichen Liebhaber, wie er sich ihr nähert, bis er, ihr nah, das purpurne wallende Gewand zurückschlägt und das Ding offenbart, das Kardinäle zwar tragen, aber verleugnen sollen, – aber noch blickt sie mit Fassung, wahrscheinlich ist sie sich der Folgen ihres Entschlusses, sich ihm hinzugeben, noch nicht bewußt.

Es ist ein frühes Werk Pieros. Was die Kunsthistoriker die Periode seiner Meisterschaft nennen, war noch nicht angebrochen, und erst recht nicht die Periode seiner Geistesverwirrung, bei der die Kunsthistoriker schon wieder absetzen, ratlos und um eine Reifezeit betrogen. Es war die Zeit, so erzählte ich Niki, als er, in Erwartung imaginärer Verfolger, oder auch Häscher, in seinem verwilderten Garten herumlief, mit dem Stilett in die Taxushecken stach und sich hinter Statuen versteckte. Das sei Donatello gewesen, sagte Niki. Der auch, sagte ich, Angst hatten viele.

Da steht sie, Simonetta, angeblich gemalt als Cleopatra, doch der Cleopatra so unähnlich wie die Jungfrau von Orleans der Jeanne d'Arc. Unter dem Tuch, das sie locker umhüllt, ist sie nackt, ihr Kopf, in scharfem Profil, wird von ihrem unbeirrten Blick nach links gezogen: was sieht sie dort? Hier ist das Rätsel, das mir dieses Bild gegenwärtig macht, den sparsam modellierten Körper, und doch zart und meisterhaft gemalt, wenn auch, ich betone das, die Kunsthistoriker Meisterschaft noch nicht wahrhaben wollen, sie haben sich 1949 bei einem Kongreß in Florenz durch Mehrheitsentschluß auf ein späteres Datum geeinigt, bei geringen Gegenstimmen und der Stimmenthaltung eines einzigen Außenseiters, der Piero di Cosimo überhaupt nicht als Meister anerkennen wollte, aber nicht durchdrang, vielleicht war er vom Bund der alten Amerikanerinnen gedungen.

Nein, es war Berenson, der Nestor der Renaissance-Kenner, – denn der Älteste ist immer der Nestor, der Jüngste ist der Benjamin, der dann die Stadien von biblischer Jugend bis zu mythologischem Alter durchläuft, ohne daß ihn die Bilder verwirren.

Doch diese Perspektiven sind nicht die meinen, sind auch nicht die Simonettas: sie sieht ein Geheimnis, ich sehe sie, wie sie das Geheimnis sieht, das Geheimnis sehe ich nicht, und die Kunsthistoriker sehen weder sie noch das Geheimnis.

Eine Schlange fließt um das Halsband, sie züngelt ihrem eigenen Schwanz entgegen, gleich wird sie zubeißen, sie kennt ihr eigenes Fleisch nicht. Simonetta kennt ihr eigenes Fleisch nur zu gut, doch von den glitschigen Schuppen der Schlange scheint sie nicht berührt, obgleich sie Cleopatra darzustellen hat. Schlange bedeutet Cleopatra, so wie ein abgeschlagener Kopf in der Hand seine Trägerin zur Judith macht, es sei denn, er liege auf einem Teller, dann wird die Dame zur Salome, und sei sie auch eine Bürgerstochter aus Nürnberg, die vielleicht Katharina Pirckheimer heißt. Simonetta hat die vorderen Stirnhaare ausrasiert, nach Art der Zeit. Die Stirn wirkt dadurch unnatürlich hoch; sie scheint die Klarheit eines Geistes widerzuspiegeln, der auch das Ungeheuerliche zu verantworten wünscht. Darin steht sie im Gegensatz zu ihrer Schwester Mona Lisa. Ihr ging der Geist ganz ab, ein irres Lächeln verrät eher eine Verwirrung, wenn nicht gar leichten Wahnsinn, – aber sie hatte es eben mit ihrem Gemahl schwerer als Simonetta mit ihrem Vater: ein lautespielender Kardinal ist eben doch etwas anderes als ein lederbeschlagener Viehhändler.

Ich brauche die Reproduktion nicht aus dem Jeep zu holen, um mich an den Hintergrund zu erinnern. Ich bin immer in die Hintergründe der Bilder geschlüpft, habe mich in den Landschaften verloren, im grünspanigen Grün der Mona Lisa, im vergilbten Schnee hinter der ›Heimkehr der Jäger‹; beim ›Bethlehemischen Kindermord‹ habe ich mich zwischen den Häusern vor den Häschern verkrochen,

doch Simonettas Hintergrund ist rätselhaft wie sie selbst, ihr Kopf ist gerahmt von einer unheilvollen Wolke, einem dunklen Unheiligenschein; sie steht in einer Landschaft, die sich hinabzieht zum Meer, zwischen Bäumen, rechts noch im Laub, links schon kahl, als teile ihre Gestalt die Jahreszeiten. Die Augen blicken dem kommenden Winter entgegen, – ja, ich bin schon wieder bei den Jahreszeiten, alles führt mich durch sie hindurch. Die Bucht unten birgt eine Stadt, beleuchtet von der sinkenden Sonne, vielleicht auch einen Palast, in dessen Räumen es winterlich leer geworden ist, der Wind weht durch offene Türen, und ein ermordeter Günstling liegt modernd rücklings über den Stufen einer Treppe gestreckt.

Soweit das Bild. Ich habe es mir aus dem Kopf gedeutet. Ich werde müde, genug der Bilder!

Alternd wird man schuldig, und wenn auch nur das Altern der Grund der Schuld ist –: betroffen stellt man fest, daß man nicht früher gestorben ist; die Toten sind uns um eine wesentliche Erfahrung voraus, selbst die toten Kinder sind als Verstorbene weise, sie sind erwachsen, nach dem Tod weitergewachsen, da lauern sie denn auf eine Beobachtung: wie werden wir Alte schließlich das ertragen, was sie in einem frühen Jahr haben ertragen müssen und hinter sich haben? Sie sagen: *unser* Schmerz war gerechtfertigt: jetzt zeigt uns, wie *Ihr* damit fertig werdet!

Von einem bestimmten Alter an ist man ohnehin nur noch Flickwerk, mühsam zusammengezwängt durch Halter und verstellbare Bänder, immer um ein Loch oder eine Öse weitergeschnallt oder, bei Körperschwund, bei sich verringerndem Volumen, enger gespannt. Drogen dämpfen die Erregung über den sich verändernden Körper oder lindern den Schmerz; es ist, als sei man aus verschiedenen Stücken zusammengesetzt, die nun bald auseinanderzufallen drohen. Und unter der Haut, da fault es dem Tod entgegen. Mit Lappen belegt, mit Riemen umschnürt, schlüpf unter dein Hemd! Das alternde Fleisch quillt überall hervor, – damit sollte es ein Ende haben, bevor es innen völlig morsch ist, die Wände sich dehnen und schließlich reißen. Haut schrumpelt, verfärbt sich, die Nahtstellen, dort wo man nach Operationen einst erfolgreich wieder zusammengenäht wurde, röten sich, werden hart, sie schmerzen bei Wetterwechsel, –

nur jetzt keinen Blick nach innen richten, nur das nicht! Denn irgendwo da drinnen bildet sich seit geraumer Zeit bereits eine Todesursache, bald wird sie leise und unerkannt aber lang schon vorausgesehen in Erscheinung treten. Wenn man sich eines Nachts zum Schlafen, wie von ungefähr, in eine andere Lage bettet, als alle die Nächte der Jahre zuvor, das ist der Augenblick: dann hat etwas Unkontrollierbares begonnen, ein Symptom hat sich in die Nacht geschlichen, das nun auch bald bei Tage hervortreten und etwas fordern wird, eine andere Tageslage, andere Sitzarten, einen anderen Gang. Es beunruhigt: unter einer Droge einschlafend, fragt man sich, was es wohl sei, man versucht noch einmal die frühere Schlaflage, man prüft, ob in ihr etwas schmerze, – aber das ist es nicht, sie ist nicht mehr bequem, sie beengt den Atem, und einschlafend findet man sich ab mit der Zäsur.

Und dann, eines Nachts, löst man sich zum letzten Mal die Schnürsenkel, denn es geht ans Sterben. Ich denke jetzt nicht gern daran, denn ich werde mir bald die Schnürsenkel lösen, wird es das letzte Mal sein? Nicht hier! Erwache ich morgen nicht mehr, versagt das Herz um vier Uhr, die Stunde, in der die Herzen versagen? Hier in der Wüste? Da ständen sie dann, die Schuhe neben dem Bett, die Kleider über dem Stuhl geordnet. Regt sich jetzt vielleicht der lang verdrängte Schmerz hartnäckiger? Wenn ja, wann überschreitet er die Grenze?

Ich muß hier fort, zurück nach Masante, das den Arzt einen langen Weg kostet, aber einen kürzeren als hier. Auch habe ich mir dort den Akt schon vorgespielt: ich rufe den Arzt. Der kommt erst nach bangen Stunden, die Bangnis dadurch gemildert, daß er anscheinend meine Symptome nicht allzu ernst genommen hat, sonst wäre er sofort gekommen. Ich berichte, bagatellisiere meinen Bericht und warte darauf, daß er das gleiche tue, aber er bleibt ernst, auch beim Abtasten, auf einer bestimmten Stelle verweilt die tastende Hand, und ich verstumme,

und der letzte Teil des Lebens hat begonnen. Ich soll nicht aufstehen. Gegen Abend werde ich ins Spital gebracht, zur Beobachtung, wie es heißt. Da stehen denn die Schuhe dort, neben dem Bett, immer weiter weg, schließlich kommen sie in den Schrank. Die Schnürsenkel bleiben für immer gelöst, und aus dem Dunkel des Schrankes gehen sie über in die Erbmasse, die letzte Habe, und einer oder eine bricht vielleicht über dem Anblick der Schuhe schluchzend zusammen, oder er oder sie bleibt gefaßt, nur kommen ihr oder ihm ein paar Tränen, so wie mir damals, als ich die Schublade öffnete und mich plötzlich den ordentlich gestapelten Unterhosen meines toten Vaters gegenüber sah, die ich in seinem Leben niemals an ihm hätte sehen wollen.

Heute nichts mehr, genug. Hinunter zu einem letzten Schluck vor dem Schlafen. Irre ich mich, oder höre ich von unten eine dritte Stimme? Ein Montagsgast, unerwartet? Der Ire, singt er? Horche ich über den Hof, ob es nicht zwei sind!

Und warum sollten es nicht zwei sein? Mir scheint jetzt, als seien sie im Entschwinden, Fötterle und Fricke, Kabasta und Kranzmeier, – ich sehe sie plötzlich von hinten, in einer Reihe wie eine Mauer, riesig zwar, aber sie werden kleiner mit zunehmender Entfernung, die Kamera zieht ab, das Bild wird zur Totale, läßt an den Seiten Landschaft ein. Da stehen sie, breitbeinig wie Claus Hinrich Buttjes, in Reitstiefeln wie Stollfuß, die Hosen sitzen fest am Gesäß, stramme Ärsche sind das, Donnerwetter nochmal, vor allem dieser Perchtl in der Trachtenjacke, oder war das der Kranzmeier, ich kann es nicht mehr sehen, sie werden klein.

Und wer war er, der Verfolgte? War es Gerber oder Gelbert oder Felber oder Lüning oder Bloch? Entlasse ich auch diese Konfigurationen, ich brauche sie nicht mehr, ihre Ängste, brauche auch die Waffe nicht mehr, natürlich hat weder Gerber noch Lüning noch Bloch oder wer immer es sein sollte, jemals eine Waffe auch nur in der Hand gehabt, geschweige denn am Körper getragen, keiner hätte sie zu bedienen gewußt, und ich auch nicht.

Wo also lag der Sinn einer Spekulation, die niemanden erreicht? Was sollte sie festhalten, und für wen? Gelingen konnte mir nichts mehr, die

Zeit des Gelingens ist vorbei, so wie auch die Zeit derer, die Gelungenes wollen. Nur noch Fragmente, Dinge, die immer im Entstehen bleiben, doch das ist meine Sache nicht, ich habe immer Fertiges, Vollkommenes haben wollen –: mein Fehler. Damit bringt man es nicht weit. Wozu erzähle ich mir Geschichten, als sei ich nicht der, dem sie geschehen sind? Weil ich es nicht mehr bin? Weshalb will ich sie hören, als sei die Vergangenheit, aus der sie kommen, jemals wirklich gewesen, als hätte sie jene Geborgenheit geboten oder auch nur versprochen, in der ein erfundenes Geschehen, bis zu seinem erfundenen Ende weiterentwickelt, irgendeiner Wirklichkeit entspricht? Weshalb wollte ich mich selbst bezwingen, da mir doch die Frage *warum* immer im Gehirn stand? Nur weil der Zwang nicht nachließ? So blieb ich immer mein eigener Zuhörer, allerdings habe ich mir immer aufs Wort geglaubt. Niederschreiben um abzustreifen, das war das Experiment, ist es schon gemacht? Verstrickt, verknotet im Netz der Identifikationen. Aufzeichnungen für andere sind nicht dasselbe wie Aufzeichnungen für mich selbst, doch wüßte ich gar nicht, wie ich für mich selbst formulieren sollte: nur in Vollkommenheit wäre mir das Ausdrückbare glaubhaft, und Vollkommenheit zu erreichen –

da capo – die Fuge noch einmal, Goldberg! Sie starb so hin –

Die Häscher sind entlassen.

Ich denke zuletzt an Kafkas Beide, vergleiche sie mit Motschmann und Globotschnik. Die waren jedenfalls keiner Instanz verpflichtet, die sich erst allmählich als ein unbekanntes und doch im Tiefsten erahntes Prinzip zu erkennen gibt, das, obgleich zwar schmierig und schmutzig, widerlich in seiner irdischen Manifestation, über die Person des Opfers erhaben bleibt und zwischen Möglichkeiten der Schuld und Maß der Sühne zu befinden weiß. Gerbers Häscher waren sauber – Sauberkeit im Sinne des Götz Dietrich Stollfuß –, sie griffen Personen auf, die nicht in den Plan passen, in dessen Dienst sie standen, lasen sie aus wie Keimüberträger, Fäulniserreger, pflückten sie wie Mohn aus dem Weizen und gaben sie weiter. Sie waren der Beginn des Prozesses, nicht das Ende, wie bei Kafka, hatten daher nicht selbst das Messer in der Hand wie Kafkas Beide, die es einander mehrmals wortlos reichen, um sich, freilich mit der Aufmerksamkeit des Opfers kokettierend, an der Schärfe der Schneide zu delektieren, stellvertretend für die Schärfe der Gerechtigkeit, deren chargenhafte Diener sie sind und bleiben, obgleich sie, in ihren schwarzen Gehröcken, wie Schmierenschauspieler agieren, K. hält sie für Tenöre, vielleicht sind es jedoch Engel, – aus welchem der neun Chöre wohl? – bis dann einer von ihnen zustößt, dem Opfer ins Herz, das Messer zweimal im Herz umdreht, während der andere Engel das Opfer an der Gurgel hält. Dann treten sie zurück, um, Wange an Wange, die Wirkung dieser Hinrichtung auf das Opfer zu prüfen, sie müssen höheren Ortes darüber berichten, sind ja selbst nur Werkzeuge einer Behörde, deren Handschuhe, wenn auch nicht weiß sondern schmutzig, trotz der blutigen Tat, kein Blut je befleckt, – der Stoff, aus dem sie sind, nimmt es nicht an. Lünings Häscher waren nicht schweigsam oder würdevoll wie Kafkas Abgesandte mit dem schweren Doppelkinn und den unverrückbaren Zylinderhüten, die operieren, als gelte es, einen vollkommen geplanten Auftrag mit Vollkommenheit auszuführen, ein Werk, dessen Beginn so weit zurückliegt wie der Beginn der Schuld des Opfers, dem nun endlich jene Gerechtigkeit zuteil werden soll, die es sich im allertiefsten Grund seines Gewissens selbst ersehnt hat, und zwar so stark, daß es jede Demütigung, die dieser wahrhaftig lockere einjährige Prozeß mit sich brachte, in Kauf nahm, ohne inneren Kommentar. Nein, Blochs Häscher waren aus anderem Material gemacht, doch kein Wort mehr von ihnen, sie sind mir entschwunden wie der Mitschüler – wie hieß er noch? –, der jetzt allein mit sich fertig werden muß, sofern er nicht schon lang mit sich fertig ist.

Der Abend fällt hier aus. Es ist Nacht. Die Sterne sind nah und klar. Die Wüste dunkel und, nach den Zyklen täglicher Verwandlungen wieder erloschen und immer noch lautlos. Kein Schakal, vor denen man mich gewarnt hat. Keine Hyäne, dazu bedurfte es einer Leiche oder eines Kadavers, bei dessen Fraß sie lachen. Hin und wieder Worte von drüben aus der Bar, kein Gesang, keine Erregung, Montag bringt eine ruhige Nacht. Vielleicht ist eine Patrouille unterwegs, einer tastet mit dem Fernrohr den Himmel nach einem Hoch oder Tief ab oder kontrolliert die Meßinstrumente oder gibt Resultate weiter. Sehr fern der Ort, an dem sie aufgenommen werden. Mond? Nein.

Neun Uhr. Wie spät ist es jetzt in Masante? Es ist weder spät noch früh, Masante ist leer; die Läden sind geschlossen, drinnen ist es dunkel, die Tageszeiten bleiben draußen. Der Hausherr ist auf Reisen, erst nach seiner Rückkehr zieht die Zeit wieder ein. Wird sie genutzt oder wird sie vertrieben?

›Wann wird es Nacht im Haus?‹

Alain gegenüber sitzt der Ire. Der nächste Auftritt also, die dritte Figur, – die dritte? Ich verfalle meinem Fehler und rechne mich selbst nicht dazu. Fehler freilich ist ein hartes Wort. Ich meine »shortcoming«.

Maxine steht aufrecht und betrunken vor den Flaschenregalen. Sie deutet mit dem Kinn auf mich: »Das ist er. Der weiß auch nicht recht, was er will.« Die Herausforderung geht also weiter.

Der Ire wendet sich zu mir, um sich den anzusehen, der nicht weiß, was er will. Weiß auch er nicht, was er will? Er grüßt; wir sind Bekannte. Vielleicht sogar Verwandte im Nichtwissen, in unserer Unentschlossenheit?

Ich setze mich neben ihn. »Wissen *Sie*, was Sie wollen?! frage ich Maxine.

»Nichts mehr – ich will nichts mehr – in mir ist alles voll. Ich habe keinen Platz mehr – es drängt sich – ich habe Schmerzen. Das ist ein Zeichen. Ich soll an mich selbst denken?« – Recht so, Maxine: du bist bei dir und nicht bei mir! – »Aber wo anfangen? Ich habe mich ja selbst nicht verstanden!« – Mihi quaestio factus sum – ohne Antwort. – »Ich habe vielen eine Freistelle im Himmel verschafft. Dafür gehe ich in die Hölle – da gehöre ich hin.«

Kein Widerspruch. Auch von den anderen kein Kommentar. Alain sieht auf, schiebt mir ein Glas hin, ich nicke, er schenkt ein. Jetzt bin ich dabei, die Stimmen des Quartetts sind verteilt. Maxine dominiert, aber sie wird bald verstummen. Wir werden als Trio weitermachen, vielleicht ein anderes Thema, einen anderen Satz üben, unsere Stimmen aneinander messen, mit diesen beiden Randfiguren nehme ich es auf.

»Ich habe nicht alles gesagt – ich sage auch nicht alles – ihr versteht ja auch nichts –« Maxine spricht leise, ist bei der Sache, ihrer eigenen: sich selbst in allen. »Ich habe viele gekannt – zuviele – von denen ist niemand mehr da –« – mit ihren erstarrten Augen sucht sie vor sich hin: ist doch noch jemand da? – »oder er ist nicht mehr zu finden – vielleicht werde ich gesucht – aber mich findet keiner mehr. Da sind noch ein paar – –« – Sie spannt noch einmal Fäden, zwischen sich und denen, die sie gekannt, vielleicht gerettet hat oder nicht mehr retten konnte, ich sehe einige, in der Wüste verweht, nur noch Sandhügel, oder schon geebnet, vielleicht ragt hier und dort ein Knochen aus dem Sand; andere sind vielleicht in Kellern verkommen oder in Spelunken oder ermordet worden oder im Meer versunken, wie der Dichter, der von der ›Cutty Sark‹ hinabsprang: er hieß Samuel Greenberg, jetzt fällt es mir ein.

Maxine steht, als sei sie an einen Pfahl gekettet, einen Pfahl im Sand draußen; Sünderin und Büßerin, aber sie ist beides nicht, sie ist eine Heilige unter umgekehrten Vorzeichen, eine die, wäre die Einteilung gerecht, hinaufgehörte, die aber über ihren Termin hinaus freiwillig unten bleibt; wie alle rechten Heiligen. Verehrenswert, nicht immer erträglich.

»Ich habe ja nur das Leichte erzählt – nur das was oben ist, – was darunterliegt, was sich noch bewegt, das packe ich nicht aus, bis es sich nicht mehr bewegt, – bis ich mich nicht mehr bewege, – dann können sie es dort unten aus mir herausholen – nacheinander – zuallerletzt komme ich selbst – zerstückelt –« Ihre Stimme wird leiser. »– ja, ich habe viele gekannt, – mehr als mir lieb war –« – Lüge, Maxine, Lüge! Was hättest du mit dir getan, wenn du sie nicht gekannt hättest? – »Jemand mußte sie zusammenhalten, – kein anderer wollte es sein, – da bin ich es eben gewesen – immer ich – wer hat mich ausgesucht?« – Du selbst, Maxine. Aber sie fragt nicht uns, die anderen hören nicht zu oder sie kennen die Szene; hat Maxine auf mich damit gewartet? – »Hier stirbt man jeden Tag in der Wüste und jede Nacht im Bett. In die Wüste gehe ich nicht, das könnt Ihr tun, Ihr könnt noch laufen, Ihr seid leicht, – aber ich habe mit vielen im Bett gelegen und bin gestorben, – die anderen nicht, – nur ich. Immer denselben Tod, – aber jetzt wird es mir zuviel. Im Ende, da bin ich schon lange, ich habe mein Leben am Ende zugebracht, ich hatte es nicht weit – ich war vor den anderen da, – als die kamen, kannte ich es schon, – ich kenne nämlich alles –«

Maxines Augen sind naß, ihr Mund dehnt sich zum Lachen, – bitte, Maxine, keinen Ausbruch! Erspare dir und mir die Peinlichkeit! Du hast dich mit großem Anspruch bei mir eingeführt, ein Versprechen. Vergiß das nicht! –

Alain beobachtet sie, der Ire sieht in sein Glas, als denke er Maxines Worten nach, und nicht zum ersten Mal.

Im Lachen verrät Maxine, daß ihre Kräfte sie verlassen. »Da stehe ich – an der Himmelspforte – so nennt man es nämlich – oder vielleicht nicht mehr – so nannte man es – nein, da stehe ich nicht – ich stehe noch hier unten – an der allerletzten Station – da kann ich noch Seligkeit verkaufen – eine Tankstelle, der Vorrat muß für eine lange Reise herhalten – die hört vielleicht niemals auf – Seligkeit – ja, wer weiß –« – jetzt flüstert sie, – » – wer weiß, vielleicht war es das, was ich zu vergeben hatte – irgend etwas muß es ja gewesen sein – irgend etwas hatte ich –« – immer leiser jetzt, beinah zufrieden, das Thema läuft aus; auch beruhigend: der Ausbruch wird uns erspart bleiben, – » – ich *muß* irgend etwas gehabt haben, das andere nicht hatten – alle sind sie zu mir gekommen – aber jetzt habe ich alles verbraucht – verschenkt – ich habe nichts dafür bekommen – und was hätten sie mir geben sollen? – Ich brauche ja nichts mehr – ich – –«

Sie ist verstummt, hat ihre Szene zuende gespielt, ihre Arme knicken nach außen, langsam sinkt sie nach vorn, der Kopf fällt, prallt – nein, er prallt nicht auf die Theke. Alain fängt ihn auf, schiebt ihr einen Arm unter die Schulter, den anderen unter die Knie, und trägt sie davon, einen lebenden Gegenstand, der seine Vorstellung beendet hat und vor dem nächsten Auftreten ausruhen muß. Er stößt die Tür auf, wendet sich, hält sie mit dem Rücken offen, geht seitlich hindurch, Maxines beinah totes Gewicht hängt schwer zwischen seinen Armen. Die Tür schließt sich, Alain geht über den Hof, die Treppe hinauf; oben, in einem Zimmer, dem meinen gegenüber, legt er die Last ab; tägliche Routine. Er kommt herunter, im Hof zweigt er ab, seine Schritte verklingen in einem Raum, den ich nicht bestimmen kann.

Jetzt liegt sie dort droben, Maxine, über das Bett geworfen, noch schluchzend, bald schlafend, im Traum bei sich und ihren Gestalten; sie lasten schwer auf ihr, legen sich auf ihre Brust, alle, die sie gekannt und erahnt und ererbt und erfunden, alle, die sie verschwiegen hat, darunter vor allem sie selbst. In ein paar Stunden wird sie aufstehen zu ihrem Nachtwandel. Ich werde meine Tür verriegeln, ich würde sie nicht ertragen: eine Succuba, ein Alp.

»Haben Sie zufällig Ihren Ausweis bei sich?« fragt der Ire.

»Nein, er ist in meinem Zimmer. Soll ich ihn holen?«

»Es eilt nicht. Irgendwann. Morgen.« Er singt nicht, er ist nüchern. »Eine Formalität.« Er nimmt einen Schluck. »Was bringt Sie hierher?«

»Glimmersand. Fanglomerate. Ich will unter Pilzfelsen an Windtischen sitzen, auf einem Stück Kieselsinter oder Löß und beobachten, wie der Wind Schwebeteilchen abträgt. Ich will ...«

Alain steht an der Tür in einer zerschlissenen Franziskanerkutte. Ein Bettelmönch. Er könnte Ablaßzettel verkaufen. Der Ire trinkt aus, steht auf, und während er zur Tür geht, wie ein williger Schüler zu seiner Stunde, ruft Alain zu mir hinüber: »Sie beten wohl nicht?!« Keine Frage, eher eine abschätzige Feststellung. In diesem Gewand steckt kein straffälliger Büßer, gewiß auch kein Franziskus; vielmehr ein Wirt, dem seine Verantwortung gebietet, sich nicht nur um das Wohl seiner Gäste zu kümmern, sondern auch um ihr Heil, sofern sie willens sind, das Ihre beizutragen.

»Ich nicht. Nein.«

Alain hat es nicht anders erwartet. Wortlos geht er, der Ire hinter ihm schließt die Tür, ich höre die Schritte auf dem Hof, und wieder die Tür drüben, dort muß die Hauskapelle sein. Dort beten sie jetzt, die Beiden, Alain in einem Ordenskleid, das er nur noch in der Wüste ungestraft tragen kann. Aber er betet nicht seinem verlorenen Priestertum nach, er hat die Beziehung zu seinem Gott geklärt, alle störenden Vermittler abgestreift, nun bindet er sich an seine eigenen Regeln. Ob er dort oben jedoch erhört wird, das ist eben nicht nur seine Sache, sondern auch die Sache dessen, den die Stimme erreichen soll. Ist Alain Sein Mann? Dann wäre ich es vielleicht auch.

Kein Laut im Haus oder Hof, auch draußen nichts. Alain betet, hinter ihm kniet der Ire, Maxine schläft. Es ist dunkel und wird spät. Ein paar Stichworte zum Geschehen sollte ich mir notieren, bei Tag rücken sie vielleicht ins Licht; ob es das rechte ist, weiß ich noch nicht. Es geht auf Mitternacht, denke ich.

Wann hört der alte Tag auf, wann fängt der neue an? Es ist nicht die Mitternacht, die dem alten Tag den Stoß versetzt, so daß er, mehr oder minder erinnert, zum Besseren oder zum Schlechteren, zurücktorkelt in die Vergangenheit, wo er in einer langen aufgezogenen Reihe von Tagen immer weiter nach hinten gedrängt wird, bis er verschwindet, –

nein, um zwölf Uhr verdichtet sich die Zeit erst, setzt an, schaltet einen anderen Gang ein, wird schneller und zieht auf den wirklichen Augenblick der Tagesablösung hin, er kommt um zwei oder um drei, oder sogar noch später. Wenn es zur Dämmerung ansetzt, dann spätestens ist der vorige Tag verwirkt, die Nacht auch, um diese Zeit scheint das Leben verloren, da wetterleuchtet es hinter den geschlossenen Lidern, sofern man wach liegt;

sofern nicht, ist die Seele weit auf dem Weg ihrer allnächtlichen Wanderschaft, sie ruht: ein traumloser Augenblick, die Schlafwissenschaftler nennen es Stufe vier der Schlaftiefe, das Stadium, in dem die Hirnstromkurve eine Schlafspindel bilde, – ich denke gern an diese Spindel, und wie sie sich dreht.

Unten geht eine Tür. Schritte über den Hof. Alain und der Ire. Das Gebet ist beendet, ihr angerufener Gott wendet sich wieder ab, – hat er erhört oder verworfen? –, sie gehen zurück zur Bar, um zu trinken. Maxine schläft, ihr Nachtwandel kommt später.

Soll ich meine Tür verriegeln oder nicht? Ich habe sie in allen fremden Zimmern verriegelt. Wenn ich die Regel hier und heut nacht breche, würde das bedeuten: ich erwarte Maxine. Anderen habe sie gutgetan, sagt Alain, sagt es freilich nicht, um sie zu verkaufen, sondern um mich zu warnen. Sie müßte mir auf jeden Fall vom Leibe bleiben. Doch selbst dann: ich brauche weder Beichtmutter noch Klageweib. Sie müßte dort auf dem Stuhl sitzen, im Dunkel, und Tote erwecken.

Nein. Vielleicht später, in einer anderen Nacht, wenn unsere Beziehung sich geglättet hat. Ein Zwiegespräch. Wir werden unsere Macht der Anrufung aneinander messen, das wäre ein rechtes Spiel. Nicht heute. Die Hausschuhe vor dem Bett, Anzug und Unterwäsche überm Stuhl geordnet, zwei graue Strümpfe hängen herab. Die Schnürsenkel gelöst. So empfängt man die Frau Wirtin nicht. Schlechter Stil. Verworfen.

Schlafen. Die begehrte Leere erzeugen. An verlassene Häuser denken. ›La città ideale‹ im Museum von Urbino. Von Francesco di Giorgio Martini (?). Die Häuser, die er gebaut hat, gleichen denen auf dem Bild, nur sind sie nicht leer. Seine ideale Stadt ist ausgestorben, auf ihrer Piazza herrscht niemand und nichts als strenge Perspektive: ein Traum von Ordnung. Aber dieser Traum schläfert nicht. Landschaften des Traums sind nicht die des Einschlafens. Rangieren in den Schlaf, der auf seinem Geleis lautlos vorbeizieht, einsteigen am Bahnhof von Bever – ich fahre durch Schnee und Nebel, mir gegenüber sitzt ein Jäger, der liest einen Brief – ich sehe aus dem Fenster: alles weiß, – –

Noch fast im Schlaf versuche ich ein Geräusch zu rekonstruieren, das mich geweckt hat, jetzt vorbei. Es war nah. ›Me thought I had …‹ – mir war, als hätte die Klinke sich bewegt, bin aber so unsicher wie Zettel in Erinnerung seines Traumes. ›Bottom's Dream, because it hath no bottom …‹ – Ein Faß ohne Boden, ein Gefäß wie eines von Maxines Gefäßen, – wie sie selbst, – wollte sie zu mir?

Vorbei. Ich weiß nicht, wann es war oder wie spät es jetzt ist. Es ist dunkel, auf dem Kalender immer noch, doch in Wirklichkeit wohl nicht mehr, der erste Juli. Das kostbare Blut ist vorbei, – war Alains Andacht noch darauf abgestimmt? Es dämmert Mariä Heimsuchung herauf, Helmuth naht, Irenäus rückt näher auf dem Drehteller der Heiligen, Diethelm droht, – doch lasse ich die jetzt, – keine

Heiligen oder Häscher, keine Namen, keine Daten, ich erwische den Schlaf noch an einem Zipfel, bevor er abzieht, ich spüre ihn noch in mir –

Wer ist jetzt auf den Beinen? Milchausträger, Bäckergesellen; der Meister gönnt sich noch Schlaf, außer dem Metzgermeister Bronsema in Groningen: der will heute das holländische Prinzenpaar aus Schweineschmalz formen, das schöpferische Konzept kam ihm schon bei der Hochzeit dieses strahlend blassen Paares, doch jetzt erst fühlt er sich in seinem Formwillen reif, es zu verwirklichen, dazu kommt, daß er überschüssiges Schweineschmalz hat. Der Schweizerische Molkereiverband dagegen fürchtet, auf seinem Butterschmalz sitzenzubleiben, aber der formt nicht, der rechnet, beginnt heute eine ›Aktion: massiver Abschlag in Butterfett‹ –: jedem das Seine und in seinen eigenen Worten.

Ronald Winthrop geht jetzt durch sein Haus, öffnet Schränke, streicht mit der Hand über die Kleider seiner verstorbenen Frau, holt eine Flasche Burgunder, schenkt zwei Gläser voll und trinkt mit dem Geist dieser Frau, die ihn zu Lebzeiten jeden Winter mit einem anderen Skilehrer betrog.

Dies ist die Zeit der Ruhe zwischen den Taten oder den Untaten, zwischen Verschwinden der alten Angst und Neubildung der nächsten; der

Furcht und Trauer der Gerechten und Verzweifelten und dem guten Gewissen der Verbrecher, die den Schlaf derer schlafen, die ihn verdient hätten. Jetzt formen die Moribunden letzte Worte, tonlos, unverständlich, jeder Hinterbleibende legt sie anders aus; mancher Tote nimmt ein Geheimnis mit ins Grab oder einen Fluch über ungerechte Verteilung der Erbschaft.

Das Wasser vor Ohlsens ehemaliger Margarinefabrik ist glatt und schwarz; die Friedhöfe liegen verlassen über ihren Skeletten, hier und dort haben noch vor zwei Stunden ein paar lustige Brüder Grabsteine umgeworfen und auf die Gräber gepißt, jetzt schlafen sie, um morgen wieder fit zu sein,

und die Furchtbaren der Welt liegen jetzt schwitzend und stinkend in ihren Betten, oder sie horchen, planen, handeln, fahnden, spuren, orten – nein, keine Namen, – der Schlaf soll mich wieder haben, er nimmt mich mit.

Ich erwache – ein sanfter Schub, die Fasern des Schlafes dehnen sich und reißen, eine nach der anderen, jetzt hat er mich endgültig verlassen, ist bereits abgezogen, weg.

Da bin ich, es dürfte fünf Uhr sein, oder zumindest, woanders wäre es um diese Jahreszeit fünf. In Masante, wenn ich jetzt dort wäre, würde ich aufstehen, würde prüfen und abschätzen, wie ich den neuen Tag zu nehmen hätte.

Ein Traum? Ich erinnere mich an keinen. In dieser Umgebung, angereichert mit neuer Erfahrung, hätte ich mit einem Traum gerechnet, der Begegnungen spiegelt. Vielleicht ist es besser so, ich kenne Träume um diese Stunden: gelähmt bleibe ich liegen, während die Gestalten abziehen, – eine putzt eine blutige Axt, eine andere hüllt sich stumm in einen langen Mantel, die Fledermäuse entflattern, und alle die Figuren, alle die Gegenstände entschwinden weit hinter mir durch ein Loch im geblähten Ballon des hinter mir herziehenden Bewußtseins: es erwacht ein paar Sekunden später als mein Körper, holt dann aber sofort auf. Erst wenn es den Körper eingeholt, wenn es in ihn zurückgeschlüpft ist, beginnt der Tag, meist immer noch zu früh.

Der Morgen zieht herauf. Morgenrot, buchstäblich! Vermischt mit Morgenorange, sogar Morgengrün. Es graut nicht.

Zugegeben: jetzt wäre es nicht übel, woanders zu sein, – globale Gleichzeitigkeit vorausgesetzt. So ein frischer Morgen im Norden, Ankündigung eines schlanken Tages, der in der Sonne zu leuchten verspricht, gesehen durch das Fenster von Ian Grimble, dem Frühaufsteher, der schon seit Tagesanbruch an seinem Schreibtisch sitzt, – nein, das war kein Schreibtisch, es war ein Louis-Quinze-Sekretär. Da sitzt Ian und schreibt die Geschichte eines Vorfahren, der das Wasserklosett erfunden hat, – dafür wird man nicht geadelt, aber der war schon adlig und entsprechend reich, er hätte sich sonst einer solchen Liebhaberei nicht widmen können, auch meinte er es zunächst gar nicht ernst, aber das Ding hat dann doch Schule gemacht, –

hier in Meona haben sie eines von Dodgson & Shirer, es sitzt sich gut darauf, –

da sitzt also Ian, im äußersten Norden Schottlands, und sieht hinaus auf die Felsküste, auf der stehen ein paar Baßtölpel, dahinter Meer, nichts zwischen ihm und den unsichtbaren Shetland Inseln, wohin Bothwell floh, in seine letzte Freiheit, bevor man ihn in Ketten legte, in denen er achtzehn Jahre lag. Ein Spinett steht in Ians Zimmer, darauf spielt er Cimarosa oder Dowland, auch das gibt es noch. Oder nicht mehr? Auch den Schrei der Möwe gibt es noch, fern von hier, er klingt grausig; als mache ein makabrer Spaßvogel den Schrei einer Möwe nach, der aber doch der Schrei des Spaßvogels bleibt.

– Dort ist es jetzt nicht Morgen, wahrscheinlich ist es Nacht, wie hinter den dunklen Fenstern von Islington, wo ich Nächte im Gespräch verbrachte, – wo sind die, mit denen ich sie verbrachte?

Durch Anruf nähern sie sich nicht, sie bleiben fern wie Maxines Figuren, Eric, Anne mit den schönen Schultern, ich denke gern an diese Schultern. Wo ist jetzt Ronald Winthrop? Über seinen beiden Gläsern Burgunder eingeschlafen, die Frau lang unter der Erde,

unter der Erde auch Allan, der wohnte in Islington über Gerümpel, er hatte vor nichts Angst, ließ ›alles auf sich zukommen‹, und es kam auf ihn zu, im tiefsten Krieg fütterte er Lastwagenpferde mit Sahnetörtchen, zur Empörung der zu Friedenszeiten tierliebenden Passanten, dann hat ihn eine Bombe in Fetzen gerissen, man erkannte ihn an einem Fetzen – –

ja, es ist Morgen, keine Zeit für Anrufungen. Der Morgen des 2. Juli; eine neue Art von Morgen: hell, gelblich weiß, ohne Umrisse, es weht Sand, ein Sandmorgen, Sandluft, Alain ein Sandwirt. Ein sanftes Pfeifen, beinah ein Flöten. Sonst nichts, es ist noch niemand auf. Drüben in der Station vielleicht ein einsamer Wacher zwischen Meßinstrumenten. Jetzt hat er seine Beobachtungen über das Wetter fernschreibend weitergegeben und geht schlafen. Alain, denke ich, schläft noch, es sei denn, er bete die Matutin, – vielleicht erfordert der Tag Mariä Heimsuchung eine besondere Art der Einleitung? Er sieht mir aus wie ein guter Schläfer, – wie hießen sie noch, die heiligen Schläfer? Constantinus, Dionysius, Malchus, Martinianus – weiter weiß ich nicht.

Einen kurzen Gang vor dem Frühstück? – Soweit hier überhaupt von Frühstück die Rede sein kann – auch das will erprobt sein, der Kaffee, – Alain wird ihn à la Française bereiten, der Metallfilter erhitzt sich, der Kaffee erkaltet, eine dunkle Brühe, bitteres Alltagsgetränk, kein Genuß, der Vorgeschmack bleibt aus. Ich werde die Punkte zu addieren haben, die mich hierhalten und sie gegen jene setzen, die mich forttreiben. Der Unterschied in der Bilanz bestimmt die Dauer meines Aufenthalts. Zwar ergibt die Summe der kleinen Pluspunkte noch lange nichts großes Ganzes, aber ihr Fehlen würde mein Unwohlsein fördern, ohne die Anleitung zu liefern, wie es zu bekämpfen sei.

Ich öffne das Fenster: kalt! Nachts läßt Sand die Luft erkalten. Dies ist nicht kühle Morgenluft. Nichts zum Wittern oder Einatmen. Vielmehr eine Masse von Atmosphäre, von keiner Frische oder Feuchte getränkt, – ein Minuspunkt! – bewegt von einem Wind. Er kommt aus Westen, ist aber nicht der Zephir, solche Namen gelten hier nicht, – Minuspunkt. Er weckt keine Begierde: Pluspunkt. Die paar

Männer hier täten sich schwer damit, sie griffen denn zu sich selbst oder zueinander, wahrscheinlich tun sie es. Maxine ist nicht mehr diesseits ihres Verlangens, denke ich, und wohl auch nicht mehr diesseits ihrer eigenen Wünsche.

Hier draußen in der Leere verloren gehn, – was bliebe? Nicht die geöffneten Schnürsenkel vor dem Bett, es blieben ein paar Kleidungsstücke im Schrank, die Zettel, Ansätze vielleicht einer plötzlich unterbrochenen Tätigkeit. Man wird aus dem Wenigen, das man hier findet, kein Bild aufbauen können. Ein Rätsel wäre besser, freilich anspruchsvoller. Die Möglichkeiten wären weit gesteckt, sollte sich einer die Mühe machen, sie zu entwirren. Auf mich soll so gut wie alles gepaßt haben, was übrigbleibt, wenn man die weite Skala der Mörder und ihrer Helfer abzieht. Allerdings eines nicht: ich möchte mich nicht schuldig gemacht haben, Zukunft überblickt und die Blicke übermittelt zu haben, das nicht. Eiszeitforscher eher, vielleicht Abstecker der weißen Gebiete auf dem Globus, oder eben, wie ich dem Iren sagte: Erklimmer von Pilzfelsen, Tafler an Windtischen, dort draußen, wo ich gewesen wäre, um Wüstenstaub zu sammeln oder Nagelfluh, der niemals nutzbar gemacht würde. Oder, wie ich mich Alain anzudrehen versuchte, Erbauer einer Windorgel, Erfinder sturmgetriebener Gebläse. Oder Entdecker von Spuren der Sintflut, von Splittern der Arche, des Skeletts der ersten Taube. Zwecklos, gewiß, aber sinnlos?

Feldstecher heute noch nicht, Kompaß auch nicht. Das kommt später, für vorbereitete Gänge, falls ich so lange hierbleibe, – will ich etwa schon jetzt zurück? Ja. Nein. Ich wäre gern in Masante, um diese eine Dimension, Meona, bereichert. Nicht mehr, um sie zu verarbeiten, – jetzt nur noch ablegen! – sondern um Wüste als erledigte Sache abzustoßen. Sie ist nicht leer, sie ist voll, alles ist voll.

Hinter den Türen herrscht Ruhe, Kühle unter den Arkaden, zwischen dem abgestellten Gerät. Auch eine Gießkanne steht da. Was wird hier gegossen, wer gießt? Maxine hält ihre Weihnachtsbäume frisch.

Ich öffne die Tür,

und fast noch im Schutz ihres Rahmens fällt es mich an, ich bin ausgesetzt. Ein scharfer Schnitt trennt mich von der Geborgenheit der dernière chance. Kein Sturm, noch nicht einmal ein starker Wind, vielmehr ein verstreutes verstreuendes Wehen, hierher, dorthin, es bildet Figuren aus Sand, läßt sie wieder fallen oder verstieben, spielt mit den

Körnern, spielt mit mir, trägt verschiedene Aromata heran, manche süß, andere scharf, verwischt sie wieder. Nichts Kenntliches, kein Gewürz, nichts Heimisches.

Zurück, einen Schirm holen. Gut, daß es in dieser Rumpelkammer auch Brauchbares gibt. Vielleicht sollte ich Queen Marys Hut aufsetzen, der Schleier hielte den Sand ab, –

die Bar ist dunkel und ungelüftet. Aber woher sollte man die Luft nehmen? Welcherart Morgen sollte man hier hereinlassen?

In Masante öffne ich die Fenster bei Morgendämmerung, stoße die Läden auf und bin umfaßt von Stößen sich verabschiedender Nachtluft, es ist noch kühl im Gelände, unten zwischen den Weinranken picken die großen Vögel, dort wo es zur Schlucht abfällt, dem Bach, dessen Rauschen ich höre, bis er im frühen Sommer versiegt; an dem ich niemals gewesen bin, Gestrüpp und Dornen versperren den Abstieg, – vielleicht werde ich ihn eines Tages wagen, wenn ich zurück bin? Dort unten verläuft die Grenze meines Gebietes, Gelände, das ich niemals habe vermessen lassen, ich weiß die Hektarzahl des Hofes Masante nicht. Es ergibt wohl keinen preußischen Morgen, geschweige denn ein bayrisches Tagwerk.

Auf der Bank schläft einer. Der Ire, da liegt er mit offenem Mund; ist das ein verhauchter Seufzer oder hat er vor dem Schlafen noch gesungen? Nein, das hätte ich gehört, meine Ohren sind für jeden Gesang gespitzt. Nicht vergessen: heute Abend den Ausweis! Er soll nicht noch einmal fragen müssen. – Neben ihm sein leeres Glas, im Campari-Aschenbecher die abgebrannte braune Stange einer Zigarette, das Mundstück klebt in der Randkerbe des verbeulten Bechers. Das Glas leer. Führen die Stammgäste ihr Konto selbst, wenn der Wirt ins Bett oder zum Beten geht? Dieser betet mit, säuft aber dann einsam weiter. Wer kreidet dann an? Bin ich der Einzige, der die Rechnung beglichen zu hinterlassen hat, wenn er den Fuß vors Haus setzt? Wahrscheinlich eine Maßnahme für die Neuen, die unsicheren Gäste, dennoch eine seltsame Vorbeugung. Ich füge mich ihr, komme Alain entgegen, denn die Rechnung ist gestern nicht mehr zustande gekommen. Er wurde abgelenkt, vielleicht durch eine Eingebung? Vielleicht schreibt er an der Geschichte seiner Wandlung, Wer weiß? Er, der die Wandlung symbolisch zelebriert, Wein in Blut. Dieser Schankwirt!

Fünf Pfundnoten lege ich ihm auf die Theke, beschwere sie mit Cutty Sark. Das dürfte alles decken, ist wahrscheinlich schon Teil einer Vorauszahlung. Dazu einen Zettel. Auf die Gefahr hin, den Iren zu wecken: – den schreibe ich auf der zweiten Remington. Es hat mich schon gestern nach ihr in den Fingern gejuckt. Einen Zettel aus Alains Block. Muß den zweiten nehmen, auf dem ersten endet sein Notat von gestern abend, – nein, es endet nicht, es ist nur unterbrochen.

for some time. I am expecting at least twelve units. I don't feel like waiting any longer. My time is running out and, indeed, not only mine. It's not that I

Da endet die Notiz. Maxines Fall hat sie unterbrochen. Wie wäre dieser Text zu deuten? Seit einiger Zeit – sofern dieses Satzende mit dem Folgenden etwas zu tun hat – seit einiger Zeit also wartet Alain, und zwar auf mindestens zwölf Einheiten. Schmuggelware, ohne Zweifel. Er hat keine Lust mehr zu warten. Vermutlich braucht er das Geld. Aber was bleibt ihm anderes übrig, als zu warten? Er ist im Ring, denke ich, sein Ausfall würde sich rächen. Seine Zeit läuft aus, der Hinweis ist verständlich: die Beteiligten müssen sich ein anderes Mitglied suchen, aber wer von seinen Brüdern im Schmuggel – anscheinend Amerikaner oder Engländer oder Iren – nimmt die größere Warnung an: daß es nicht nur seine, Alains, Zeit ist, die da ausläuft? Sind andere Gefallene im Spiel, die Angst vor der Ewigkeit haben?

Der Ire jedenfalls, der dürfte dabei sein. Und was tun sie dagegen? Oder ist die ZEIT – das four-letter-word – ein Deckwort für irgendeine sinistre Handelsware, die ihm ausgeht? Zwölf Einheiten Zeit? Vielleicht hätte der unterbrochene Satz Aufschluß gegeben? »Nicht etwa daß ich …« Angst habe? Den Tod in mir spüre? Mich schließlich – und endlich – selbst zurücknehme? – Wie auch immer –

Ich reiße den unteren Zettel heraus und spanne ihn in die zweite Remington, die gebaut wurde.

Shall be back presently –

Die Maschine schreibt leserlich, wenn auch holprig. Wie in Miss Mortensens späten Jahren. Das Farbband gibt nicht viel her, aber der Satz stellt sich hin. Ich werde wohl den Zettel vorfinden, wenn ich zurückkomme, das Geld auch, der Ire ist ein Schmuggler und ein Polizist, der meinen Ausweis sehen will, mein Geld braucht er nicht, bei dem geht es wohl um größere Beträge. Vielleicht sind hier alle straffällig, und ich bin der Einzige, der nichts auf dem Gewissen hat, noch nicht einmal das.

Und hinaus!

Zu einem Abenteuer, sei es auch klein, habe ich es immer eilig, ich will es hinter mich bringen, gehabt haben, damit es als Gehabtes in mir hinabsinke. Den Schirm gegen den Wind und hinein, durch den Sand. Ich spüre ihn an der Hand, er prikkelt, wie Sand dieser Strände, le sabbie d' Ischia, le sabbie di Grado, dieser öden Flächen, bespült von der lauen mediterranen Brühe, die niemals einen guten Fund sondern nur noch verseuchten Fisch heranträgt, auch Ebbe und Flut nicht gehorcht, –

es hat mich nicht zu allen Wassern gezogen, zum Beispiel nicht zur Südsee, dem Saum von Palmen, gräßlichen Gewächsen, die zu Unrecht als Bäume gelten, den Inseln, belebt von bekränzten Mädchen, hautbraun, zahnweiß, haarschwarz, die jeden umarmen, vor allem amerikanische Präsidenten und solche, die es werden wollen. Ein wirklich stiller Ozean wäre vielleicht eher mein Fall, dort unter einer Taucherglocke sitzen, still wie ein Lot, und horchen –

Plötzlich legt sich der Wind, die Sandwellen verebben, eine Nachhut von kreiselnden Wolken verstreut sich, läuft hüpfend über den Boden nach hier, nach dort und liegt,

und die Sicht wird frei. Zu den Hügeln dort hinten ist es eine Durststrecke, das schaffe ich nicht ungestärkt, aber später werde ich mich an diesen Schluchten versuchen, dort ist die Nacht jetzt ausgelaufen, sie sind hell wie alles, ohne Schatten, nichts wirft Schatten, ich werfe auch keinen, die Sonne ist nicht sichtbar, der Himmel weiß, neutral wie ein Schiedsgericht: wer wird hier herausgefordert, wer fordert heraus?

Jetzt nicht zu weit,

nicht wie Strindbergs Fischmeister, der die letzte Karte auf die Gnade der Elemente setzt und doch weiß, daß er verspielt, im Kahn ins offene Meer hinaus, den Sternen nach, doch ohne Vertrauen natürlich. Meine letzten Karten sind noch nicht verspielt, sie liegen oben unter CHI TOCCA MUORE. Also: nicht ziellos sandeinwärts von Pfahl zu Pfahl, mich auf mein Gespür verlassend, denn hier verläßt mich mein Gespür. Immer dieses lockere Gewürfel von Bauten, das sich Meona nennt, diese Rettungsstation, dieses Jahrtausende alte Provisorium im Auge behalten, immer nach ein paar Schritten rückwärts sehen, – vorn halte ich diesen ersten Pfahl fest, ein bescheidenes Ziel fürs erste, – wie in einem Kinderspiel: man läuft hin, berührt, TOCCA, läuft zurück und ist dortgewesen, –

weiter jetzt nicht, und sehr weit nie: da draußen liegen ja schon einige verstreut, Wüstenläufer, Forscher, Maxines Beichtkinder, mein Klavierzertrümmerer, Schmuggler, kreuzfahrende Christen, ewige Juden, vielleicht der andere heilige Antonius, alle bis in die Knochen von Sand zermahlen, nicht konserviert,

nicht konserviert wie das Paar Rhesus-Affen, die man im Mont-Blanc-Massiv als einzige noch intakte Passagiere eines vor vielen Jahren zerschellten Flugzeugs fand, aus Indien für den Londoner Zoo bestimmt: da lagen sie im Eis, in einer tiefen endgültigen Umarmung, in ihrer Liebe erstarrt und erhalten.

Er hebt sich wieder, der Wind. Jetzt eine böse bittere trockene Brise von der Art, die keine Katastrophe kündet, sondern durch beharrliche Sanftheit ihr Opfer einlullt,

jetzt möchte ich nicht weiter draußen sein, ich bin weit genug. Den Pfahl noch berühren, ja, – TOCCARE – bevor der Sand ihn vor mir verwischt. Auch einen Ton höre ich, kann ihn aber nicht bestimmen. Keinen Zweiklang oder Dreiklang, wie Alain ihn hörte, vielleicht hat er ihn nicht gehört, er ist unmusikalisch. Der Ton fluktuiert, Windstärke bestimmt die Frequenz. Wie bei meiner Orgel. Auch das Timbre wechselt. Tönern wie eine Okarina? Nein, eher gaumig wie – jetzt klagend wie ein Dudelsack, der den Schlachtentod der Highlanders begleitet, – und wieder tönern, oder besser: beinern, er streicht vielleicht gegen die Rippen eines Skeletts, das hier irgendwo liegt: ein Fund. Das wäre aber ein Akkord, Schlußfermate eines Chorals wie im Dom, der Brustkorb das Mittelschiff, der Schädel die Apsis, die Splitter sind Reste von Zerstörungen, abgeschliffene Mauerbrocken wie in Soisson, – oder der blanke Kopf Cassanders, durchbohrt vom Schädelbohrer des Pierrot Lunaire. Nein, das ist kein Akkord, kein Fund. Nur ein Ton, vielleicht ragt irgendwo ein einzelner Knochen hervor, ein Bein, zerknabbert von Hyänen? Nein, keine Hyänen, ich habe kein Lachen gehört. Die lachen beim Fraß wie die Gäste im Palazzo Vendramin oder wie der Vorfahr meines Hamlet. Und was hätten sie gefressen, oder wen? Wer war der Mann mit dem weißen Wüstenkoller, der sich totgelacht hat?

Jetzt ist es Flöte, etwas streicht gegen Holz. Das muß er sein, der PFAHL, den ich berühren will. Ja, es wäre ein Flötenton, wenn Flöte glissando spielen könnte, das Register zieht sich, wenn ich nicht irre, von c bis fis.

Wenn ich nicht irre!

Keine Obertöne, ich würde sie hören, ich höre Obertöne wie Untertöne, bis auf das viergestrichene Gis, das höre ich nicht, ich bin kein Delfin, auch kein Hund, obgleich der Ire – den Ausweis nicht vergessen! – obgleich der Ire meinte, ich würde bald auf allen vieren kriechen, wie der Hundemensch auf Nikis Burg, die nicht mehr steht, das Heidelberger Schloß auch nicht mehr. Niki, die ist ziemlich fern. Masante noch ferner,

einmal, das war im Februar, war ich dort eingenebelt; aus allen achtzehn Fenstern des Hauses sah ich nur weiß, nichts als weiße Leere.

Würde ich jetzt pfeifen, wenn der Ton nicht schon im Winde läge? Ich weiß es nicht, stelle aber fest, daß ich zittere. Zittern wie Espenlaub: was ist eigentlich Espenlaub? Zu welcher Familie gehört die Espe, wie zittert sie? Wie ein Mensch wahrscheinlich, wenn er wie Espenlaub zittert. Aus welchem Holz ist dieser Pfahl? Jedenfalls kommt er von weit her, auch die Baumgrenze ist fern. – Baumgrenze! – Kein Holz mehr, eine aufrecht stehende Rippe, wie der Teil eines Tieres, Alain hat recht. Lange Faser, Löcher, ehemals Äste, Augen, Holzaugen. In den Kerben Sand, eingefressen, zu Stein verhärtet.

Hier ausruhen und warten, bis der Wind vorbei ist und ich Meona wieder sehen kann. Unterm Schirm sitzen, als sei ich in den Frühjahrsregen geraten. Dann werde ich heimkehren, durch triefende Wiesen waten und über Bäche springen, zuhause die nassen Strümpfe über dem Ofen trocknen, – lange halten diese Winde hier ja nicht an, denke ich, – aber wie lange?

Wo denkst du hin? Eine schöne Formulierung: irgendwohin denken!

Meine Zeit läuft aus, und, wahrhaftig, nicht nur die meine. Alain, der Arme! Dem Manne Gottes kann nicht geholfen werden. Dieser hier ist gefallen, gut, da hat er eine große Stufe genommen, doch die Tiefe des Falles wird er erst spüren, wenn ihm die Stunde schlägt.

Hier schlägt keine Stunde, hier läuft die Sanduhr aus. Miserables Bild! Inadäquat! Nichts läuft hier aus, es weht und rieselt tödlich, es kommt von allen Seiten.

Eine Entdeckung: Sand ist das fünfte Element. Damit allerdings werde ich kaum durchdringen. Werde ich überhaupt noch durchdringen?

Ich sehe nichts, das ist immerhin etwas. – »Back presently?« – Presently indeed! –

»Wir suchen keinen.« Ein klarer Satz. Klar wie CHI TOCCA MUORE.

Tage ziehen vorbei – ›this petty pace from day to day ...‹ das ist gut gesagt, petty pace. Kleinliches Zeitmaß.

Vielleicht zieht bald ein Tag vorbei, der mir gefällt, ein Tag ohne Wind, ein Tag in Masante, so ein grauer trüber nichtsversprechender Donnerstag, ohne Anrufe, ohne Post, ein Tag zum Vertun, dann springe ich mitten hinein mit meinem Regenschirm und lasse mich treiben,

über meine böse Stunde hinweg und weiter.

Von Wolfgang Hildesheimer
erschienen im Suhrkamp Verlag

Tynset *Roman*
Mary Stuart *Eine historische Szene*

Bibliothek Suhrkamp
Lieblose Legenden *Band 174*
Zeiten in Cornwall *Band 281*

edition suhrkamp
Die Verspätung *Ein Stück in zwei Teilen*
Band 13
Vergebliche Aufzeichnungen / Nachtstück
Band 23
Herrn Walsers Raben / Unter der Erde *Zwei Hörspiele*
Band 77
Das Opfer Helena / Monolog *Zwei Hörspiele*
Band 118
Wer war Mozart? / Becketts ›Spiel‹ / Über das absurde
Theater *Drei Aufsätze. Band 190*
Interpretationen. James Joyce / Georg Büchner
Zwei Frankfurter Vorlesungen. Band 297